非琴俄罗斯文学经典译文集

Осень в дубовых лесах

橡树林里的秋天

——卡扎科夫作品选

[俄]尤·卡扎科夫 著

非 琴 译

河北出版传媒集团

河北教育出版社

图书在版编目（CIP）数据

橡树林里的秋天：卡扎科夫作品选 / (俄罗斯) 卡扎科夫著；非琴译. -- 石家庄：河北教育出版社，2018.8

（非琴俄罗斯文学经典译文集）

ISBN 978-7-5545-3669-8

Ⅰ. ①橡… Ⅱ. ①卡… ②非… Ⅲ. ①小说集－俄罗斯－现代 Ⅳ. ①I512.45

中国版本图书馆CIP数据核字(2017)第054403号

书　　名　**橡树林里的秋天**
　　　　　——卡扎科夫作品选
作　　者　尤·卡扎科夫（俄罗斯）
译　　者　非　琴
策　　划　杨　才　蒋海燕
责任编辑　马海霞
封面设计　于　越
版式设计　郝　旭
出版发行　河北出版传媒集团
　　　　　河北教育出版社　http://www.hbep.com
　　　　　（石家庄市联盟路705号，050061）
印　　制　河北新华第一印刷有限责任公司
开　　本　850mm×1168mm　1/32
印　　张　8.5
字　　数　194千字
版　　次　2018年8月第1版
印　　次　2018年8月第1次印刷
书　　号　ISBN 978-7-5545-3669-8
定　　价　43.00元

目 录

夜

我要在黎明前到达鸭湖，所以夜间就从家里出来了，好在早晨以前赶到那里。

路上铺着一层尘土，因而十分松软，我顺着这条道路往前走，时而向下，进入沟壑，时而登上小丘，有时穿过稀稀拉拉的小松林，林中有一股仿佛停滞不动的树脂味和草莓的清香，随后又从树林走进田野……没有任何人在后面追赶我，也没有迎面遇到过任何人——夜间只有我一个人。

有时沿路黑麦绵延不断。黑麦已经成熟，一动不动，在黑暗中柔和地发出微弱的亮光，弯向道路的麦穗轻轻触及我的靴子和双手，这轻轻的触摸好似默默无言的、羞怯的爱抚。空气温暖、清新，星星起劲地闪烁。有一股干草味和尘土味，偶尔还有夜间草地上稍有点儿发苦的清凉气味。田野那边，河对面，远方的森林后边，微弱的闪光若隐若现。

不久，那条柔软的、不会发出一点儿响声的道路躲到一边去了，我走上了一条沿着河岸慌乱地曲折蜿蜒、高低不平的、坚实的小路。开始闻到小河的潮湿气味、黏土味，冒出一股潮湿的冷气。在黑暗中漂流的原木有时会撞在一起，于是发出轻微、低沉的响声，仿佛有人用斧背轻轻地敲击木头。前边很远的地方，在河那边，燃烧着一堆篝火，好似一个明亮的光点，有时它在树后面消失了，后来又出现了，于是水面上延伸着一条断断续续的、狭长的光带。

在这种时候是很容易想起什么来的——突然回忆起遥远的、业已忘却的往事，一些曾经认识和亲近的人的脸紧挨在一起，围成一圈，出现在面前。幻想甜丝丝地涌上心头，渐渐地开始觉得，似乎这一切都是曾经有过的……仿佛从前就曾经经过由于潮湿而显得凉爽的沟壑和干燥的小松林。河水发黑，被冲毁的河岸上土块哗啦一声落到河里，在水中漂流的原木轻轻地互相碰撞着，一个个黑魆魆的干草垛时而出现，时而消失。还有那在默默无言的斗争中树枝已经弯曲了的树，还有那些长满水藻的小湖，有些地方在水藻间会露出一个个黑洞……只是怎么也想不起，这是在哪里，是什么时候，在生活中哪个幸福时刻。

我已经走了一个半钟头了，而离湖还很远。夜间走路是很吃力的，老是绊在树根上和田鼠扒起的土堆上，让人厌烦。由于怕走错了路，怕在陌生的森林里迷路，使人感到疲倦。我几乎已经后悔夜间就从家里出来了，并且想，是不是在树底下坐一会儿，等待天亮呢。这时，突然一个尖细、颤抖的声音传到了我这里来，这声音好像是歌声。我站住，侧耳谛听……不错，这是歌声！歌词听不清楚，只能听到拖得很长的“噢噢噢噢……啊啊啊噢噢……”然而我为这声音感到高兴，虽然并没有明确的目的，我却加快了脚步。歌声没有变得更近，可也没有远去，一直这样，像条紊乱的细线，绵延不断。“这是什么人呢？”我想，“是木材流送工人？渔夫？还是猎人？不过也许是像我一样，一个人在夜间走路，就在我前面，为了不感到寂寞，所以在唱歌吧。”

我走得更快了，很费力地走出一小片云杉林，穿过山杨树丛，最后在下边，在茂密的树林四面环抱的一个不大的峡谷里看到了篝火。篝火旁躺着一个人，用一只手托着头，望着火光，低声唱着。

我往下走的时候绊了一下，一根干树枝响亮地咔嚓一声，篝火旁的人住了声，很快转过身，跳起来，用手掌遮着篝火，朝我这边仔细张望。

“谁?”他惊恐地小声问。

“猎人，”我回答，说着走近篝火，“别怕……”

“我本来就没怕。”他脸上装出镇静的样子，“我怕什么！猎人就是猎人嘛……”

我匆匆冲着他的歌声赶去的这个人，原来是个罗圈腿的十六七岁的男孩子。他长得并不好看，瘦瘦的脖子上有个老大的喉结，还有一双很大的招风耳。他穿一件密密绗着的棉袄，一条油污的棉裤，一双厚油布高筒鞋。戴一顶好像是粘在头上的短檐小便帽。有几秒钟，他凝神注视，仔细打量着我，后来带着明显的好奇神情问：

“您是去打野鸭?”

“是啊，我想到湖上去。”我说，说着取下猎枪。

“哪个湖?”

我说明了。

“啊，这很近！”他让我放心，然后转过头去，对着河上侧耳倾听。

“刚刚不是您在喊吧?”稍过了一会儿，他问。

“不是……怎么?”

“我不知道，有人在大声叫喊……喊一声，沉默一会儿，又喊一声……我本想去看看，可是廖什卡，我弟弟害怕……”

他又不作声了。我听到了急速的、轻轻的脚步声，有人从河边往这儿，向篝火跑来。

“谢苗，谢苗！”听到了有点儿惊慌、但又十分高兴的、小男孩的声音。一个七八岁的小男孩从黑暗中跑到篝火的火光里，他穿着一件大得不合身的棉袄。一看到我，他立刻站住了。微微张开嘴，把目光从我身上转到谢苗身上。

“嗯，怎么样?”谢苗懒洋洋地问。

“噢，谢苗！有鱼上钩了!”小男孩又看看我，喘了口气，“两边两个上没有，中间那个，上钩了！我用手一拽，那里——在游!”

“你撒谎!”

“一条大鱼在游!”他用手比画着做了个波浪起伏的动作，表演在怎样“游”。

谢苗跳起来，系紧裤子，喃喃地说，“我这就去!”于是在黑暗中消失了。有一会儿工夫，小男孩不眨眼地看着我，后来目光仍然不离开我，后退了一步，又退了一步，转身也往黑暗里跑去——只听到脚步声咚咚地响。

不久，我听到一阵奇怪的嘈杂忙乱的声音，压低的说话声，哗哗的水声，然后一切都静下来了，传来了脚步声。孩子们回到了篝火边，谢苗伸着一只手拿着一条小鲟鱼，小鲟鱼有气无力地摆动着尾巴。

谢苗把鱼塞进一条亚麻布袋，坐到我旁边，微微一笑，说：

“瞧，我们就是这样捕鱼。已经捕到三条了。”

“一条是我拉上来的。”小男孩低声说，随即低下了头，去揪棉袄上的纽扣。

“哎——哎!”谢苗很有分量地说，并且阴郁地住了声。

小男孩鼻子里发出呼哧呼哧的响声，显得更加不好意思了。

“我弟弟，”谢苗向我介绍说，“廖什卡。您别看他安静——装出来的……”

廖沙自言自语地低声嘟囔了一句什么。

“什么?”谢苗睁大了眼，“你说什么?”

“没说什么……”廖什卡吃了一惊。

“你当心点儿!”谢苗皱起眉头看了我一眼，突然一个转瞬即逝的调皮的微笑照亮了他的脸，眼睛一亮，牙齿闪闪发光，连耳朵也动了动。廖沙也扑哧一声笑了，但立刻醒悟过来，把头低得更低了。谢苗把手伸进衣袋，稍迟疑了一下，最后掏出一包揉皱的香烟，抽着了烟，并且也请我抽。我拒绝了。

“这么说，您不抽烟?”谢苗遗憾地说，并且斜着眼睛瞅了瞅廖沙，随后他用胳膊肘撑着身子，甜甜地打了个哈欠，幻想地望着火光，蜷缩起来，一动不动。他的脸好似蒙上一层烟雾，露出亲切的、不明确和富有诗意的表情。人们在想什么并不清楚，然而遇到十分美好的事情时，就会露出这样的表情。篝火快要熄灭了，木炭渐渐冷却，蒙上一层微微发红的灰烬。周围是一片荒凉的、夜的寂静，只有上面，不知哪里的灌木丛中有一匹马在游荡，脖子上的铃铛不时发出轻微的响声。

廖沙突然抬起头来，侧耳倾听。

“有什么在走动?”他胆怯地说，并且坐得离谢苗更近一些。

“胡说八道!”谢苗说，并且朝我的猎枪瞟了一眼。

有几秒钟寂静无声，随后清清楚楚听到了干树枝咔嚓咔嚓的响声。谢苗神秘地看了看我，勉强笑了笑。

“大概是熊。”廖沙低声说，并且挪得更靠近谢苗了。他那双瞳孔扩大了的眼睛变得老大。

“深夜还不睡吗，渔夫们!”突然传来了很响、但有点儿嘶哑的声音，一个上了年纪、带着猎枪的人不知怎么立刻出现了，来到篝火跟前。他看也不看我们一眼，就把一只脚伸到火光前，伤心地不时发出呼哧呼哧的声音，仔细打量那只脱落的鞋掌。

“唉，由它去吧。”他嘟嘟囔囔地说，“这真是难得，啊？怎么样，我猜着了吧？捕鱼吗？”他又对我们说，并且抬起头来，“哎——哎，这儿都是熟人哪！”他对孩子们微微一笑，“怎么，捕到很多了吗？”

谢苗小心翼翼地把香烟丢进篝火里，并且严厉地看了看廖什卡。廖什卡扑哧一声笑了。

“没有多少，彼得·安德烈伊奇，”谢苗不好意思地微笑起来，“也许天快亮的时候会……”

“好，让我瞧瞧，让我瞧瞧……”

谢苗很乐意地把鱼从袋子里倒了出来。

“啊，小鲟鱼。”彼得·安德烈耶维奇高兴地说，“嘿，好哇，只不过小了点儿。”

“一次跟一次不一样呀，彼得·安德烈伊奇。”

“那当然。”彼得·安德烈耶维奇毫无不快地同意了，随即陷入沉思。他望着火光，仿佛已经离开我们到什么别的地方去了，无意识地把手伸进口袋，掏出香烟，抽着了烟，把火柴丢进篝火，仍然这样毫无意识地注视着火柴蹿起小小的明亮的火焰，然后熄灭，渐渐消失，与粉红色的灰烬熔合在一起。

他并不老，但双颊布满深深的皱纹，薄薄的嘴唇，长鼻子也是薄薄的，前额狭窄，上面有一些疙瘩。一般说，他的脸使人产生某种残酷、紧张的印象。他的猎枪已经旧了，是单筒的，枪托用铁丝紧紧地绑着，从他那只鞋掌快要脱落的鞋子里露出包脚布来……

"您怎么，是去苏格林基吗?"谢苗突然问。

"啊?"彼得·安德烈耶维奇颤抖了一下，"去苏格林基？为什么去苏格林基？还要往前去……"

"因为我们的机械师不久前从那儿拖回满满一袋来。"

"动身前抓了两条狗鱼，"廖沙插嘴说，"老——大的狗鱼。"

"这是波波夫吗?"彼得·安德烈耶维奇问，"哼，他倒好——他带着狗。不，我要到奥尚基，然后往左，刚好在河边有个湖，一个小湖……"

"在奥尚基附近吗?"谢苗若有所思地反问，"不，那一带我没去过……没有机会。还是河这边的地方我知道得多一些。"

大家又沉默了。彼得·安德烈耶维奇倒换着脚，不时低声咳嗽几下。廖沙在哥哥身边蜷缩成一团。他觉得很好，这无论从哪一点看——从他舒服的姿势，他眼里的闪光，频频的微笑……都完全可以看得出来。

"你可知道，摆渡工人在家吗?"彼得·安德烈耶维奇问。

"在家，早就坐船往上游去了。他们是带着手风琴去的……在娱乐。儿子结婚了，娶了第二车间的莫季卡·梅杜尼采娜。"

"是那个有点儿麻子的吗?"

"是她。他在她身上发现什么优点了？我可不会娶这样一个女人……"

"哼，这种事你还不懂呢。"彼得·安德烈耶维奇笑了笑，扭过头去望着渡口那边，仿佛是希望听到饮酒作乐的声音，"那么，你是说，摆渡工人在饮酒作乐？不过他会渡我过去吗?"他突然感到不安了，"大概不会渡我过去。啊？要不，摆渡倒是肯的，可是会把我淹死，是吧？大概都喝醉了……"

谢苗也扭过头去望着渡口那边。

“谁知道呢，”他迟疑地说，“您自己把渡船解下来，自己渡过去好了。他有三条，我是说船。”

“倒也是!”彼得·安德烈耶维奇笑了，并且瞅了瞅自己的靴子。

“这儿还有件讨厌的事！鞋掌完全掉下来了。有绳子吗？我在走路，你明白吗，一片漆黑……在树根上绊了一下，管它去呢——只是刺啦一声，线开了!”

廖沙从怀里抽出一截绳子。彼得·安德烈耶维奇接过来，拉了拉，动手用它来捆靴子尖。

“你们用什么捕鱼?”他说得不大清楚地问。

“用深水钓钩，”谢苗很快地回答，“用七鳃鳗。”

“用七鳃鳗？这很好，用七鳃鳗，它，小鲟鱼，喜欢它。我往这儿走的时候，一看，那边有狼在嗥叫。你们没听见吗？看来，小狼崽长大了。”

“我们邻居那儿，”廖沙活跃起来，“狼拖走了一只山羊。就在大白天！是只老山羊，又瘦。狼刚一咬住它，它咩地叫了一声——就断气了！狼穿过菜园，跑进地里，跑过一片片庄稼地，进了森林……费多尔叔叔拿着斧头跑出来，一看，抡起斧头，一下子砍到了墙上！到现在还这么翘在墙上，谁也拿不下来……”

“这倒是真的，是有这么回事。”谢苗证实说，“可不是吗，还有一回我钓鱼回去，已经是晚上，天开始黑了……只有西边还稍有点儿发黄，路也看得清清楚楚的。我经过一片小树林，就是墓地后边的那片林子——你们知道吗——好像是有人推了我一下。我转过身来，最初没看清，后来仔细一看，灌木丛旁有什么东西黑乎乎的，还有几只眼睛，就像腐朽的木头那样闪闪发光。就是说，有三只，蹲在那儿望着我。我的脚立刻不会动了，就跟有一次做梦的时候那样——想跑，可是跑不动，汗流浃背。我想，完了，可是对付过去了。没碰我。”

“夏天它们对人是温驯的，不碰人。”彼得·安德烈耶维奇很有把握地说。

“彼季叔叔……”廖沙开始说，说着朝我们看了一眼，微微一笑。“要知道，我们还以为您——是一头熊呢！走路的时候咔嚓咔嚓地响……”

“谁以为?”谢苗耸耸肩，“你自己以为，别推到别人头上去。”

“不，孩子们，”彼得·安德烈耶维奇微微一笑，“熊不会闯到火这儿来。虽说会这样考虑——夜里有谁在这儿游荡呢？只有熊和猎人……也是猎人吗?”他对我说，“也许，这些地方您不熟悉，那就跟我一道走好了。您不愿意？好吧……当然啦，人人都想到他自己的地方去。”

彼得·安德烈耶维奇望了望星星，把又宽又黑的手掌伸给谢苗。

“再见。我慢慢走，要不很快就开始天亮了。是啊！要知道，上次我在俱乐部里听说过你……你父亲大概为你感到自豪了吧？好样的!”

他拍拍谢苗的肩膀，朝我和廖沙点了点头，就小心翼翼迈开那只用绳子捆起来的靴子，走进黑暗中去了。谢苗坐在那里，深深地低下头，在挖手上的老茧，嘴里哼了几声。他的耳朵好像有点儿发暗了。

廖沙突然伸了个懒腰，全身伸直，打了个哈欠，揉了揉眼。

“真想睡觉。”他说。

“那就睡呗。”谢苗搔搔弟弟的耳朵后边，“睡吧。”

“是啊，”廖沙不信任地微微一笑，“早晨你自己去查看，别不叫醒我。”

“唉，叫醒你，真是个怪人!”

“以共青团员的名誉担保!”

谢苗看了弟弟一眼，宽容地微微一笑，就躺下了。大约是半夜两点钟，黑暗似乎变得更浓了，真想躺下。一会儿看着火，一会儿看着星星，一会儿看着勉强可以看到的近处的树，同时在听偶尔传来、听不大清楚的夜间的声音，猜测这是鸟儿从一处飞到另一处去，还是一个球果掉下来了，还是只不过是觉得好像听到了响声……

“廖什卡！”谢苗突然精神一振，说，“搬劈柴去！”

廖沙跳起来，在黑暗中消失了，弄得树枝噼噼啪啪地响，很快就抱回了一大抱干树枝。他挑了几根较小的树枝，堆到篝火上，蹲下，瞪大了眼睛，开始吹火。他吹得那么用力，吹得从火堆上飞起许多炭屑，灰像乌云一样腾空而起。

“当心，会胀破了的。”谢苗挺认真地说。

廖沙抬起头来，用毫无表情的眼神看了看我们，继续发疯似的用力吹火。终于，树枝一下子全都明晃晃地燃烧起来，发出噼噼啪啪的响声，飞起一些老大的火星。开始热起来了，我们眯缝着眼，从火边挪开一点儿。

我好奇地问，彼得·安德烈耶维奇是为了什么称赞谢苗。谢苗感到不好意思了，又去挖自己的手掌。

“就是这样，随便说说……”他喃喃地说。

“他在我们那儿编各式各样的乐曲，”廖沙很乐意地说，“甚至在我们学校里演奏过两次，还在俱乐部里……”

“嗯？”谢苗转身对着他，“以后呢？”

“没什么……”

“那就别作声！”

谢苗向我投来一瞥很快的试探性的目光，不大情愿地承认。

“一般说，当然啦，我是这方面的爱好者。”

“爸爸给他买了个大手风琴，”廖沙又忍不住了，“他会拉手风琴！您想听什么，他就给您拉什么！”

“这倒是真的，”谢苗证实说，并且叹了口气，“不错，我拉手风琴。只不过我有个梦想，这样的梦想！歌曲是怎样展开的？要知道，歌曲嘛，可以让它发生种种变化，可以这样来演奏一首歌曲，谁也不曾像这样演奏过。我说得对吗？我是怎么演奏呢？我拉出一个旋律，再给它增加一个曲调，这时歌曲已经是那么一回事了，而曲调却好像是另一回事。也可能，如果还嫌少，就再增加一个曲调，于是就成了完全不同的另一首歌曲。不过这还不是一切。这只是说的右手，而左手上——是和音。也就是说，和弦。奏出一个和音，好像不错，不过如果以敏锐的辨音力来评判，那么真正纯正的音色和美感都没有。没有真正纯正的音色！而歌曲，特别是长的，却需要有自己的韵味，就像河和树林有自己的气味一样。这不是，我在俱乐部拿来几本手风琴曲。就这么拉了一遍，一瞧，不是那么回事！我心里觉得那么难过，我不能，唉，我完全不能这样拉——于是开始按照自己的方式重写……”

他突然怀疑地注视着我，竭力想要猜出，我是不是在笑他。他放下心来，又接着说下去，老是在眨眼，黝黑的双手，手指在微微颤抖。

“我有个梦想……写一首曲子，描写这样的夜。怎么样呢？夜里我躺在篝火边，听，我耳朵里好像在演奏，仿佛听到了音乐声。我想这样来谱写这首曲子——首先，小提琴开始轻轻演奏，这就好像是寂静。然后小提琴声缓缓地拖长了，于是这个……英国管已经开始吹了起来，是这么一种声音，有点儿嘶哑。它要奏出这样的旋律——你闭上眼，仿佛是在大地上空飞翔，想去哪里，就飞到哪里，而在下面，什么都有，湖泊，河流，城市，到处都静悄悄，黑漆漆的。英国管仍然在响，大提琴却赋予它另一个曲调，它们在低音弦上歌唱，低声述说，就像松涛喧嚣，而小提琴一直拖长自己的声音，轻轻地缓慢地演奏着。这时，另外一些乐器也参加进来了，所有乐器一齐演奏，声音越来越响，越来越响。图——鲁——鲁姆，塔——塔——塔……于是整个乐队奏出一首非凡的乐曲！主要的是，乐队里要有这样的一些乐器，就像小铃铛那样，叮叮当当地响。嗯，然后应当逐渐去掉一些乐器，让声音越来越轻，越来越轻，结束的时候又只剩下小提琴，好长时间拖长声音缓缓地演奏着，直到声音完全消失……”

谢苗望着黑夜，眨巴着眼，舔舔发干的嘴唇。

“还有，”他接着说，“得加上钟声，钟声要从容不迫。只不过要很轻很轻。就像月亮从树林后升起来那样，这是能够用音乐来描写的，不是吗？……我把这乐曲叫作《夜》。还是不这样叫吧！需要更美一点儿……这样更好——《夜的童话》，要么是《夜里的星》……瞧，我跟您讲夜啊，还有所有这一类的东西，譬如星星啊，或者河上的雾啊，我都讲不出来。可是在音乐里，什么我都能描写。我心里觉得难过，躺下，却睡不着。一睡着了，时常听到在演奏这样的乐曲！醒来以后，想要回忆起这一切，可就是记不起来……需要学习，这是一定的！我是个绞车工人，用绞车把木材吊到岸上来。我坐着，转动操纵杆，绞车轧轧地响，或者是汽车按喇叭，或者是吃午饭的汽笛呜呜地响起来，我就在练习辨别声音，什么音像‘多’，或者，也许是像‘发’……”

谢苗不作声了，不好意思地微微一笑，动手去拨弄篝火。突然，空中响起一声奇怪而雄浑有力的声音，它的产生，破坏了夜的荒凉寂静，摇动了停滞的星空的沉寂，掠过河面，疾驰而去。

“哎嗨——嗨……”一声低沉有力的呼号传到我们这里。

我们立刻转身对着河那边，头一瞬间困惑不解地侧耳倾听。寂静……那雄浑有力的喊声又不露痕迹地飞速掠过，匆匆逝去……

“哎嗨——嗨……”

“木材流送工人在试嗓子！”谢苗轻松地笑了，“真棒，是吧？声音沿河传得很远。夜里划船，一俄里[1]以外就能听到船桨吱嘎吱嘎的响声。不然的话，有时还会听到这样的声音，简直弄不懂那是什么声音。就好像有人叫喊了一声，要么是叹了口气，要么是这样轻轻地‘叽呜、叽呜、叽呜’。”

他学得很像地描绘出了那奇怪的声音，夜间我也常在河岸或沼泽边听到这样的声音，怎么也猜不透这意味着什么。

“廖什卡害怕，我却不怕。”谢苗微微一笑，“不错，一个人觉得寂寞，可这样——却很好！”

“我什么也不怕！”廖沙突然高声说，并且眯缝起眼来。

“你不怕吗？那好吧，这会儿就到赫雷斯托沃沼泽地去，从那儿给我采几根扫帚草来。嗯？去呀，去呀！”

廖沙嘴动了动，回头看看后面黑漆漆的夜，笑了。谢苗沉默了一会儿。

“这儿的人力气大得可怕，”他又开始说话了，“有些小伙子力气那么大，随便什么人也打不过他们。您以为这个木材流送工人大声叫喊是有什么事吗？他只不过是这么喊喊罢了——走到岸边，高声呼喊，听听他的声音怎样传到树林里去。”

---

① 1俄里等于1.06公里。

"叔叔，叔叔！放一枪吧！"廖沙突然请求说，并且贪婪地看了看我的猎枪。

"你自己放吧。"我回答，说着把猎枪递给他。

"胡闹！"谢苗不满意地说，"只不过是白白浪费子弹。"

但是他眼里燃起了和廖沙眼里同样强烈的好奇的火焰。廖沙四面环顾，看到不远的地方有一个高高的山杨树桩，一眨眼的工夫他已经把自己的那顶旧帽子努力固定在这个树桩上了。

"等等！"谢苗严厉地制止住他，"现在咱们把火吹旺，那样会看得清楚些。"

他把一些干树枝堆到篝火上，火光变得暗淡了，钻出一股粉红色的浓烟。随后，这里那里开始蹿起一些隐约可见的淡蓝色火舌。最后，整个火堆熊熊地燃烧起来。

"放吧！"谢苗命令说，并且用手掌遮着火花，目不转睛地盯着树桩上的帽子。

廖沙开始瞄准了。他瞄准的时间长得要命，他用鼻子大声吸气，不时喘一口气，看看扳机，看看手指……等待枪响已经变得让人感到难受了，我注意到，谢苗的手也在使劲，他的眼睛也眯缝起来，就好像在看亮光似的。

"哎，你快了吗？……"他忍不住了。

但是就在这一瞬间，廖沙手里的猎枪突然往上一跳，一束长长的淡蓝色火光忽地一闪，震耳欲聋的砰的一声枪响，帽子不见了，回声沿着河面进入树林，断断续续，隆隆地逐渐远去。上边那匹马惊恐地打了个响鼻，脖子上的铃铛叮叮当当地响了起来，灌木丛发出咔嚓咔嚓的响声。

"真棒！"谢苗赞叹说，并且向拿着帽子回来的廖沙探过身去，"这一枪打得好!”

在篝火的火光下他激动地检查了帽子。有好几粒老大的铅砂打中了帽子，几绺棉花从衬里儿里翘了出来。

谢苗陷入沉思。

“您知道吗?”他对我说，“您要是愿意，我领您到这么一个地方去，从来没有哪个猎人去过那儿，怎么样?我可以补休，求叔叔把猎枪借给我，嘿，我和您去他两天!一个秘密的地方，那儿鸟不怕人。您在树林里走，右边是松鸡、黑琴鸡、大雷鸟，左边是湖，雁和野鸭就在那湖上一点儿也不隐蔽地游来游去，让人走到近前去开枪，枪响以后也不从湖上飞走，只是稍稍飞开一点儿。那里我跟叔叔去过一次，去那儿的路我记住了。那里什么人都没有。既没有猎人，也没有采浆果的女人，只有熊去采悬钩子。熊都很温驯，躲在灌木丛后面往外张望，那里越橘长得那么密，如果走到森林里被火烧过的地方，往那些土墩上一看，一个个土墩都好像是红的。还有草莓，那些草莓谁也不去采它，草莓是黑色的，都熟过了头，而且那么甜——比糖还甜!要是走进醋栗丛——香味那么浓，简直让人头晕。要是在灌木丛里走，黑琴鸡和大雷鸟会让你走得离它们很近很近，随后只不过‘扑、扑、扑!’突然一下子飞起来，掀起的风甚至会吹到你的脸上。那里还有松鼠在树林里跳来跳去，只不过这会儿它们是棕黄色的，皮毛毫无用处，我们都不打它们。还有那儿山坡底下，如果越过堵塞在路上的障碍，穿过峡谷，下去，那儿有一处泉水，我们叫甘泉。各式各样的水我不知喝过多少，可是这样的水从来也没喝过。那儿的水，应当认为，可以治病……”

这些时候廖沙一直竭力克制着，克制着，可是忍不住了，可怜巴巴地撇了撇嘴，把脸都弄歪了，用鼻子大声吸了口气，绝望地拖长声调说：

“谢——苗……”

“嗯?”谢苗惊讶地看了看弟弟。

“谢苗，带我——去……”廖沙拖长声调说，看得出来，他感受到无法忍受的痛苦。

“怎么？带他去吗?”谢苗怀疑地问我。

廖沙那双湿润的大眼睛立刻注视着我。我思索起来，我想了很久，而且有点儿忧郁。

“带他去吗?”谢苗又怀疑地重复了一遍，并且用批评的眼光细细打量廖沙。廖沙撇了撇嘴，咬紧发抖的嘴唇。

“带他去吧!”最后我决定了。

廖沙轻轻地笑了，跳起来，用很长的衣袖擦了擦脸。

“啊哈!”他得意地叫喊，“瞧，我就是要去，就是要去。”

他胜利地望着谢苗，开始在篝火旁手舞足蹈，用各种不同的声调一再重复说：“怎么？瞧，我就是要去！怎么？瞧，我就是要去!”

我回头一看，东方天空已经开始亮了，微微泛出淡绿色。露水落下来了，空气变得十分清新。树可以看得出来了。不，还没有光，但单独的灌木丛、树枝、云杉，甚至球果，每一分钟都看得越来越清楚了。夜渐渐结束了，最早的黎明正在到来。正是清晨这样的时刻，这时村里的公鸡嘶哑地“喔——喔——喔”地叫了一阵儿，以后却又睡得更熟了。

我该走了。我拿起猎枪，和孩子们告别。

我刚一离开篝火，潮湿、寒冷的空气立刻从四面包围了我，由于沾上露水，靴子闪闪发亮。一只喜鹊突然悄无声息地从一棵灰白色的云杉树梢上飞下来，忽上忽下，迎着黎明，默默地向东方迅速飞去。

我已经走出相当远了——登上一座长条形的山岗，找到了一条小路，大步向湖边走去。这时，谢苗的歌声又跟踪而来，传到了我的耳中。又是听不清歌词，也听不出旋律，然而现在我知道，这歌是美的，而且富有诗意。因为它产生于真正的天才和暗淡的星光之美，产生于伟大的寂静和正在消逝的夏天的芬芳。

“啊啊啊啊……噢噢噢啊啊……”远方一个人的声音微微震颤，而在我下面，河水潺潺，宛如在睡梦之中。在水中漂流的原木轻轻地互相碰撞着，不知为什么我好像觉得，河里有一个非常聪明的人，静静地坐在船上，隐藏在半透明的一团团浓雾之中，用斧背敲敲从一旁漂过去的原木，竭力想由木头的响声来判断它们是不是牢固，质地是不是纯。

寂静的早晨

亚什卡醒来的时候，睡眼惺忪的公鸡才不过刚刚叫过一阵儿，屋里还黑漆漆的，母亲还没去给母牛挤奶，牧人还没把畜群赶到牧场上去。

亚什卡坐在床上，好长时间瞪着眼睛瞅着蒙上一层水蒸气的小窗户，瞅着模模糊糊有点儿发白的炉子。黎明前的梦是香甜的，头老是要倒到枕头上去，眼睛也睁不开。可是亚什卡尽力克制着，磕磕绊绊，时而碰到长凳和椅子，开始在屋里慢慢地走，寻找旧裤子和旧衬衣。

亚什卡吃了点儿牛奶和面包，在前室里拿了两根钓竿，就走到了台阶上。村庄笼罩在浓雾中，仿佛裹在一床老大的绒毛被子里。近处的房子还看得见，远处的只是勉强露出一些深色的斑点，再远一些，靠近河那边，就已经什么也看不见了。似乎从来就没有小山上的风车，没有消防队的瞭望塔，也没有学校，没有地平线上的森林……现在什么都不见了，都藏起来了，亚什卡家那座小木屋成了这个与外界隔绝的小小世界的中心。

有人比亚什卡起得更早，正在铁匠铺附近用小铁锤敲打着，清晰的金属响声冲破雾幕，飞到看不见的大谷仓那里，又飞回来，不过声音已经减弱了。好像是有两个人在敲打，一个敲得响一些，另一个轻一些。

亚什卡从台阶上跳下来，挥挥钓竿，赶开偶然出现在脚边的公鸡，然后愉快地迈着小步向禾捆干燥棚匆匆走去。他在禾捆干燥棚旁从一块木板底下抽出一把生锈的劈柴刀，动手挖地。几乎立刻就挖到了鲜红和淡紫色的、冰凉的蚯蚓。这些蚯蚓，无论是粗的还是细的，都同样动作迅速地往松软的泥土里钻，不过亚什卡还是来得及抓住它们，不久就几乎扔了满满一罐。他给蚯蚓撒上一层新鲜泥土，就顺着小路往下跑，跨过一道篱笆，后退着溜到板棚那里去，他的新朋友沃洛佳就睡在那儿的干草棚里。

亚什卡把被泥土弄脏了的手指塞进嘴里，吹了一声口哨。然后吐了口唾沫，侧耳倾听。静悄悄的。

“沃洛季卡！”他喊道，“起来！”

沃洛佳在干草上动了动，在那里忙乱了好久，弄得干草簌簌地响，最后终于笨拙地爬下来，踩到了没有系上的鞋带。他那刚刚睡醒后看上去皱巴巴的脸毫无表情，呆滞不动，就像是盲人的脸，头发里满是干草屑，看来干草屑也掉进了他的衬衫里面，因为他已经站到下边，站在亚什卡身旁的时候，老是扭动他那很细的脖子，还老是耸耸肩，搔搔背脊。

“不太早吗？”他声音嘶哑地问，打了个哈欠，摇晃了一下，赶紧用手抓住梯子。

亚什卡发火了——他整整早起来一个钟头，挖好了蚯蚓，拿来了钓竿……如果说老实话，那么他今天就正是为了这个瘦小的小家伙才起来的，想把鱼多的地方指给他看看——可是你瞧，他不但不表示感谢和赞叹，反倒说“太早”！

“对有的人来说太早，对有的人来说不早！”他恶狠狠地回答，并且轻蔑地从头到脚把沃洛佳打量了一番。

沃洛佳朝外边望了望，他的脸上立刻神采奕奕，眼睛也发出光来，于是他开始匆匆忙忙地系鞋带。但是对于亚什卡来说，这天早上迷人的魅力已经给破坏了。

“你怎么，穿着皮鞋去吗？”他蔑视地问，说着瞧了瞧自己赤脚上叉开的脚趾，“不穿套鞋吗?”

沃洛佳没作声，脸红了，动手去系另一只皮鞋的鞋带。

“嗯，对了……”亚什卡把钓竿靠到墙上，闷闷不乐地接下去说，“你们那里，在莫斯科，大概都不兴光着脚走路吧……”

“那又怎么样?”沃洛佳从下面看了看亚什卡那张含讥带讽、充满恶意的、宽宽的脸。

“哼，没什么……快跑回家去，把大衣带上……”

“哼，我就要去!”沃洛佳透过齿缝回答，脸红得更厉害了。

亚什卡心里感到烦闷。他不该跟这一切扯在一起。虽说科利卡·沃龙科夫和热尼卡·沃龙科夫都是渔夫，可就连他们也承认，要论钓鱼，全集体农庄再没有比他更在行的了。只要把他们领到地方，指给他们看看——他们就会送给他一大堆苹果！而这一个……昨儿个来了，彬彬有礼……“请，请……”照着他的脖子给他一巴掌，怎么样？真不该跟这个莫斯科人搅在一起，他大概从来就没见过鱼，要穿着皮鞋去钓鱼呢……

“你系上领带吧。”亚什卡挖苦说，声音嘶哑地笑了，“要是不系领带就跑到鱼那儿去，我们的鱼可要见怪了。”

沃洛佳终于系好了鞋带，由于感到受了委屈，鼻孔在微微颤抖，他用视而不见的目光直瞅着自己前面，走出了干草棚。他情愿放弃钓鱼，立刻放声大哭，可是他曾那么满怀希望地等待着这个早晨！亚什卡不乐意地跟着他走了出来，于是两个孩子一声不响，谁也不看着谁，顺着街道向前走去。他们在村里走着，雾在他们面前步步后退，让一座又一座的房屋、板棚、学校、养畜场很长的一排排乳白色建筑物……接连不断地显露出来。就像一个吝啬的主人，这一切他只让人看上一分钟，随即就从后面又把它们紧紧关闭起来。

沃洛佳难过极了。他为他对亚什卡无礼的回答在生自己的气，也生亚什卡的气，而且觉得现在自己很尴尬，也很可怜。他为自己的尴尬感到不好意思，为了随便想个什么办法压制住这种不愉快的心情，他倔强地想："好吧，随他去……让他嘲笑吧，他还会认得我的，我决不让他们笑话我！好像真有什么了不起似的，光着脚走路就了不得了！是些多么自命不凡的家伙！"但同时他又怀着毫不掩饰的羡慕心情，甚至是赞美地不时瞅瞅亚什卡光着的双脚，瞅瞅那个装鱼用的粗麻布袋，瞅瞅他那条专门为了去钓鱼才穿上的、打了补丁的裤子和衬衣。他羡慕亚什卡晒黑的皮肤和他走路的姿势。他走路的时候，肩膀和肩胛骨，甚至连耳朵都在动，很多农村的孩子都像这样走路，认为这种走路的姿势特别漂亮。

他们从一口井边经过，井上有个很旧且长满青苔的木架。

"站住！"亚什卡阴郁地说，"喝点儿水！"

他走到井前，弄得铁链叮当乱响，打上很沉的一桶水来，贪婪地俯到桶上。他并不想喝水，但是他认为，哪儿也没有比这儿更好的水，因此每次打井边经过，都要喝上几口，感到这是极大的享受。水从桶边上漫出来，溅到他光着的脚上，他把脚缩回一些，可是一直还在喝，间或停一停，大声喘口气。

"给，喝吧！"他终于用袖子擦着嘴唇，对沃洛佳说。

沃洛佳本来不想喝水，但是为了不再惹亚什卡生气，他顺从地俯在桶上，开始小口小口地吸水，直到给水冰得后脑勺感到酸痛。

"喂，这水怎么样？"等沃洛佳离开井边，亚什卡很得意地问。

"还不错！"沃洛佳回答，冷得瑟缩起来。

“莫斯科大概没有这样的水吧?”亚什卡有点儿讥讽地眯缝起眼来。

沃洛佳什么也没回答，只是透过咬紧的牙齿吸了口气，和解地微微一笑。

“你钓过鱼吗?”亚什卡问。

“没有……只是在莫斯科河看到过人家钓鱼。”沃洛佳用沮丧的声音承认说，并且怯生生地看了看亚什卡。

这坦白的承认使亚什卡的心稍稍软了下来，他摸了摸装蚯蚓的罐子，仿佛是顺便说说：

“昨儿个我们的俱乐部主任在普列尚深水坑里看到了鲶鱼……”

沃洛佳的眼睛亮了。

“大吗?”

“你想会有多大？两米……也许有三米——天黑看不清。我们的俱乐部主任吓了一跳，以为是鳄鱼。你不信?”

“你说谎!”沃洛佳非常兴奋地呼了一口气，耸了耸肩，但是从他的眼睛里可以看得出来，他对这一切毫不怀疑，绝对相信。

“我说谎?”亚什卡惊讶地说，“你高兴的话，今儿晚上就去捕鲶鱼，怎么样?”

“行吗?”沃洛佳满怀着希望问，他的耳朵也发红了。

“怎么不行……”亚什卡吐了口唾沫，用袖子擦擦鼻子，“渔具我那儿有。咱们捉些青蛙、泥鳅……带上些蚯蚓——那儿还有大头鲅——去它一天一夜！夜里生起篝火来……去吗?”

沃洛佳异常快活，直到现在他才感觉到，一清早从家里出来是多么好。呼吸多么畅快，多么轻松，多想在这柔软的道路上奔跑，拼命地跑，边跑边跳，由于高兴，尖声叫喊。

是什么这么奇怪地在那里，从后边当地响了一声？是谁突然这么清楚，这么悦耳地在草地里叫喊了一阵儿，好似一下又一下拨弄一根绷紧的弦？他在哪儿听到过这种声音？还是没听到过？那么为什么这欣喜和幸福的感觉是这样熟悉呢？

是什么在地里嗒嗒地响，而且声音这么响亮。是摩托车？沃洛佳疑惑地看了看亚什卡。

“拖拉机！”亚什卡挺神气地回答。

“拖拉机？可是它为什么嗒嗒地响？”

“这是在发动……很快就会发动起来了……你听，这就要发动起来了……听到了吗？嗡嗡地响了！瞧，这就要开动了……这是费佳。科斯特列夫一整夜都在开着头灯耕地，稍微睡了一会儿，又干起来了……”

沃洛佳望了望传来拖拉机声的那个方向，立刻问：

“你们这儿雾总是这样吗？”

“不……有时候是晴朗的。等到再晚一些，快到九月的时候，说不定就要下霜了。一般说，有雾的时候鱼容易上钩——简直来不及往上拉！”

“你们这儿有什么鱼？”

“鱼吗？各式各样的鱼……深水区里连鲫鱼都有，还有狗鱼。嗯，还有这个……鲈鱼、斜齿鳊鱼、鳊鱼……还有冬穴鱼。知道冬穴鱼吗？就像小猪一样，胖——胖的！我头一次捕到的时候——嘴都张大了。”

“能捕到很多吗？”

“嗯哼……有多有少。有时候五六公斤，有时候只不过……够喂猫的。”

“这是什么在呼啸？”沃洛佳站住，抬起头来。

“这个吗？这是小鸭子飞……小水鸭。”

“啊哈……我知道。可这是什么？”

“是鸫在叫……飞到娜斯嘉婶婶的菜园里吃花楸果来了。你捉过鸫吗？”

“从来没捉过……”

“米什卡·卡尤年诺克那里有网，等会儿咱们去捕鸫。它们，就是说鸫，都很贪吃……成群结队地在地里飞，从拖拉机下啄虫吃。你张开网，撒上些花楸果，躲起来等着。它们一飞过来，立刻会有五六只钻到网底下去……它们很好笑……不全都是，不错，也有精明的……我有一只，养了整整一个冬天，什么都会学，会学火车头，也会学锯。”

村庄很快落到了后面，矮小的燕麦绵延不断，一眼望不到尽头，前面隐隐约约露出黑压压的森林，远远看上去好像一条黑带子。

“还要走很久吗？”沃洛佳不时问。

“快了……就在旁边，咱们走快点儿。”每次亚什卡都是这样回答。

他们登上一座小丘，再向右转，沿谷地下去，顺着小路穿过一片亚麻田，这时完全出乎意料地在他们面前出现了一条河。河并不大，两岸长满茂密的爆竹柳和白柳，水浅的地方淙淙的流水声清晰可闻，时常会遇到深水坑，这里的河水往往漫出河岸。

太阳终于升起来了，草地上有一匹马尖声长嘶。不知怎么，天异常迅速地亮了，周围的一切都染上一层粉红色，云杉和灌木丛上银白色的露珠看得更清楚了。雾开始流动，渐渐稀薄了，不大情愿地让一个个干草垛显露出来，在这时已经变近了的树林烟灰色的背景上，干草垛是暗黑色的。鱼儿在嬉戏，深水坑里偶尔传来几声沉重的拍水声，水面上翻起波浪，岸边的水葱轻轻摇晃起来。

沃洛佳已经恨不得马上就开始钓鱼了，可是亚什卡却一直沿着河岸往前走。当亚什卡终于说“就是这儿!”并且开始下去，往水边走的时候，他们已经给露水湿透到腰间了。亚什卡不留心一脚踩空，潮湿的土块从他脚下纷纷撒落下去，立刻有些看不见的野鸭嘎嘎地叫起来，啪啪地扇动翅膀，腾空而起，一只接着一只从河上飞过，消失在残雾之中。亚什卡全身蜷缩起来，像鹅那样发出嘘声。沃洛佳舔舔发干的嘴唇，跟在亚什卡后面跳下去。他四面环顾，为这个深水坑周围阴森森的气氛感到吃惊。有一股潮湿味、黏土味和水藻气味，水是黑的，白柳长得那么茂盛，几乎遮住了整个天空。别看树梢已经让太阳镀上了一层粉红色，透过晓雾可以看到蔚蓝色的天空，但这儿，水边上，却潮湿、阴森而且寒冷。

“这儿，你知道有多深吗?”亚什卡瞪圆了眼睛，“这儿没有底……”

当对岸有鱼很响地拍水的时候，沃洛佳稍稍离开水边，打了个哆嗦。

“我们谁也不在这个深水坑里游泳……”

“为什么?”沃洛佳用微弱的声音问。

“会陷进去……只要脚一伸下去，那么全身就……水像冰一样，会往下拉你。米什卡·卡尤年诺克说，那儿水底下有章鱼。”

“只有海里……才有章鱼。”沃洛佳没有把握地说，说着又后退了一步。

“是海里……这我知道！可米什卡看见了！他去钓鱼，打这儿经过，一看，从水里伸出一只触手来，就这么在岸上摸索……嗯，米什卡甚至一直跑到了村里！不过，大概他是说谎，我了解他。”亚什卡有点儿出乎意料地突然结束了他的话，动手去放开钓竿上的钓丝。

沃洛佳的精神振作起来，亚什卡已经忘记了章鱼，急不可耐地不时看看水面，每当有鱼很响地拍水的时候，他脸上就会出现紧张而痛苦的神情。

亚什卡放开钓竿上的钓丝以后，把一根钓竿递给沃洛佳，给他往一个火柴盒里放上了几条蚯蚓，用眼睛示意，指给他钓鱼的地方。

亚什卡把装在钓钩上的鱼饵投出去以后，并不放开拿在手里的钓竿梢，急不可耐地盯着浮子。沃洛佳几乎立刻也把安好的鱼饵甩了出去，但是就在这一甩的时候，钓竿梢挂到了白柳上。亚什卡让人感到可怕地看了沃洛佳一眼，小声骂了一句。而当他又把目光转移到浮子上去的时候，他没有看到浮子，看到的只是一些微微扩散开来的圆圈。他立刻用力拉了拉钓竿，从容不迫地把手往右动了动，很高兴地感觉到，深水里有一条鱼在平稳而富有弹性地游动。但绷紧的钓丝突然松弛了，嗖的一声，从水里跳出一个空钓钩来。亚什卡气得发抖。

“跑了吗，啊？跑了……”他喃喃地说，同时用潮湿的双手重新给钓钩安上蚯蚓。

他又把鱼饵甩出去，还是不放开拿在手里的钓竿梢，目不转睛地瞅着浮子，等待吞饵。但是没有鱼来吞饵，就连拍水的声音也听不到。亚什卡的手很快就累了，于是他小心翼翼地把钓竿插到松软的河岸上。沃洛佳看了看亚什卡，也把自己的钓竿插到岸上。

太阳越升越高，终于照射到这个阴森森的深水坑上。河水立刻耀眼地闪闪烁烁，树叶上，野草和野花上的露珠也变得光彩夺目了。

沃洛佳眯缝着眼看看自己的浮子，然后回头望了望，犹豫地问：

“也许鱼都到另一个深水坑里去了，是吧？”

“明摆着的！”亚什卡愤愤地回答，“那一条挣脱了，把所有的鱼都吓跑了。大概是条大鱼……我一拽，立刻把我的手都拉下去了！也许有一公斤重。”

亚什卡放走了一条鱼，感到有点儿不好意思。但是正像常有的那样，他想把自己的过错归咎于沃洛佳。“也算是个钓鱼的呢！”他想，“叉开两条腿坐在那儿……要是我一个人，或者是跟真正的渔夫在一起，拉都来不及……”他想要说句什么话刺伤沃洛佳，可是突然一把抓住了钓竿。浮子微微动了一下。他使上全身的力气，仿佛要连根拔起一棵树来，慢慢地从地上拔出钓竿，悬空拿着，稍稍向上抬起了一点儿。浮子又晃动了一下，歪向一边，就这样稍稍停留了一会儿，然后又拉直了。亚什卡喘了口气，斜着眼睛一看，看到沃洛佳面色发白，慢慢欠起身来。亚什卡觉得很热，鼻子上和嘴唇上冒出细小的汗珠。浮子又抖动了一下，漂往一边，沉下去一半，最后完全不见了，只留下一圈圈勉强可以看出来的涟漪。亚什卡像上次那样从容不迫地往上一拉，立刻俯身向前，竭力想把钓竿梢拉直。钓丝连同钓丝上颤动不已的浮子在水面上画了一条曲线，亚什卡欠起身来，用另一只手抓住钓竿，感觉到有什么在不断用力往下拉，于是双手又缓缓地向右移动。沃洛佳连跑带跳，跑到亚什卡跟前，拼命睁圆了的眼睛里闪闪发光，用尖细的声音叫喊：

“拉呀，拉呀，拉——呀！”

“走开！”亚什卡声音嘶哑地说，并且不时倒换着双脚，频频后退。

有一瞬间鱼从水里冲了出来，让人看到了它那亮闪闪的、宽阔的侧面，它困难地拍着尾巴，溅起一股由淡红色水珠构成的喷泉，然后又猛一下子扎进冷冰冰的深水里。但是亚什卡用钓竿柄抵在肚子上，一直在往后退，边退边喊。

“胡说，你跑——不了！”

最后，他把那条拼命挣扎的鱼拉上岸来，又猛一拽，把它摔到草地上，并且立刻扑倒，用肚子压住了它。沃洛佳的喉咙发干，心在狂跳……

“你钓到一条什么鱼?”他蹲下来，不住地问，“让我看看，是条什么鱼?”

“鳊——鱼!”亚什卡狂喜地说。

他小心翼翼地从肚子底下拖出一条冰凉的大鳊鱼来，把自己流露出幸福神情的宽脸转过来对着沃洛佳，本来已经要嘶哑地笑出声来了，可是他的笑容突然消失，两眼惊恐地盯住沃洛佳身后的什么东西，全身蜷缩起来，“啊”了一声：

“钓竿……你——瞧!”

沃洛佳回头一看，看到他那根钓竿撬起一大块泥土，正在慢慢地往水里滑下去，不知有什么在用力拉扯钓丝。他跳起来，绊了一下，几乎跌倒，于是跪着探身去够钓竿，总算抓住了它。钓竿梢弯得很厉害。沃洛佳把惨白的圆脸转过来对着亚什卡。

“抓住!”亚什卡大声喊。

但就在这一瞬间，沃洛佳脚下的泥土活动起来，塌下去了，他失去了平衡，放开钓竿，荒谬地、好像要抓球一样，双手一拍，高声呼喊：“啊啊啊……”一下子掉进水里。

“傻瓜!”亚什卡大声叫喊，愤恨而又痛苦地扭歪了脸，“大笨蛋!……”

他跳起来，抓起一块长着草的土块，打算等沃洛佳一浮上来就扔到他脸上去。但是朝水上望了一眼，他呆住了，他体验到了你会在梦中体验到的那种非常难过的感觉。沃洛佳正在离岸三米远的地方挣扎，双手扑通扑通地在水面上拍打着，仰起瞪大双眼的苍白的脸，对着天空，不时没入水中，呛进几口水去。他一直想努力叫喊什么，但是他喉咙里在呼哧呼哧地响，喊出来的竟是："呜啊啊……呜啊啊……"

"会淹死的，"亚什卡恐惧地想，"会把他拖下去呀!"他扔掉土块，在裤子上擦擦黏糊糊的手，感觉到两腿软弱无力，一步一步向上倒退，躲开水面。他立刻想起米什卡讲的深水坑里有老大的章鱼的故事，由于恐惧，他的胸部和肚子里开始觉得一阵阵发冷——他明白，沃洛佳准是叫章鱼给抓住了……泥土从他脚下纷纷撒落下去，他用发抖的双手支撑着，完全像在梦中那样，笨拙而困难地向上爬去。

最后，受沃洛佳发出的可怕的声音驱使，亚什卡跑到了草地上，然后又往村里跑去。但是跑了不到十步，仿佛是给绊了一下，他站住了，感到无论如何也不能跑。附近什么人都没有，没有任何人可以求援，可以喊他来帮忙……亚什卡慌乱地在衣袋里和麻布袋里摸索，想找到哪怕是随便什么绳子，可是什么也没找到。他面色苍白，开始悄悄地走近那个深水坑。他走近陡岸，往下看了一眼，预料会看到可怕的景象，但同时又希望一切都不知怎么应付过去了，他又会看到沃洛佳。沃洛佳现在已经不挣扎了，他几乎全身都已没入水中，只有头顶和翘起来的头发还看得见。头顶沉下去，又露出来，沉下去，又露出来……亚什卡目不转睛地望着这个头顶，开始动手解裤子，后来突然大喊一声，滑了下去。他甩掉裤子，就这样穿着衬衫，肩上挎着麻布袋，跳进水里，挥手划了两下，就游到沃洛佳身边，一把抓住了他的手。

沃洛佳立刻抓住亚什卡，两只手很快地倒换着抓住他的衬衫和麻布袋，全身压在他身上，而且仍然从喉咙里挤出非人的可怕的声音——"呜啊啊……呜啊啊……”水涌进亚什卡的嘴里。他感觉到脖子给人死死地抓住了，他试着把自己的脸从水里伸出来。但是沃洛佳浑身颤抖着，一直在往他身上趴，把全身的重量都压到他的身上，竭力想要趴到他肩膀上去。亚什卡呛进了一口水，咳嗽起来，气喘吁吁，一口一口地咽进水去。这时他心中充满了恐惧，眼里出现许多红红黄黄的圆圈儿，耀眼夺目地闪闪烁烁。他明白，沃洛佳准会把他淹死的，他的死期就要到了。于是，用最后的力气拼命一挣，手脚一齐乱动，也像一分钟前沃洛佳叫喊那样，用非人的声音大喊一声，朝沃洛佳的肚子猛踢了一脚。浮出水面，透过从头发上流下的水柱，看到了像个给砸扁的圆球一样的明晃晃的太阳，他感觉到沃洛佳的重量仍然坠在他的身上，于是用力把他拉开，从自己身上甩掉他，手脚并用，一起在水面上拍打着，掀起一大片泡沫飞溅的浪花，恐惧地冲向河岸。

刚刚用一只手抓到岸边的苔草，他立刻清醒过来，朝后面望了望。深水坑里给搅浑的水平静下来了，水面上已经看不到人影。从深处快活地跳出了几个气泡，亚什卡的牙齿开始打战了。他回头一看，太阳明晃晃地照耀着，灌木丛和白柳的叶子闪闪发光，野花之间的蛛网犹如霓虹一般闪闪烁烁，上边有一只鹡鸰落在一根原木上，摆动着尾巴，用一只亮晶晶的眼睛望着亚什卡，一切都和往常一样，一切都呈现出安宁、寂静的景象，大地上空是寂静的早晨，然而就在不久以前，这儿刚刚发生了一件可怕的事——刚刚有一个人淹死了，而这是他，是亚什卡踢了这个人一脚，是他把他淹死的。

亚什卡眨了眨眼，放开苔草，动了动湿淋淋的衬衫下的肩膀，断断续续地深深吸了口气，一个猛子扎进水里。他在水下睁开眼睛，最初什么也看不清——许多模模糊糊的淡黄和淡绿色的光斑，还有一些被阳光照亮的不知是什么水草，在四周微微颤动。但阳光照不到那里，照不进深水里去……亚什卡再往下去，稍游了一段距离，手和脸碰到水草上，这时他看到了沃洛佳。沃洛佳侧着身子，一只脚陷在草里，正慢慢地转过身来，摇摇晃晃，把惨白的圆脸冲着阳光，左手在动，仿佛想用手摸一摸，试试水温。亚什卡好像觉得，沃洛佳是佯装成这个样子，故意摇晃着一只手，其实是在注视着他，只等到能一伸手够到他的时候，就一把抓住他。

亚什卡感到他就要憋死了，于是猛一下子冲到沃洛佳跟前，抓住他的一只手，眯缝起眼来，匆匆忙忙地把沃洛佳的身子往上一拉。他觉得奇怪，沃洛佳的身体那么轻快、那么顺从地跟着他浮了上去。他浮出水面，开始贪婪地呼吸。现在除了呼吸，还感觉到胸部一次又一次充满清新、香甜的空气，对他来说已经什么也不需要，什么也不重要了。

他抓住沃洛佳的衬衣，轻轻地推着他往河岸游去。他游起来很吃力，感觉到脚已经踩到了河底。亚什卡自己先爬上去，然后把沃洛佳也拖了上来。接触到那冷冰冰的身体，瞅着那张毫无生气、一动不动的脸，他浑身发抖，慌了手脚，感觉到自己是那么累，那么不幸……

他把沃洛佳翻过来，让他背朝下躺着，分开他的双手，压他的肚子，往他鼻子里吹气。亚什卡已经气喘吁吁，没有力气了，但沃洛佳还是那样面色苍白，浑身冷冰冰的。“他死了。”亚什卡惊恐地想，觉得非常可怕。真想跑到随便什么地方去，藏起来，只要能不再看到这张漠然的、无动于衷的、冷冰冰的脸！

亚什卡吓得低声抽泣，跳起来，抓住沃洛佳的双脚，拼命用力往上一拉，由于用力太猛，涨得满脸通红，然后他开始摇他。沃洛佳的头不停地撞在地上，头发都弄脏了，变得乱糟糟的。亚什卡已经完全没有力气，感到绝望了，正想丢开一切，随便跑到哪里去——就在这一瞬间，忽然从沃洛佳的嘴里喷出一股水来，他开始呻吟，全身抽搐起来。亚什卡放开沃洛佳的脚，闭上眼，坐到了地上。

沃洛佳用虚弱无力的双手撑着欠起身来，就像准备往哪儿跑似的，可是又倒了下去，又痉挛地咳嗽起来，并不时喷水，在草地上抽搐。亚什卡爬到一边去，瘫软无力地望着沃洛佳。现在没有谁比沃洛佳是他更爱的人了，对他来说，世界上没有什么东西比这张苍白、惊恐和痛苦的脸更亲切可爱。羞怯而又充满热爱的微笑使亚什卡的眼睛发出了光彩，他满怀柔情地望着沃洛佳，毫无意义地问：

“喂，怎么样？啊？喂，怎么样？”

沃洛佳稍稍恢复过来了，用手擦了擦脸，朝水上看了一眼，结结巴巴，用陌生而嘶哑的声音，明显地十分努力地说：

“我怎么……沉——下去了……”

这时，亚什卡突然皱起眉头，眯缝起眼睛，泪水从他眼里涌了出来，他放声大哭，痛苦地、无可慰藉地号啕痛哭，全身发抖，喘不过气来，同时又为自己流泪感到不好意思。他哭是由于高兴，由于所经受的恐惧，由于一切都顺利结束了。而米什卡·卡尤年诺克是说谎，这个深水坑里根本没有什么章鱼。

沃洛佳的眼睛变暗了，嘴微微地张开，惊恐地、困惑不解地看着亚什卡。

“你……怎么了？”他从嘴里挤出这么一句话来。

“是——啊……”亚什卡尽力忍着不哭，用裤子擦着眼睛，说，“你沉……沉下去……我把你救……救——上来了……”

于是，他哭得更凶、更响了。

沃洛佳眨了眨眼，把嘴一撇，又看了看水，他的心颤动了一下，他想起了一切……

“我……我怎么沉——下去了……”他好像十分惊奇地说，说着束手无策地低下头，扭过脸去，不看着自己的救命恩人，肩膀抽搐着，也哭了起来。

深水坑里的水早就平静下来了，鱼也早已从沃洛佳的钓竿上挣脱，钓竿给冲到了岸边。太阳明晃晃地照耀着，挂满露珠的灌木丛光彩夺目，只有深水坑里的水仍然是那么黑。

空气变暖了，地平线在温暖的气流中微微颤动。随着一阵阵暖风，从远方，从河对岸，从田野里飘来一阵阵干草和鲜三叶草的清香。这清香与离得更远、但相当浓郁的森林的香味混合在一起，还有这温暖的轻风，好似大地一觉醒来，为晴朗的新的一天感到高兴，在轻轻呼吸。

泰季

1

大棕熊名叫泰季。别的野兽也有名字，不过泰季怎么也记不住那些名字，老是会混淆起来，只有自己的绰号，它记得很牢，如果有人叫它，它总是会应声走过去，做要它去做的事。

它的生活是单调的。它在马戏团里工作，工作的时间已经那么久，都记不清有多少日子了。虽说它早已被驯服，关在笼子里已经没有必要了，但人们还是习惯地把它关在笼子里。它开始对一切都漠不关心，对什么都不感兴趣，只希望能让它安静一下。但它是一个经验丰富的老演员，人们总是不肯让它安静。

晚上，放它到灯火通明的演出场地去，场地当中有一个面色苍白、高个子的人，不慌不忙地慢慢踱来踱去。那人穿着白色的长裤，柔软的黑皮靴和前面缝着金色绦带的淡紫色短上衣。那人的长裤，还有短上衣，还有那张神情冷漠的苍白的脸，总是会对泰季产生强烈的影响，不过那熊最害怕的还是他的眼睛。

很久以前，有好几次泰季曾经用可怕的野兽的方式起来反抗，它忧郁地吼叫，用力猛拉笼子上的铁条，用什么最残酷的办法都不能制服它。但是那个面色苍白的人走过来，站在笼子旁边，看着泰季，每次在他的目光下棕熊都会驯服地安静下来，一个钟头以后已经允许带它去排演了。

现在泰季已经不反抗了，而是顺从地表演各种各样笨拙的、不需要的，甚至往往是很不愉快的把戏。那个穿白色长裤的人早已不用目光吓唬它了，提起熊来，总是把它叫作“善良的老泰季”。从他的声音里可以听出爱抚的意味。

泰季戴着皮嘴套走到演出场地，向快活地闹嚷嚷欢迎它的观众鞠躬行礼。给它一部自行车，它抬起一只脚爪从车座上跨过去，一蹬，车子动了，于是紧紧抓住把手，用力去蹬脚镫子，在演出场地转上几圈。场上在高声奏乐，观众在笑，在鼓掌。

它还会表演几个滑稽可笑的把戏——爪子很快地倒换着蹬原木球——上到很细的金属条上，让身体保持平衡，两只前爪上戴着手套，和另一头小黑熊表演拳击。泰季失去了幽默感，更确切些说，它的幽默感是另一种，是野兽的幽默。因此它不懂，当它极其厌恶地表演那些笨拙而且很不愉快的把戏的时候，所有这些人为什么那么快乐。

夜里，熊常常睡不着，走廊里暗淡地亮着一盏小灯，看守人——一个老头儿——鼾声如雷，从他身上总是冒出一股鲜美可口的香味。那些野兽不时在梦中咆哮和尖叫，从一个个笼子里冒出很难闻的野兽气味。角落里很暗，一些厚颜无耻的大老鼠在地板上跑来跑去，用后腿直立起来，于是从它们身上投射出一条条很长的影子。

泰季思索了一会儿，抱怨了一阵子，然后决定打扮打扮。它花了好长时间从容地舔净自己的爪子和肚皮，当爪子和肚皮已经变得完全湿润而且有点儿黏糊糊的时候，就又去舔肋部和背脊。但舔背脊是不方便的，不久它就累了，于是陷入忧郁的沉思。

它回忆起自己的童年和母亲———一头美丽的母熊，有柔软的爪子和一条宽宽的、热烘烘的舌头。但是泰季几乎不记得自己的童年，只记得一条不大的小河和黄色的沙岸，沙很细，而且是热乎乎的。它还记得蚂蚁的酸甜气味，从那以后它就再没有机会尝到蚂蚁的滋味。

同样它也回忆起在马戏团里有时候会喂它吃的美味午餐。有一次一头小驴病了，整夜在畜栏里哼哧，早晨听不见声音了。来了些神情阴郁的人，不知把死驴抬到哪里去了。晚上给泰季吃的不是平常吃的燕麦稀粥，而是整整一盆香喷喷的炖肉，于是这一天成了它的节日。

它还想到了很多——它仿佛看到了某些形象，愤恨和苦恼充满它的胸膛，它想怒吼，想到什么地方去做它自己的野兽的事情。因此，它整夜高声叹气，第二天特别无精打采，神情阴郁，很不乐意去排练。

2

有一次，马戏团沿铁路去某个很远的地方，泰季也去了。它这一生中曾多次旅行，因此已经对什么也不感到惊奇了，只是不喜欢汽车的汽油味。

一切都和往常 样，在车站上把装着野兽的笼子滚进车厢里去，人们大声喊叫，骂人，把什么东西钉起来。总之，弄出很多嘈杂的声音。最后门砰的一声关上了，不久一切都等速地颤抖起来，摇晃起来，让人非常想睡觉。颤抖和摇晃了两天，后来静下来了。当门又打开，从车厢里卸下那些笼子，然后再装上汽车的时候，周围的一切已经是另一个样子，气味也不同了，但泰季对这些并不感到惊奇。

人们决定在继续往前运送野兽之前，先喂喂它们。杂役来了，打扫干净笼子，然后拿来了吃的。给泰季往笼子里塞进一些煮熟的土豆、面包和一小盆燕麦粥。在这以后，有一刹那不知有什么分散了那个杂役的注意力，他忘了锁上笼子，就转身走了。

熊并没注意开着的笼子门，只是在贪婪地吃土豆和燕麦粥，它甚至轻轻地哼了几声——它简直饿坏了。它吃完以后，舔舔嘴唇，习惯地把盛食物的容器推到门边去，这时才发现门半开着。它非常惊讶，把头伸到外面，往这里那里看了看，打了个哈欠，又退回去，闭上眼，躺下了。但过了一会儿，它站起来，又探出头去。它闻了闻空气，望了望，仿佛在回忆什么，想了想，又探出身子，从汽车上跳到了地上。它在地上十分喜悦地伸了个懒腰，怀着好奇心绕着汽车转悠起来。

这时，汽车司机到汽车这儿来了。他腋下夹着一顶便帽，嘴里不知在嚼着什么。风从他那边吹过来，泰季闻到了香肠味，于是迎着他走去。司机看到熊，立刻停止了咀嚼，一下子呆住了。泰季用后爪站立起来，开始温和地吼叫。这时司机很快转过身去，便帽掉到了地上，他拼命向一排又矮又长、门上挂着块什么招牌的房子奔跑。

“救命！”他恐惧地高声呼喊。

泰季坐了下来，而且为防万一，往旁边挪开一点儿。它甚至已经要回转去，好再钻进待惯的笼子里了。但这时从房子里跑出一群人来，用发狂的声音对着熊大喊大叫。泰季惊恐地转过身子，在这群人中寻找熟悉的面孔，可是这里面没有熟人。泰季觉得可怕，于是跑了。它从拴马桩旁跑了过去，马看到它，都急忙跳到一边，高声长嘶。泰季也大吼一声，跑得更起劲了。

它跑过菜园，在菜畦上跌跌绊绊，跳过篱笆，经过田野，向远处的森林跑去。它跑得很快，抿着耳朵，不时喷喷鼻子，体验到一种陌生的快感。可是跑到最先遇到的一片灌木丛那里，它已经跑得气喘吁吁，于是站住了，并且恐惧地朝后望了望。车站不见了，人也不见了，汽车也不见了，只有荒漠的平原和远处黑压压的屋顶。熊发愁了，它很想再到马戏团去，住在昏暗的走廊上，夜里听那个味道很好闻的看守人打鼾。它怕往回走，于是轻轻地吼叫，微微摇晃着，用后爪站着欠起身来。后来它回转身，望望森林，喷了几次鼻子，擤干净鼻涕，然后闻了闻。有一股香甜的树脂味和蘑菇味，还有许多让它感到不安的气味。泰季往森林里走去，它顺着灌木丛慢慢往前走，每走到一块空地上，它都回头望望，希望能看到那个杂役或者是那个穿白色长裤的人，而他们会亲切地对它说："泰季!"但是谁也没有露面，谁也没有喊它，四周静悄悄的，而从森林里越来越明显地传来有力的召唤。于是泰季怀着既恐惧又好奇的心情走进了森林。

3

泰季运气不好。它来到了森林中一个已经有人居住的地区，一个木材采运企业就设在这里。大片林区已经砍伐过了，在森林中时而会有一些让人感到不快的东西闯入眼帘，窄轨铁路，一截截很粗的绳索，一块块油污的抹布，被车辆压坏的道路，用原木在沼泽上铺的小路，在这些小路上行走时会发出隆隆的响声。这个地方几乎没有鸟兽，夜里还能听到一些与森林和寂静敌对的声音——发动机的嗡嗡声，敲击金属的响声，机车尖细的汽笛声。

泰季在森林里感到陌生，很不习惯，因此最初它只是想着怎样才能遇到人，但同时又不知有什么阻碍它迎着汽车的声音走过去。一切都惹它生气，它不吃东西，几乎不睡，它瘦了，瘦得很厉害。有几次它开始表演终生难忘的那些把戏，希望有什么人到它这儿来，喂它。它用前爪倒立起来，很滑稽地站在空中颤动着后爪，这样绕着林中空地转了几圈。然后它翻了几个跟头，又跳舞，“装死”。它对自己十分满意，环顾四周，等待着有人给它东西吃。但是并没有人感到高兴，没有人称赞它，也没出现颇有诱惑力的燕麦稀粥，它的小眼睛里露出忧郁的惊讶神情。它被森林的不可理解弄得陷入绝望，最后可能还是会回到人那里去的，但这时发生了一件事情，更增强了它对人的恐惧心。

有一天早晨，全身都给露水弄湿了的泰季闷闷不乐地在谷底慢慢地走着，偶尔停下来挖出一些小草，把它们吃掉。

泰季抬起头来。突然碰到了站在上边的一个人的目光。泰季觉得奇怪，于是用后爪站立起来，它甚至高兴得哼了一声。但那人并不高兴，也没像熊所期望的那样，说出什么像是呼唤“泰季”的话来——那人脸色发白了，很快从肩上取下猎枪，举起来，火光一闪，刺耳的一声响，好似打了个炸雷，不知是什么东西啪的一下打到泰季的耳朵上，它大吼一声，倒在草地上，四只爪子一齐乱蹬乱动。由于疼痛、委屈和惊讶，熊在吼叫。那人干了这一罪恶勾当之后，却撒腿就跑。泰季透过自己的吼叫声，甚至能听到他飞速奔跑时咚咚的脚步声，听到他经过的路上一切都在噼噼啪啪地响。

又过了一会儿，泰季怒不可遏，气得发狂，不顾一切地猛扑过去，要去抓那个人。但那人已经躲到什么地方去了，要么是逃跑了，就这样，泰季没能找到他。从这一刹那起，它开始怕人了，更加努力去寻找荒凉僻静的地方。

但是要去荒凉僻静的地方，要去真正的森林，得渡河到对岸去，可是它不知道这一点，因此它的处境越来越艰难了。有好几次它走到河边，看看在水上漂流的原木，心里烦闷，于是又回到树林里去。

4

这样过了两天两夜。第三夜泰季又走到河边，它惊奇地站住了——岸边停靠着一个大木排，木排中间还有一座小木头房子。明晃晃的月亮在空中照耀着，岸上有几座白色的临时木板房，每座房子上都有黑洞洞的窗户，四周没有一个人影，也听不到一点儿声音，只有木排的一根根原木之间传来懒洋洋的潺潺的流水声。泰季用后爪站着欠起身来，用鼻子闻了闻。从木排上的小屋里冒出了黑麦面包和土豆的香味，那香味实在诱人，简直叫它无法忍受。泰季舔舔嘴唇，用后爪站着，全身摇晃起来。它一边摇，一边在紧张地考虑。

到冒出香味来的那儿去，它觉得害怕。因为它知道，那里有人，那些人痛恨它，它也痛恨他们，还在痛的耳朵不让它忘记这一点。但诱惑是那么大，熊在岸上走来走去，用爪子伸进水里试了试，恰好在小木屋的对面站了下来。唉，这香味多么好闻！

木排没有紧靠在岸上，有一个地方从木排往河岸上搭了个跳板。但泰季急不可耐，根本没注意到跳板，它突然跳进水里，一转眼的工夫已经爬上木排。熊毫无把握地踩着原木，走到木屋跟前，围着它转了一圈。从里面传出雷鸣般的鼾声，泰季想起了马戏团，精神振作起来。它隔着窗户往里看了看，可是什么也没看见。于是它毅然决然地推开房门，从小门挤进屋里，立刻咽了一大口唾沫，这儿包脚布、面包和土豆的气味阵阵扑鼻，味道那么好闻。面包和土豆都摆在桌子上，泰季走到桌前，从小铁锅上推开蒙着一层水蒸气的、热乎乎的盘子，翻倒小铁锅，吼叫起来，立刻开始吞咽面包，吃得匆匆忙忙，时常噎着。

“哎！”那人停止了打鼾，突然从高板床上大声喊，“谁呀？是你吗，费佳?”

熊吓得蹲下了，但随即勃然大怒，大吼一声，用爪子在桌上用力一拍，小铁锅和盘子都掉到了地板上。立刻有个无论如何也不像是人的什么东西从床上掉下来，在地上爬着钻出房门，顺着木排往岸上跑去。

泰季明白，事情不妙。可是他仍然在匆匆忙忙地吃，吼叫着，嘴吧嗒吧嗒地响，口涎流到了地板上。它知道，它犯下了反对人的罪行。

过了一会儿，当熊已经吃完最后一个面包的时候，从岸上传来了闹嚷嚷的嘈杂声。该走了，可是它还没完全吃饱，又从地板上抓了几个土豆，然后转身要走，却没有立刻找到房门。等它从房门里勉强挤出来时，看到附近有很多人。就像那次在车站上一样，一看到熊，人们一下子都叫喊起来，泰季却心不在焉地站住了。它上岸的路被截断了。它本来已经在斜着跑，希望能从木排边上跑过去，但是一条长长的火光忽然一闪，啪的一声枪响，拦住了它的去路。熊大吃一惊，转身回去，想绕过小木头房子。人们跟着它跑，呈半圆形包围了它，把它逼到木排边上。后面又啪的一声枪响，嚓的一下子打中了原木，一块弹起来的树皮正打到了熊的肚子。它大吼一声，纵身往前一跳，扑通一声跳进水里，掀起一根水柱，水花飞溅，在月光下水柱是银白色的。它一生中从未游过水，因此连头都没入水中，又浮出水面后，最初它不知该怎么办，可是爪子却自己动了起来。于是它向上伸着鼻子，对着星星，用爪子拼命拍水，水柔和地冲着它往下游漂去。人们站在木排上，好长时间还在高声叫喊，而熊却更加用力挥动爪子，打喷嚏，气喘吁吁，向上抬起鼻子。

它在温暖的、银白色的水里游了大约半个钟头，看到附近有一座森林——连绵不断，黑压压的。这已经不是它不久前从里面走出来的那片森林了——这是一片没有林间通道和采伐迹地，也没有人烟的森林。

泰季感到脚爪踩到了河底，很吃力地爬上岸去，站住不动了。水像小溪一般从它的皮毛上流淌下来。它回头一望，看到上游很远的地方有微弱的灯光，黑暗之中隐隐约约还有些发白的东西。它明白，那些人，还有那些临时木板房，还有木排，都留在那里了。它还明白，那里危险而且吵闹，这里却寂静而又舒适。它想起枪声和留在小木屋地板上的土豆，怨恨地低声吼叫了一阵，然后抖擞了几下，于是爬上陡峭的河岸，迎着一动不动的巨松和云杉向前爬去。

5

这是一片很大的森林，沿河向上、向下绵亘数十俄里。不仅如此，它还向东延伸，直到乌拉尔山脉，向北——直到冻土带。森林爬上一座座丘陵，有时给湖泊和林间空地让出一块地方，在这些林间空地上可以看到一些稀稀拉拉的村庄，村子里有两层的木头房子。这是个很少有人居住的荒凉地区，这里是各种鸟兽的真正辽阔无边的自由王国。

这里有很多狼、狐狸、松鼠和野兔，这里还有驼鹿和黄眼睛里射出神秘目光的大山猫。这里往往会有十分荒凉偏僻的地方，这些地方根本无法通行，那儿倒掉的大树就这样成年累月倒在那里，直到腐烂，慢慢陷进泥土里去。

这里发生过一些不知是什么原因引起的，仿佛是自然而然燃烧起来的火灾。当时火势很猛，在很大一片空间里熊熊燃烧，吞噬森林和野草，成千上万的野兽葬身火海。大火沿着斜坡蔓延，渐渐地，似乎也是自然而然地熄灭了，留下一些黑色的木炭和灰烬，还有些稀稀拉拉、外部已经烧焦的树干。

不久，烧毁的林区开始长出茂盛而粗硬的红草，随后一个个土墩上又出现了越橘和黑果越橘，还出现了小白桦和小松树，林区边缘出现了野蔷薇和悬钩子丛。对于野兽来说，烧毁的林区已经不是荒凉可怕的地方，而成了取之不尽的宝库，阴郁的大雷鸟、羞怯的花尾榛鸡，还有黑琴鸡和野兔，都在这个宝库里生活、觅食。驼鹿也常来这里，在柔软和微微发白的苔藓上留下像一个个小坑样的深深的足迹。

森林中生活沸腾，这里的生活还没有由于人类的到来而变得那么阴郁。不错，这儿也在进行经常不断的斗争，统治这儿的是爪和牙的法律。有多少白骨和羽毛腐烂在这块美丽土地上僻静的角落！但这儿危险的斗争并不像与人类的斗争那样毫无希望。

这些森林里很少听到枪声，每当枪声一响，就会好久好久，而且十分响亮地沿着丘陵向四面八方滚滚而去，进入会产生共鸣的松林，飞到河上，又从对岸发出回声，回声已渐渐减弱，拖得很长很长。于是松鼠丢掉球果，飞一般跳上树梢，好在那里怀着无限的好奇心朝四面张望。躲着的野兔也直立起来，驼鹿竖起耳朵，听了一会儿，悄无声息地挪到另一个地方去了。正在密林中打盹儿的大山猫有一瞬间微微睁开睫毛浓密的黄眼睛，神经质地不时动动两只耳朵上的那两撮毛。只有对人类最熟悉的狼，丢掉一切，犹如一些灰色的影子，跑到距离最近的小丘上，好长时间在闻，竭力想要闻到，同时又害怕闻到随风飘来的、可恨的人类的气味。

这里还有许多轻轻叮咚作响的泉水，即使在最热的时候，这些泉水旁也是凉爽的。这里那里不引人注意地出现一条条沟壑，它们长途跋涉，错综复杂、曲折蜿蜒地伸展到河边，沿途不时被醋栗丛和小山杨林拦阻、截断。獾和狐狸喜欢在这些沟壑里挖出一个个复杂的洞穴，而狼也住在这儿，住在一条条小溪附近，它们的巢穴里面。

6

泰季整夜沿着河岸往北走，就像海员遵循罗盘的指示。它害怕深入森林，森林里充满它不了解的东西。然而河是它熟悉的，河已经救过它一次命，它信任它。有许多声音和气味从四面八方来到它这里，这些都是它应该弄清楚的。其中有一些它十分熟悉。有两次，大山猫的脚印拦住了它的道路，它立刻想起了马戏团里的大山猫，虽说后者气味更加强烈——被囚禁着的野兽，气味总是更浓一些。后来它惊起几只栖息在一棵大云杉较低的树枝上过夜的花尾榛鸡，起初它自己也吓了一跳，但随即很快就放下心来，明白这只不过是几只鸡而已，狐狸的脚印它也立刻就认出来了。

但迫使它经常保持警惕的大量新印象终于使它感到疲惫不堪，于是它在一个四面有云杉幼林掩护的小谷里找了个干燥地方，躺下来，迷迷糊糊地一直睡到了早晨。

奇怪，这只很大的野兽现在在森林里竟是完全束手无策，一筹莫展。许多年过去它对森林已经生疏了，童年时了解的那一点儿关于森林的知识都渐渐忘却了。大自然赋予它的一切本能都已陷于昏睡状态，随便什么需要采取某种行动的、最微不足道的意外事件都会使它感到惊慌失措。它总是很想吃东西，已经习惯可以填饱肚子的大量食物的胃，现在经常空着，饿得难受。但马戏团里每天来喂它的那个杂役不在这里，它不得不自己寻找食物，而它却不知道这该怎么办，不知道什么东西可以吃。

大概谁也不像野兽那样能感觉到和懂得，母亲意味着什么。母亲教导幼崽躲藏、打架、逃跑，向它说明谁是敌人，谁是朋友。母亲知道哪里有黑果越橘和蚂蚁，哪里有草莓，有味道鲜美、汁液丰富的草根，哪里有鼠洞、鱼和青蛙。它知道哪里有清凉的水和幽静的地方，哪里有蚂蚁窝和长满柔软高大的野草、阳光灿烂的林间空地。它了解各种气味和迁徙的秘密。它还知道，森林里没有哪一只野兽能够活到很老很老，终其天年，每只野兽都会遭遇到可怕的不幸，需要十分机警、勇敢和小心谨慎，才能尽可能长久地保存自己，并在自己身后留下后代。

如果泰季不是在动物园里，后来又在马戏团里，在人类中间长大的，如果它的生活导师是一头对一切都暴虐凶残，但对它，对这只小熊却无限慈爱的母熊——那么现在它就会是一头威武强壮的野兽，知道一只野兽需要知道和可能知道的一切了。但泰季是向那个穿白色长裤的人学习生活的，它那桀骜不驯的野兽精神还在童年就已经给压制住了。它知道了森林中的居民不能理解，而且会感到许多可怕的东西。在城市里，它无疑比自己的任何一个同类更有经验，也更聪明，但在它目前来到的这个世界里，它的全部知识又有什么价值呢！在森林里它又变成了软弱无力的、可怜的小熊，什么也不懂，对什么都感到害怕。全部区别仅在于，现在它已经不是一只很小的小熊崽，而是一头长着发黄的獠牙、屁股给笼子磨破了的大熊，而且现在已经没有能保护它，并教会它许多东西的慈祥聪明的母亲和它生活在一起了。

7

小鸟儿吵醒了泰季。小鸟们在露水淋湿的树枝上轻盈地飞来飞去。太阳从远方，从东方的丘陵后缓缓升起。松树之间悬挂着透明的雾幕，空气清新、纯净，泰季从夜间栖身的地方走出来，一瘸一拐地往北走去。由于不习惯森林中的流浪生活，它的爪子感到疼痛，这已经是第二天了，但是它执拗地往前走，因为不知为什么它还不喜欢这儿。它努力往北走的时候，什么也不想，这就和鸟儿在长途飞行之前汇集成群的时候也是什么都不想一样。深深扎根于它心中的本能引导着它去一个想象中的地方，那里应该阳光充足，有许多食物、清洁的水，而且十分幽静。

中午，熊走过一块阳光灿烂的林间空地，这时一股异常的香味钻进它的鼻孔，在它胸中激起一连串回忆，但是这香甜、可爱的气味的源泉在哪里呢？泰季转身向东，稍走了几步——香味消失了！它激动不安地转身往西去——又闻到了诱人的香味。于是泰季开始转圈儿，它要找到蚂蚁窝，需要花费相当长的时间。它闻到的是蚂蚁的气味，它立刻就辨认了出来，尽管它已经有那么久没闻到这种气味了。

这些蚂蚁多么可爱！还有什么比它们味道更鲜美呢！很肥，有点儿酸味，吃起来感到痒酥酥的，立刻会引起口渴的感觉和食欲，而且马上就会让这些愿望得到满足——可以不断地吃！

泰季把鼻子伸进蚂蚁窝里，由于强烈的快感甚至哼了一声——在近处这奇妙的香味竟是这么浓郁。它把鼻子伸得更深，眯缝起眼，伸出湿漉漉的舌头舔吃蚂蚁，嘴也吧嗒吧嗒地响了起来。霎时间它的嘴脸上沾满一层蚂蚁，大个儿的棕色蚂蚁恶狠狠地爬到它的脸上，钻进它的耳朵，但泰季只是摇摇头，夹起尾巴，嘴却吧嗒吧嗒地响得更起劲了。最后它受不住了，于是坐下来，想要喘一口气。就在这时，它想起了早已忘记的办法，于是用爪子去挖蚂蚁窝。蚂蚁立刻爬满了爪子，它只消舔着吃就行了。这可方便得多了——蚂蚁不再钻进鼻子和耳朵里，嘴里的也不会掉进泥土和针叶里去，直到那个蚂蚁窝已经什么也没剩下的时候，泰季才离开那里。

泰季毁坏了蚂蚁窝以后，又继续往前走。翻过一座宽阔的丘陵，上面有一片树梢已经光秃秃的、枯萎的云杉林，随后它又穿过一道峡谷，忽然碰到一个悬钩子丛，直到晚上它都没从那里面出来。

起初，花尾榛鸡和大雷鸟飞起来，鱼在小湖里拍水，林涛澎湃，以及从一旁经过的驼鹿弄出噼噼啪啪的响声，都会让泰季大吃一惊。它不熟悉的奇怪气味，不论是十分强烈的，还是勉强可以闻到的，都会让它担惊受怕。但是它战胜恐惧，不断地研究一切声音和气味，这样好在下一次再遇到它们的时候，已经能够迎上前去，或者避开，或者根本不去理会它。

在它目前的生活中有一种一开始它还没领会到的幸福——除了人，它不需要怕任何东西。对它来说，无论是狼，还是大山猫或很小的貂，都并不可怕——这些野兽都是很凶猛的动物，小兽和小鸟遇到它们准要倒霉。谁也不来找泰季的麻烦，它既不需要躲藏，也不需要逃跑，不会感觉到身后有追赶它的轻轻的、可怕的脚步声。恰恰相反，大家都怕它，因为在这儿，在森林里，它自己并没料到，它是最大和最可怕的野兽。

它明白这一点要迟得多。那是在有一次它偶然碰到一头小驼鹿的尸体的时候，当时有两只大狼正在撕着吃那头死鹿。看到狼，熊惊慌失措地站住了。那两只狼凶恶而又无能为力地吼叫起来，并且立刻走开，给熊让位。在泰季享用小驼鹿肉的整个这段时间里，那两只狼一直在一旁转悠，可是不敢走近。于是感到自己具有强大威力的喜悦意识在它心中苏醒了，甚至当它已经吃得过饱以后，它还几次回到那里，而每次都高兴地看到，只要它一露面，那些饿狼就都赶快从驼鹿尸体那儿跑开。

8

泰季在一些地方停留一天，在另一些地方停留两天，一直继续往北走。松树变得更高、更细，悬钩子、草莓和越橘变得更多，村庄却更少了。无边无际、荒无人烟的美，未曾触动过的密林和寂静，这一切向四周延伸开去，似乎觉得再也不需要什么了！但是由于几乎已被泰季忘却的童年还留下了那样模模糊糊、十分美好的回忆，所以它总是觉得一切都不对劲，不是那么回事——它渴望到它自己的地方，到它自己的、熊的天堂去。

泰季找到一个它认为特别好的地方，于是开始巡视这块地方。它拔掉一个个腐朽成粉屑的树桩，破坏一个个鼠洞和松鼠窝，翻转一块块长满已经干枯的白色苔藓的石头，寻找软体动物和虫子。

有一次，它走到一个狭长的湖边，很响的拍水声使它觉得奇怪，于是它站住了。在岸边苔草中取暖的狗鱼被熊吓了一跳，从草丛里钻出来，钻进冰冷的深水里。泰季沿着湖岸往前走，留心仔细察看湖水和苔草，常常一动不动，呆呆地站着。

它还不知道鱼的滋味，但是不知有什么在提示它，叫它抓一个这种东西。最后它发现了一条一动不动的狗鱼暗黑色的背脊，于是紧贴着地面，悄悄地走近前去。从一旁来看，这是很好笑的，因为紧贴着地面的只有前爪和脸，屁股却撅起来，很滑稽地摆动着。但熊偷偷走过去时毫无声息，不过它那双小眼睛却凶恶地闪闪发光。

它很快而又急促地挥动爪子，一下子打在狗鱼停留的那个地方，高声吼叫起来，两只前爪都冲进水里。起初它不知道打中了没有，所以继续用两只爪子拍打，溅起一团团污泥，掀起一个又一个波浪。这时狗鱼微微发白、带有斑点的肚子忽然在它面前一闪，于是它把它抛到了岸上。它把狗鱼全部吃掉了，什么也没剩下，于是它记住了狗鱼的滋味，好以后再抓狗鱼吃。

泰季在两个星期里学会了很多东西。现在它总是头冲着来的那个方向睡觉，它已经知道，除了浆果和草根，蘑菇的味道十分鲜美。现在泰季不像最初几天那样，不加选择地碰到什么就吃什么了，它已经知道汁液最多的草根生长在潮湿的地方，它开始只喝干净的活水，而且学会了利用风向，它的嗅觉更敏锐了，已经能闻到很轻微的，时间过了很久的气味。根据自己痛苦的经验，它知道，森林里并不是什么都可以吃，有些浆果和蘑菇，最好还是别去碰。

它强壮起来了，感觉疲倦的时候渐渐少了，最初几天那么疼痛的脚掌现在已经变粗糙了，在马戏团里给截短的爪子，这时又长长了。它走路时声音变得很轻很轻，几乎听不见响声。只有在忘情的时候，它破坏路上碰到的一切，才会弄得咔嚓咔嚓的响声传遍整座森林。

起初，泰季多半是像在马戏团里那样，夜间睡觉。但后来它发觉，夜间森林里的生活比白天有趣得多。夜间出来游荡的貂、野兔和狐狸的脚印更加清晰，不知有什么在草丛里活动，在灌木丛中胡闹，不知有什么从峡谷和林间空地上跑了过去，寂静中忽然发出奇怪的叫喊声……除此之外，白天让泰季感到那么苦恼的苍蝇、马蝇、牛虻，夜里也都不见了。于是它更经常在夜里出来游荡，白天却躲在隐蔽的地方睡觉。

9

有一次，泰季在森林里一条荒废的旧路附近，靠村庄的那一边发现了一块不大的燕麦田，它立刻明白，燕麦不是无缘无故长在这里的，而是与人有某种联系。

泰季从这块林间空地边上走过去，燕麦穗轻轻搔弄着它，这使它觉得十分惬意。它围着这块麦田转了一圈，没有找到它感兴趣的任何东西，于是走了。但过了很短暂的一段时间，又回来了，这次它已经走进燕麦丛中，躺在那里，躺在月光下这个柔软、明亮的小岛上，开始用嘴去咬麦穗。就这样，它尝到了燕麦的滋味，这味道不知有哪一点使它想起几乎已经忘记的燕麦稀粥的香味。起初它贪婪地、不加选择地把什么全吃进去——不管是麦穗，还是麦秆，后来就只吃麦穗和吮吸它的汁液了，天快亮的时候才离开这里，在燕麦田里踩出光秃秃的老大一块。

泰季很喜欢燕麦，过了一天它又来了，整整一夜都在大嚼。第二天夜里它本来也想来的，可是走进了一片不大的沼泽地，惊散了二三十只青蛙，花了好长时间去捉青蛙，全身都弄脏了，后来整整一个早上它都在洗刷身上的污泥，就这样转移了注意力。

泰季不知道，这天早晨有人坐着大车从那条旧路来到这里，花了好长时间巡视这块田地，他们破口大骂，然后走了。傍晚时他们带着斧头和木板，又坐着大车回来了，在一棵看来对他们十分合适的老松树上制造什么东西，工作时竭力不敲得太响，不弄出很大的声音。

“好像是定做的!”他们当中有人不时重复说，于是他们脸上都露出了奇怪的、冷酷的微笑。

后来那些人走到一边去，抽了一会儿烟，漫不经心地把许多火星撒落到草丛里。他们从大车上拿出猎枪，有两个人爬上树去，第三个人却赶着大车回去了。有个水桶在大车底下叮叮当当地响，坐车回去的那个人唱起歌来，好长时间留下来的人还能听到歌声和水桶叮叮当当的响声。

泰季醒来的时候，月亮已经升到了森林上空。它在完全的寂静中默默地躺了好久，只是不时转动着头，仔细闻闻，辨别各种气味。后来它起来，打了个哈欠，伸了个懒腰，想起了燕麦，于是不慌不忙、摇摇晃晃地向燕麦田走去。有时它被什么气味吸引住了，于是站下来，把鼻子伸进草里，长时间吸气，拔出香甜的草根，吧嗒吧嗒地吃起来——它不会轻轻地吃东西。

它已经几乎来到麦田了，透过密密的山杨林甚至可以看清那片好似一条白色带子的燕麦，中间有一块黑斑——那就是它两夜来在那儿大嚼的地方。它只需要往前再走那么十到十五步，这时它却突然站住了。

不，它什么也没听到，什么也没闻到，但是仿佛有个影子在它面前一闪，看不清楚，只是模模糊糊好像有个什么东西。本能警告它，当它不在这儿的这段时间里，这儿已经发生了某种变化。

泰季转向右方，沿着森林绕过这片田地，同时又不让微微发亮的燕麦带离开它的视野。它背上的毛直竖了起来，但它并不像往常那样高声吼叫——有什么提示它，最好不要吼叫。地里不见人影，周围一切都一动不动。勉强可以听到的微风不知从哪里吹来，几乎没有摇动野草，风是那么微弱，但燕麦香却变得更加强烈，泰季的鼻子也立刻变得更湿、更冷了。但泰季并没有舔嘴唇，也没有张开大嘴，它默默地咽下一口唾液，走到明亮的路上，一棵棵树投下一条条清晰的黑影，横卧在路上。本来已经平放下去的后颈上的毛立刻又直竖起来——一阵虽然微弱，然而刺鼻的焦油味、马的气味、烟草味和人的气味突然冲进它的鼻子。它站住，闻了好久。最后它明白，曾经有人和马在这儿停留过一会儿，抽了一会儿烟，然后又走了。它稍稍放大了胆，沿着道路又走了几步，又从路上横穿过去，现在是从另一个方向来到了田地边上。

它已经清清楚楚知道，白天曾经到过这儿的那些人早就走了，可是——奇怪——危险的感觉并没有离开它，后颈上的毛也没有平放下来。它想完全离开这个使它产生如此强烈的恐惧的地方——因为一切不知道的东西都是可怕的——而且本来已经转身走回森林，但后来绕了个不大的弯，又回来了。

泰季没有母亲，谁也不能教它懂得，需要立刻离开不了解的东西。因此，它回来以后在云杉阴影里站了好久，味道鲜美、十分好闻的燕麦味压倒了恐惧感，在吸引它，让它放心，使它丧失了谨慎。

熊渐渐地完全从阴影里走出来，并且已经探身想要去够麦穗了，但就在这一瞬间，不知有什么很响地哒地响了一下，上边什么地方和旁边有什么微微一动。泰季既没来得及跳开，也没来得及抬头，就看到很大的一片火光突然一闪，在夜的寂静中轰隆隆一声可怕的巨响，不知是什么火辣辣的东西啪的一下打中了熊的左前爪，打伤了它，泰季跌倒了。还在哒的一声响的时候，泰季就已经明白，它中了圈套，知道这是它最危险的敌人——人，需要逃跑，因此不管在这一瞬间它是多么怒不可遏，它还是跳起来，往救命的、昏暗的森林里跑去。它冲向森林，飞也似的奔跑，能跑多快，就跑多快。但使它感到惊讶的是，在它第二次纵身一跳的时候，它又跌倒了，而紧跟着它，从上边，从那棵弯弯曲曲的松树上，又隆隆地响了两枪，刺耳地嗡嗡响着飞了过去，啪的一声就打在旁边，甚至好像是打到了前边。但这时让它感到害怕的并不是枪声，而是它已经不能跑，而且又跌倒了。它又跳起来，从燕麦田这里跳开，可是又发生了不可理解和可怕的事，它的嘴脸竟栽到了泥土里。直到在这时泰季才明白，它的左爪好像已经不存在了，它麻木了，不会动了，不能再用它来站着了。于是，它把体重挪到另一只爪子上，又开始奔跑，越跑越快，越跑越快，弄出可怕的噼噼啪啪的响声，慌不择路，吓得不时喷喷鼻子，摇摇晃晃，时常一脚爪踩空，胸膛挨到地面——赶快离开这儿！

它跑了很久，一直好像觉得后面在噼噼啪啪地响，似乎就要追上它了，于是它跑得更快，直跑得筋疲力尽，最后完全失去跑到安全地区的希望，于是站住了，高声怒吼，转过身来，想要迎战敌人。它吼叫了一阵，蹲下来，抿住耳朵，缩回这时已经痛得无法忍受的那只爪子。它的眼睛炯炯发光，两肋鼓胀，由于恐惧和狂怒，背部和肋部的毛都直竖起来。由于自己在大声喘气，它什么也听不见，为了听听动静，它暂时停止呼吸。泰季什么也没听到，又不相信周围的寂静，以为敌人准是藏起来了。它又吼叫了一阵，然后转身走了，一边走，一边还经常不断地回头朝后看。

但是并没有任何人追赶它，被它的吼声惊动了的森林静下来了，听不到一点儿声音。泰季走着的时候开始舔自己的爪子。温暖的血使它感到兴奋，疼痛稍微减轻了些，它一直在努力地舔，觉得这样做的时候获得一种奇怪的快感。

而这却救了它的命。猎人们等到天亮以后，带着装好弹药的猎枪，顺着弯弯曲曲的血迹追赶，猜到了一切——它怎样奔跑，一路上毁坏灌木丛，用爪子挖地，血溅到草上。他们也猜到它曾经转身对着他们，坐了下来，因为这儿血特别多，草给压倒了，粘在了一起。但后来脚印开始看不大清了，血迹愈来愈少，不久已经完全消失了，猎人们失去了熊的踪迹，走遍了附近的峡谷，一无所获地返回自己的村庄。

10

而这时泰季正躺在远方阴森森的森林里一个干燥的“孤岛”上，痛得难熬。它的爪子肿胀起来，很痛，整整一天它不能挪动地方。黑夜降临了，但疼痛不让它入睡。除此而外，不知是什么新的恐惧控制了它，但它不能采取任何行动，只能加紧仔细闻，竭力想猜到这恐惧的原因。森林突然静下来了，一切都躲藏起来，听不到丝毫声音，这死一般的寂静越来越强烈地使熊感到难以忍受，使它精神紧张。

某种引起恐惧的东西从森林中疾驰而过，开始感到透不过气来。起初闪光断断续续，后来愈来愈频繁地环绕着半边地平线闪闪烁烁。闪电悄无声息、十分神秘地频频闪烁，由于在密林中，所以看不见闪光，只看到松树梢不时被幻影似的淡白色亮光照得忽然一亮。后来远方渐渐地开始响起隆隆的雷声。泰季用忧郁的低声怒吼回答远方的雷鸣，并且不安地在那棵云杉下辗转反侧。由于四周笼罩着一片如此不祥的寂静，而从远方又越来越清晰，几乎毫不间断地传来隆隆的雷声，所以它越来越想躲到什么地方去藏起来。但是无处可藏，它只好更加紧紧地靠在树上。

雷雨异常迅速地到来了，树与树之间缝隙里的星星被一片黑幕遮蔽起来，白色的闪电剪开漆黑的幕布，电光打到邻近的一些小丘上，不知是什么胀破了，刺耳又可怕地隆隆地响着。“咳！吭吭——吭！”——好像是在咳嗽。

从云彩里落下一阵自上而下的风，松树和云杉的树梢用沙沙的响声来回答它，下面却静悄悄的，什么都一动不动。阵风疾驰而过，几乎紧随着风立刻下起雨来。这可不是怯生生地在树叶上沙沙作响，泰季所熟悉的那种普通的雨——这雨一下子倾泻到森林上，用正在降落的雨水的喧嚣声充塞了整个森林，除了雨声已经听不到任何声音，只有雷鸣频频用扬扬得意的怒吼压倒一切响声。

直到早晨雷雨方才过去，被阳光穿透的整座森林变得光彩夺目，闪闪烁烁的水滴从上面的树枝落到底下的树枝上，又从那里落到草上，一滴滴水珠都被土地吸收进去。森林里整整一个早上到处都可以听到活跃的沙沙声。

可怜的，可怜的泰季！它已被疼痛、被对雷雨和人的恐惧折磨得疲惫不堪，有那么长时间没有睡觉，浑身湿透，那么不幸。它坐在一棵老云杉树下，不能为阳光感到高兴，由于疼痛，甚至不能考虑到什么地方去寻找食物。它束手无策，十分孤独，就这样躺了一天和一个夜晚，又躺了一天，直到伤口终于开始稍稍愈合，剧烈的饥饿感驱使它走出这个偏僻的角落。

它勉强用三只爪子一瘸一拐地在一座座小丘上慢慢地走，愁眉苦脸，小心谨慎，凡是钩住它那只疼痛的爪子的灌木丛、干树枝、树根，或者只不过是高大、粗硬的野草，都会惹得它暴跳如雷。但又过了几天，它已经开始小心翼翼地用那只受伤的爪子落地了，一些忧郁的想法渐渐离开了它，它又高兴起来，精神也振作起来了。

但是它不得不又一次和人相遇。它不慌不忙，像马遛蹄那样在靠近河岸的地方走着。是一个温暖的夜，遇到了特别多的悬钩子丛，但是泰季正在生气——在此之前，它曾追赶一只还没睡醒，因而变得傻头傻脑的黑琴鸡，黑琴鸡胡乱扇动着翅膀，一会儿钻到灌木丛下，一会儿撞到树上掉下来，泰季有好几次差点儿抓住它，但黑琴鸡还是飞上了一棵白桦树，泰季够不到它了。这会儿泰季还在气呼呼的。

泰季下到一个峡谷里，在一条小溪中喝够了水，从另一边上去，突然闻到了烟味，听到了人声。它悄悄地往冒烟的那个地方走去，不久就来到一块林间空地上。空地上明晃晃地烧着一堆篝火，搭着两个帐篷，有几匹系着绊马绳的马正在地上吃草。这是一个科学考察队，不过泰季当然不知道这个情况，于是非常惊奇地蹲下来，想要更清楚地看看这一切。有人坐在篝火旁，也有人走动，他们高声谈话，大笑，从他们身上投射到树上的很大的影子在微微颤动。

泰季沿着空地的边缘走过去，后来想了想，走到离帐篷更近一点儿的地方，突然出乎它自己意料之外地暴跳如雷，吼叫起来。马立刻惊恐地打起响鼻来，挤作一堆，从帐篷里窜出了一条狗，大步跳跃着向泰季跑来，但是还没跑上十步，就猛一下子站住了，恶狠狠地、然而又胆怯地对着它狂吠。泰季稍稍后退，试图从另一边走近帐篷，但狗又迎面跑了出来。篝火旁的人都跳起来了，有两人冲进帐篷里去，拿着猎枪又跑出帐篷来。泰季一看到猎枪枪身上微微发红的反光，立刻转身逃跑。狗跟在它后面紧追不舍，由于获得胜利，由于在追逐，而欣喜若狂。泰季从森林边缘跑过，转身向沼泽地跑去，后来它勃然大怒，回转身向狗猛扑过来。狗立刻住了声，拼命向帐篷跑去。泰季想去拆毁帐篷，但想起了猎枪，于是往河边寻找食物去了。

泰季已经往北走了大约二百俄里，无论在哪里都不逗留很久。如今它已经不像最初那样对一切束手无策了。各种气味它已经都了解了，为了什么事情感到惊讶的情况已经越来越少，对周围的大量事物和现象也越来越熟悉了。例如它已经知道，无论在任何情况下都应该信任松鸦和喜鹊，尽管它们都被看作是最无聊的鸟。它学会了猜出黑啄木鸟这样叫或那样叫的原因，如果从老远看到一只松鸦落在一棵枯树的树梢上，正在擦净自己的喙，而在比它稍低一点儿的地方落着几只一动不动的喜鹊，耷拉着尾巴，望着下面——那么泰季就会毫不迟延地立刻到那里去，甚至不用嗅觉来核实一下，因为它知道，凡是有吃饱了的松鸦的地方，总是会捞得到好处的。泰季爬树的本事并不怎么特别好，不过如果碰到一棵树杈张开、比较好爬的松树，它永远也不会放过爬上去、从树梢上仔细环顾四周的机会。它只是不喜欢松鸦和喜鹊过分留心注意它。它竭力想要离开它们，低声吼叫几声，如果它们仍然紧紧跟随着，从一棵树飞到另一棵树上，用叫声伴送着它，泰季就不多考虑，马上藏起来，等待它们飞走。随后它不时向外张望，仔细看看近处的树，如果看不到那些纠缠不休的跟踪者，它就十分满意地哼着，继续走它自己的路。在短短一段时间里，它知道了在城市里一生都没可能知道的那么多东西，它变得身强力壮，小心谨慎，从旁观者的角度来看，可能觉得它已经变成了一头真正的野兽，但事实并不完全是这样。

有一天早上，泰季到一条小溪边去喝水，忽然好似晴天一声霹雳，吃了一惊，呆呆地站住了——小溪旁有熊的气味！这是时间已经过了很久的旧气味，也许，另一头熊来过这里以后已经过了两天了，但这微弱的气味里暗含着如此严重的威胁，以至泰季忘记了口渴，好长时间环顾四周，背上的毛怎么也不能平放下去。如此说来，在这片森林里称王称霸的并不是只有它一个，而是还有另一头熊，而现在对这另一头熊应该感到担心。从这天起，对泰季来说已经变得不安宁了。

泰季愈来愈频繁地遇到已被毁坏的蚂蚁窝，已被吮吸过和采摘过的悬钩子，已经给吃光的、长满越橘的土墩。当泰季从老远闻到兽尸的气味，赶到那里的时候，原来另一头已经来过，从兽尸上剩下的当真只有一股气味了。现在森林里到处都有那头外来的熊的气味，这气味使泰季气得发狂。它的仇恨渐渐积累起来，变得如此强烈，如此坚定，以至不久对它来说已经十分明显——两头熊绝不能同时住在这个地区，有一头必须离开。

如果这儿并不好的话，泰季会不假思索地离开这里。但是这儿是那么好，有那么多好吃的东西，因此泰季决定赶走仇敌，于是开始寻找和它相会的机会。有时泰季更经常地遇到才留下的新脚印，比遇到旧脚印的时候还多，可是怎么也没能遇到那一头熊。

它们的相遇很突然。早晨泰季选中了一个地方，觉得可以在这儿躺上整整一天。它走过松林间很小一块长满白色干苔的空地，这时突然有一股很讨厌的、离得很近的熊的气味冲进它的鼻子。泰季抬起头来，顺着飘来气味的方向一看，终于看到了自己的仇敌。哼，它这就要叫这个厚颜无耻的家伙知道它的厉害！它要怎样来收拾它啊，泰季的小眼睛里射出狂怒的闪光。有一瞬间它的仇敌躲到了松树后面，随后就走到了那块林间空地上……

这是一个那样大的庞然大物，一头吓人的野兽，在它面前，泰季像一只小兔子似的呆住了。仅仅在一刹那之前，泰季还满怀仇恨，渴望搏斗，还是一头野兽。但与它仇敌的野性相比，它的野性又算得了什么！这是一头真正的野兽，身上披着乱蓬蓬的长毛，下巴底下长着胡子，有钢铁般的利爪，一身发达的肌肉，还有那么凶狠的目光，泰季虽然也是个很大的野兽，看到它却吓得呆呆地一动也不能动了。

那头大熊站在那儿，低低地低下头，这样一来看上去好像是个驼背。它默默地站着，凝神注视着泰季。既没有发出任何声音，也没有做出任何动作，泰季却已经明白，正是它自己必须永远离开这个美丽的地方。难道它能和这个可怕的庞然大物竞争吗？哪怕只是想一想！

就在这一瞬间，那头大熊也明白了泰季已经明白的事情。不仅如此，它还明白，泰季已经懂得了这一点，不，它并没有朝泰季扑过来，想要杀死它，它只是低声吼叫起来。它的吼声比泰季最低的吼声还低整整八度。在人听起来，野兽的吼声总好像是一样的，人的耳朵不能辨别吼叫声音色的细微差别。泰季却立刻懂得那熊想要怎样了。它的吼声不高，甚至有点儿轻蔑的意味，那意思是一个简短的字——“滚!”对于泰季来说，不服从这个命令就意味着一分钟之后将会给折断脖子，撕裂胸膛，倒在这白色的干苔上。泰季没有发出任何声音来回答它。泰季转过身去，很快走开了。几乎已经藏进森林里以后，它最后一次回头望了望。那头大熊还是那样一动不动地站着，在密密的松树干的背景上好像一堆后面有点儿凸起来的干草垛。

泰季永远离开了这个有许多棕色蚂蚁和红色越橘的富足地区，它走了，以免再在路上遇到那个长胡子的统治者。在生存竞争中它原来是个弱者，它输了，而且有充分根据认为，它是幸运地摆脱了一场灾祸。

11

泰季翻越过好多座丘陵，离开那条大河稍往右去，沿着它的一条支流走，一大早上它来到了一块宽阔的林间空地，这时叶子已经几乎完全从白桦和山杨上飘落下来，给地上铺了厚厚一层簌簌作响的地毯，鸟儿都汇集成群，悬钩子已经没有了，长出了大量蘑菇，开始出现早晨的秋寒。

下边有一条小溪奔流，巨大的松树在轻声喧哗，最后几朵母菊贪婪地望着有气无力的太阳，也已渐渐凋零，小溪的岸有许多地方是由金色的柔软细沙构成的，曾有黑琴鸡在沙上飞来飞去，留下了一些足迹，溪水悦耳地不断发出叮咚叮咚的响声。泰季站在林间空地上，突然明白，它已经找到向往的乐土，终于来到了自己童年的地方。它再也不向往任何地方，再也不想到哪里去，它的旅行结束了。

这里完全和很久以前一样，那时候泰季还没有名字，而只不过是一只愚蠢的小熊。那时候它常常吃蚂蚁和草莓，吃得撑坏肚子，于是母亲就叼着它的后颈，在小溪里久久地涮它，然后伸出长长的粉红色舌头，用力揉它鼓胀起来的肚子。那是一些十分美好、无法形容的幸福日子，现在泰季仿佛又回到了那里……不过这当然不是当年的景象了。不，童年已经在时间的模模糊糊的轻烟薄雾中消失，一去不返，不再回来，不会像太阳的光辉和嫩绿的小草那样突然一闪，重新出现了。唉，要是现在它能再变成一只小熊，找到自己的母亲，那该多好。它真想偎在母亲柔软、温暖的腰下大哭一场！多么可惜，这是不可能的……

白天和夜里泰季都在不断迁移，渐渐走遍了这个地区，为自己标出领地的边界。它考察了一条条小溪，一片片沼泽，一条条沟壑，一块块蒙着一层露珠的草地，森林的边缘以及一些偏僻的地方，它遇到狼、驼鹿、松鼠、水獭和野兔的大量脚印。对一些脚印它不感兴趣，另一些却惹它生气，于是它挖掉有脚印的泥土，把泥土撒得到处都是，或者剥掉树皮，为的是宣布自己对土地和森林，甚至对空气拥有的权利。

大雷鸟和黑琴鸡就从它鼻子底下突然飞起来，扇起干枯的落叶，弄出很大的响声。但是现在什么也不会让它吃惊了，它认为这一切都是理所当然，早就熟悉的。它不再深感不安而且好奇地去仔细闻随便什么动物留下的脚印了，而只不过是顺便注意到，“瞧，有驼鹿从这儿走了过去，一共有三头”，或者是，“有一只狐狸跑了过去，它十分匆忙，嘴里叼着一只鹌鹑”。

它的皮毛变成了胡桃那样的色调，长长了，变得丰厚松软，闪闪发光。那只受伤的爪子不再痛了，每当需要用力拔出一个树桩，或者翻转一棵不知什么时候倒掉的大树，现在它都要使用这只爪子。受可怕的食欲驱使，它经常要走很多路。不过这里什么都十分充足，它经常体验到一种极大的乐趣，感到从来没有像这样自由和强壮有力！

自由是伟大的！它像太阳，像广大的星空，它像温暖的和风，或者像飞速奔跑的淙淙的流水。

不需要怕谁，不需要做不想做的事情！

什么时候想站起来，就可以站起来，想去哪里，就去哪里！

可以站住，久久地目送从河上飞过的一队大雁，可以登上四面八方的风都不受任何阻拦、任意吹来的丘陵，在那儿可以闻到各种各样的气味——可以为自己任选其中的一样，到它正在召唤你的那个地方去！

可以钻进有许多枯树的密林，这些枯树上有许多窟窿，已经叫虫给蛀空了，为了欣赏自己不受任何约束的极大的力气，可以推倒这些已经死亡的枯树，它们将会那么可怜地咔嚓一声倒下去！

十一月到了——这是一个最初出现严寒的月份——驼鹿秋天的发情期开始了。泰季在丘陵上闲荡，非常气愤地注意倾听驼鹿呦呦的叫声。有好几次它从老远看到那头长着大犄角的驼鹿——那个庞然大物。那头驼鹿丧失了一切谨慎小心，在小树林里走来走去，登上干燥的长条形山岗，不时喷喷鼻子，几乎叫个不停。熊越来越不喜欢这些吵吵闹闹的邻居，它是头小心谨慎的野兽，有时忘乎所以，也会吵闹，但是它不能容忍旁的动物吵闹，不久它就痛恨那头驼鹿了，就像它曾痛恨另一头熊一样。

有一次，泰季偶然碰到了驼鹿刚刚留下的脚印，而且立刻明白了，这就是不久前看到过的那个庞然大物和几头母鹿。这天它特别凶狠，要赶走那个厚颜无耻的家伙的愿望立刻支配了它。它怒气冲冲地把鹿粪撒到四面八方，很快顺着脚印去追驼鹿。它登上一座长条形的山岗，脚印不见了，它又从山岗上下来，绕了老大一个半圆形的弯，又闻到了驼鹿的气味。不久它就看到了它们。它们正在一片稀疏的山杨林里吃树叶，用丝绒般的嘴唇去够最嫩的树枝。

泰季大吼一声，扑向它们。那些母鹿急忙后退，大步跳跃着往下跑去，那头公鹿却出乎意外地突然打了个响鼻，冲着熊迎面走来。当然，在旁的时候公鹿也会不假思索地跟着母鹿逃走。而现在，在获得许多次胜利之后，它已完全受爱情的狂热支配，于是勇敢地前去迎敌。在一块林间空地上，熊和鹿相遇了。泰季气愤地吼叫起来，驼鹿打了个响鼻，并且喷气，作为回答。由于渴望战斗，驼鹿浑身的皮肤都在颤动，眼睛充血，鼻孔微微发抖，呼出的轻微的热气被一阵微风吹走了。它正在年富力强的时候，长着很大的扁平鹿角，脖子强壮有力，臀部轻巧，微微下垂。

泰季没料到会受到这样的挑战，一下子呆住了，它并没害怕。它只不过是暂时停了下来，仔细考虑，怎样扑上去比较方便。但驼鹿却按自己的意思来解释这短暂的停顿，于是低下头，打了个响鼻，向熊冲了过去。泰季没来得及闪开，一下子就给撞倒了。驼鹿立刻将后腿直立起来，要俯冲下去，猛抵已被打翻的仇敌。如果驼鹿用角击中泰季的头，也许泰季的性命就这样结束了。但驼鹿没能像瞄准的那样击中熊的头部，而是牴到了它的肩膀上。熊的骨头十分牢固，经受住了这一打击，没有折断，但现在哪里还能搏斗，只要能活着逃跑就不错了！

驼鹿看到没有像它所希望的那样击中要害，于是又向上一跳，但泰季滚着躲开了，驼鹿这次完全扑了个空。接着驼鹿又低下头，像第一次那样猛冲过去。泰季急忙闪开，跳到灌木丛后面，驼鹿却不能立刻就停下来。当它转身去追熊的时候，熊已经一瘸一拐，尽力往下跑去。美丽的驼鹿大获全胜，获得了空前未有的胜利。但现在它觉得这还不够，它想要消灭敌人，或者远远地赶走它。于是驼鹿紧跟着跑过去，轻而易举地追上了熊，在奔跑的过程中又撞了它好几下。后来驼鹿好像想起了什么，突然站住了，打着响鼻，转身回母鹿那里去了。不幸的泰季给撞得遍体鳞伤，钻进最稠密的、被暴风吹倒的大片树木之中，好长时间在那里痛得直哼哼，呼哧呼哧地喘息，品味自己战败的耻辱。不久前那头长胡子的熊赶走了它，现在是驼鹿撵它走……最糟的是，现在它需要怕所有的驼鹿——既然有一头驼鹿打败了它，这就是说，旁的驼鹿也能这样对付它。从这天起，它的生活变得难以忍受了。不论它是去采越橘，还是去找蚂蚁窝，或者是去溪边喝水，一碰到驼鹿的脚印，立刻就转个弯离开那里。

但这毫无出路的状况延续了没有多久，在熊血液中沉睡的、它所有祖先的野性突然醒了过来，狂怒地要求它去找到仇敌，把它杀死。泰季开始在森林里转悠，跟踪寻找驼鹿，怒不可遏地用爪子抓地，剥掉树皮，宣告自己的统治权。它找个地方埋伏起来，一连几个钟头完全一动不动地守候在那里。一次，它在溪边发现许多刚刚留下的驼鹿脚印，于是藏到灌木丛里等着。它伏在地上，从树枝间望着小路。到处都铺着厚厚一层潮湿的黄叶，树都已经是光秃秃的，在日渐稀疏的、半透明的森林里，枝叶茂密的暗绿色云杉显得格外清晰、突出。早晨稍稍上了点儿冻，不过这会儿已经融化了，这是阴沉、寒冷的一天。

下半天，上边传来了轻轻的咔嚓咔嚓的响声和喷鼻子的声音。泰季抬起头来，深深吸了一口气——有一股驼鹿的气味。它的耳朵紧张起来，后颈上的毛也竖起来了。它紧贴在地上，把后爪缩到肚子底下。那些驼鹿有两次停了下来。它们在干什么——是侧耳谛听，还是在扯什么树枝——这些泰季可不知道，它很有耐心地趴着。终于上边的灌木丛后面露出了鹿角，随后又看到了驼鹿。公鹿身后跟着三头母鹿，它们都站住了，警惕地动动竖起来的耳朵，仔细向下面看了看，然后下来，向饮水的地方走去——公鹿在前，三头母鹿跟在它后面。

那头公鹿还是闻到了熊的气味，立刻一动不动地站住了。泰季声音低沉地吼叫着从埋伏的地方蹿了出来，驼鹿打了个响鼻，朝熊冲了过去。熊一跳闪开了，并且用爪子猛抓驼鹿的肋部。看来，熊爪打得并不重，只是轻轻地擦了一下，但肋部的皮立刻给撕掉一块，冒出血来。泰季闻到血腥味，立刻野性暴发。它有生以来第一次想要撕下活着的动物身上的肉，听到它的牺牲品临死前从喉咙里发出嘶哑的声音。这时，驼鹿又转身向它冲了过来，熊很重，但驼鹿强壮有力的角还是把它像小猫一样抛了出去。泰季像上次一样在地上滚出了老远，但现在驼鹿的脖子上出现了一个鲜血淋漓的新伤口。泰季跳起来，用最大的音量大吼一声，全身都被震得摇摇摆摆，它猛一跳扑向驼鹿，竭力想从侧面进攻，因为它明白，鹿角是一种它无力对付的武器。

它们继续搏斗，拔起已经有点儿发黄的、湿润的草，刨起地上的泥土，破坏它们周围的一切，不过驼鹿明显地渐渐力气衰竭了。鲜血从它许多伤口里喷出来，尽管天冷，它却全身在冒热气。最后熊终于成功地从侧面扑到驼鹿身上，咬住驼鹿强壮的后颈，同时用后爪去撕它肋部的皮。然后熊用一只左前爪和牙齿紧紧抓着和咬着后颈，透过咬紧的牙齿吼叫着，右前爪使出可怕的力气猛击驼鹿的脖子，又往下一按，弄断了颈椎，驼鹿倒下去了。熊撕开了驼鹿的胸膛，但就是胸膛已被撕破，脖子已经折断，驼鹿还是试图站起来，把熊甩开——它是这么强壮有力！泰季大口大口地吞咽已经死了的仇敌的鲜血，嘴里发出呼噜呼噜的声音，不时咳嗽几声，好久都没清醒过来。

后来，泰季不断地吼叫着走回森林，但是又回转来，试图把死驼鹿拖走。拖起来很沉，也不方便，于是它用干树枝堆到死驼鹿身上，把它埋起来。它马马虎虎往已经死了的仇敌身上扔了些干树枝，挖了挖四周的泥土，然后真的走了。谁也没教它这样做，以前它也没这么做过，但现在它知道，需要这样。

过了两天，泰季已经忘记了这头驼鹿，它偶然从附近经过，风把一阵香味吹到它的鼻子里。它立刻想起了这一切，于是来饱餐了一顿。在这以前有狼到驼鹿这儿来过，根据狼留下的脚印，泰季知道了这一情况，因此它哪里也不去了，就睡在了附近。整整一星期它都来吃驼鹿肉，而且就在这儿睡觉，感觉到现在它已经是周围一切的统治者，它的领土也像那头有胡子的大熊的领土一样，是不可侵犯的。

12

但过了一段时间，犹如一个经久不愈的伤口，对人的思念最后一次又控制了它，一种比本能更为强大的力量突然驱使泰季走出森林。完全像不久前寻求孤独和自由一样，现在它又开始寻求与人会面。

整整四天泰季一直往东南走，直到最后来到一个开阔的地方。它面前是一片面积很大的丘陵，坡度平缓，丘陵上秋播作物一片翠绿，色彩鲜艳。泰季停在森林边上，林边附近有一条大道，经常有汽车在路上奔驰，或者是有人坐着大车慢慢地从那里过去。

泰季微微抬起身子，用后爪站在森林边上，由于思念人类，轻轻地摇晃着。但它并非是需要任何一个人，它需要的仅仅是那个穿白色长裤的强人。它需要那个人走近前来，搔搔它的耳朵后边，亲切地说："泰季！"并且用他那强壮的手把一块糖放进它的嘴里……

熊就这样站着，站了很久很久，但这已经完全不是从前的那个泰季了，它仿佛重新理解了生命伟大、神秘的意义，同时也已经永远告别了过去。它没有走到路上，到人那里去，也没有耍在马戏团里学会的那些滑稽可笑的把戏中的任何一种把戏。它默默地、痛苦地思念着。后来仿佛它心中有什么东西发生了变化，仿佛最后的沉重负担从它身上脱落了下去，把它和人类联结在一起的最后一根线断了，于是它回转森林去了。四天以后，它又已经回到了自己那里。

一天比一天冷了。现在泰季睡觉睡得很多，很少走路。每天早晨小湖和旧河床都蒙上一层响声清脆的薄冰。饥饿——泰季的这个经常不变的领导者，突然退居到次要地位，某种旁的需要越来越强烈地搅得它心神不宁。在马戏团里不让泰季冬眠——它需要演出，但在这里，它却要服从森林中的规律。它想睡觉。它一直走来走去，好像在打量什么，但它总是觉得，要么是不舒服，要么是太开阔。

一天夜里下雪了，早晨一片白茫茫的。遥望远方的丘陵，仿佛隔着一层轻烟薄雾，泰季更想睡觉了——就连雪地上它自己的脚印也不会让它感到惊讶了。有一次，它在一棵云杉树下的干树叶上安顿下来，一连睡了三天，但后来醒了，又慢慢地不知往哪里走去。边走，边忧郁地看看十分活跃、在白雪上黑得格外显眼的乌鸦。

最后熊找到了自己需要的地方。这是一个撒满落叶和针叶的深坑，坑上边灌木丛生。除此以外，一棵被锯断的云杉恰好倒在这个坑上。不知什么时候有人锯倒了这棵云杉，带走了锯下的树梢，却把下半截留在了这儿。针叶从枝梢上落下，撒了满满一坑。但即使没有落叶，云杉枝梢也已经那么稠密，泰季钻到树枝底下，就几乎看不到天空了。然而它还是觉得不好。它又爬出来，拖来一些干树枝，堆到上面，直到傍晚才又钻进去。它在那儿翻来翻去，折腾了好久，怎么躺也觉得不舒服，最后才躺了下来，它觉得这样很好，于是开始舔净自己身上的毛。天渐渐黑了，在下着雪，这雪悄无声息。当天完全黑下来，松树梢上的雪也失去了它最后的淡紫色，这时泰季睡着了。

它梦到了什么呢？

是不是梦到了马戏团和漫长的演员生涯，而这漫长的演员生涯仿佛被走廊里的黑暗和演出场地耀眼夺目的灯光分成了两个部分？是不是梦到了一次次迁移，一节节车厢，车轮铿锵的响声，煤和汽油的气味？是不是梦到了高声大笑和疯狂叫喊的人们，以及那个穿白色长裤的人？

是不是梦到了自由的新生活，香甜可口的蚂蚁，水流淙淙的、冰冷的小溪，可怕的大雷雨，那头赶走了它的熊，以及与驼鹿的恶战？

是不是梦到了童年？那森林柔情脉脉、仿佛在召唤它的英明的气息是不是飞到了它的身边，飞进了它的窝里？

谁知道呢！

无论是第二天还是第三天……它都没有醒来。雪一直在纷纷扬扬地下着，灌木丛一天比一天更加显得毛茸茸的，小路一天比一天更加难以通行，松树和云杉一天比一天更白，只有白桦仍然是光秃秃的，每天晚上都有一些黑琴鸡好久好久落在白桦枝上。严寒突然降临，真正的俄罗斯冬天开始在一座座森林里徘徊！

泰季的睡眠越来越深沉，呼吸越来越稀少，土坑上已经不再升起一团团蒸气，不久就只能根据不大的通气洞和树枝上微微发黄的霜，才能偶尔猜到这儿是被雪掩埋起来的熊窝了。

橡树林里的秋天

我拿了水桶，以便在山泉里打水。那天夜里我感到幸福，因为她将坐夜班快艇到来。但是我知道幸福是怎么回事，知道它变化无常，因此故意带上水桶，似乎我根本不指望她来，而只不过是要去打水。那个秋天我的一切都似乎太顺利了。

这个深秋的夜像墨一般黑，真不想从屋里出去，不过我还是出去了。我花了好长时间把蜡烛安放到灯笼里，等装好蜡烛，点着了它，有一会儿工夫玻璃上蒙了一层水蒸气，微弱的光点闪闪烁烁，好似在眨眼。直到蜡烛着旺，玻璃干了，又变成透明的。

屋里的灯我故意没有关掉，在我顺着落叶松的林荫道往下，去奥卡河的时候，被灯光照亮的窗子看得清清楚楚的。我的灯笼往前方和两旁射出不停颤动的光。我大概有点儿像铁路上的扳道员，只不过天黑前已经发潮的一堆堆枫叶和落叶松的针叶在我靴子底下低沉地沙沙作响，即使是在暗淡的灯光下，针叶也是金黄的，而在光秃秃的灌木丛上，伏牛花果却在闪着红光。

独自一人打着灯笼在夜间走路感到怪害怕的！只有你一个人的靴子在沙沙地响，只有你一个人被灯光照亮，引人注目，其余的一切都躲了起来，在默默地观察你。

林荫道突然沿着陡坡往下去，我房屋窗子里的灯光消失了，后来林荫道到了尽头，开始出现杂乱无章的灌木丛、橡树林和云杉。最后的母菊、云杉的枝梢，还有不知是些什么树的光秃秃的细树枝打在水桶上，发出“嘭，嘭！”的响声，声音一会儿低沉，一会儿响亮，在一片寂静中，老远就能听见。

小路变得陡峭而又弯曲，开始遇到长得密密的白桦，黑暗里不断闪出白桦的白色树干。后来白桦林也到了头，小路上开始碰到一块块石头，吹来一股清凉气息。虽说灯笼的光斑十分暗淡，什么也看不见，我却好像觉得，前面是一片开阔的空间——我已经来到了河边。

这时我已看到右边远方的浮标。浮标上的一点儿红光倒映在水里，变成了两点。后来在我这一边也看到了浮标，它要近得多，也在微微闪烁，于是河面显露出来了。

我踏着柳丛中湿润的野草，沿河岸往下游走，到快艇通常停靠的地方去，如果有人在我们这个荒凉地区上岸，快艇总是停在那里。泉水在黑暗中单调地汩汩地响，淙淙地流着。我放下灯笼，朝泉水走去，打了一桶水，尽量喝了个够，用袖子擦了擦嘴，然后把湿淋淋的水桶放到灯笼旁边，开始向远方的码头那边眺望。

快艇已经停在码头边了，可以隐约看到船舷上的红、绿灯光。我坐下，抽着了烟。我的手发抖，变得冰冷。我突然想，万一她不在快艇上，而有人从快艇上看到我的灯笼，以为我要坐船，于是在这儿停靠，那可怎么办呢，于是我吹灭了灯笼。

立刻变暗了，只有那些浮标在河上闪闪烁烁，好像是用针在河上扎出一个个小洞。真静极了，耳朵里仿佛听到嗡嗡的响声，在这么晚的时候，大概许多公里之内只有我一个人待在河岸上。而上边，橡树林后有一个黑漆漆的小村子，所有的人早就睡了，只有村边我的屋里灯还亮着。

我突然想象她来我这儿的漫长旅程，想象她怎样从阿尔汉格尔斯克动身，睡在车厢里，或者是坐在车窗旁和什么人聊天。这些天她也像我一样，是怎样一直在想着和我会面的情况。现在她又是怎样在奥卡河上航行，看到了我叫她到我这儿来的时候向她描绘过的河岸。她是怎样走上甲板，风迎面吹到她的脸上，带来潮湿的橡树林的清香。而在下边，在暖和的船舱里，在蒙上一层水蒸气的玻璃窗后，一路上不知进行过一些什么样的谈话。人们怎样向她说明，该在哪儿上岸，如果没人来接，该在哪里过夜。

随后我想起了北方，想起我在北方漫游的情况，想起我是怎样住在渔场上，怎样和她一起在白夜去打狼鱼。渔夫们睡得很不安宁，一直在打呼噜，不时哼哼几声，我们却等到退潮以后，坐着高舷渔船出海。她悄无声息地划着桨，我却仔细望着深水里，望着一团团水藻，在水藻中寻找鱼的轮廓。我轻轻挥动鱼叉，把雪白的叉尖扎进狼鱼的后脑勺里，用力把它从水里拉上来，它溅得我们满脸是水，凶猛地在鱼叉上挣扎，张开可怕的大嘴，蜷缩成一圈，然后又像北螈那样很有弹性地伸直。随后，它已经在渔船底上了，好长时间还在弄出沙沙的响声，浑身颤抖，随便碰到什么都拼命一口咬住不放。

我还回想起这整整一年的情况，对我来说，这是多么幸福的一年，这一年我写完了多少小说。而且在这万物凋零、即将进入冬季的大自然中，我还要在这河畔度过一段时间，在剩余的这些幽静、安宁的日子里，我大概还会写出不少作品来……

夜包围了我，我在抽烟，每吸一口，香烟就清清楚楚照亮我的手、脸和靴子，但是并不妨碍我看到星星——而这个秋天星星是那么亮，那么多，甚至可以看到它们发出的浅灰色的光，看到被星光照亮的河、树林、河岸上的白石头、丘陵上发暗的方形农田，而峡谷里却比田野里暗得多，香味也更浓郁。

我立刻想，人的一生主要的不是看你能活多久——三十岁，五十岁，还是八十岁。因为这反正还是不够，而死反正还是可怕的——主要的是看人的一生中有多少个这样的夜。

快艇已经离开码头，它离这儿还那样远，还看不出它在移动。似乎它停在原地不动，然而已经离开了码头，这就是说，现在它正驶往上游，正在往我这儿开过来。不久就听到了柴油机响亮的嗒嗒声，我突然感到害怕，怕她不会来，怕她不在船上，而我只是在空等。我突然看到了她要到达我这里，必须克服种种困难走完的那段距离和必须度过的那些时日，而且明白，我那些要想两个人在这儿度过一段幸福生活的计划——这一切是多么靠不住。

“这算什么呢！”我出声地说，并且站了起来。我已经坐不住了，于是开始在岸上走来走去。“这算什么呢！”我无能为力地时而重复说，而且一直不时望望那艘快艇，心里却在想，如果我独自一个人提着一桶水往上走，那将是多么不合情理，而且我的屋里将会变得多么空虚。难道最后我们竟会不走运，难道经过这么多日子的等待和挫折之后，我们仍然不能会面，一切都将化为乌有吗?

我想起三个月前我从北方回来的情形，她是怎样突然从渔场到村里来为我送行。当我坐上小汽艇，好去转乘停在远方碇泊场上的轮船的时候，她是怎样站在小码头上，老是在说那同一句话：“你要到哪里去？你什么也不明白！你什么也不明白！你到哪里去?”而我坐在小汽艇上，在女人们的告别和眼泪、小伙子们的叫喊和各种闹嚷嚷的嘈杂声中已经明白，我是做了一件孩子气的事，临走时怀着微弱的希望，希望将来能改正这一切。

现在快艇已经离得很近，我已经不再走来走去了，而是站在最边上，站在俯瞰发黑的水面的陡岸边缘，眯缝着眼，由于激动和怀着希望，高声喘着气，目不转睛地望着快艇。

发动机的响声突然降低了调门儿，驾驶室里聚光灯忽然一闪，一道轻烟似的斜射的光线从一棵树跳到另一棵树上，划过河岸。快艇在寻找靠岸的地方。它一直在往右去，聚光灯集中到一点上的光线射到我的脸上，我转过脸去，随后又朝船上望了望。甲板上站着一个船员，他正打开船舷，好到下边去，把舷梯搭到岸上。而她穿着一件浅色衣服，就站在他的身边。

快艇的船头缓缓地深深扎进河岸，那个船员挪动了一下舷梯，帮着她下船，我却一把接过手提箱，把它提到远一点儿的地方，放到水桶旁边，只是在这时我才慢慢转过脸来。聚光灯的光照得我眼花，我怎么也不能看清她。她朝我走来，一条很大的、摇摇晃晃的影子从她身上投射到上边森林茂密的斜坡上。我想吻她，但随即改了主意，我不想在聚光灯的灯光下这样做。我们只不过并排站着，用手遮住灯光，不自然地微笑着，望着快艇。快艇在往后退，聚光灯的光线往一边爬去，随后完全熄灭了，柴油机又在下边唱了起来，快艇——连同下面客舱里一排灯火辉煌的窗户——很快沿河向上游驶去。就只剩下我们两个人了。

“喂，你好！”我不好意思地说。

她踮起脚尖，很痛地抓住我的肩膀，吻了吻我的眼睛。

“走吧！”我说，并且咳嗽了一声，“见鬼，多黑啊，等等，我点上灯笼……”

我点着了灯笼，灯笼又蒙上了一层水蒸气，只好等着蜡烛着旺，玻璃干了，又变成透明的。然后我们走了——我提着手提箱和灯笼在前面走，她提着那桶水跟在后面。

“你不嫌沉吗?”过了一会儿我问。

“走吧，走吧!”她声音沙哑地说。

她的声音一向沙哑而低沉，一般说，她是个刚强、坚毅的女性，有很久我不喜欢她的这种性格。因为我喜欢女性的温柔。但现在，在这儿，在河岸上，在夜里，当经过这么多天的怨恨、别离、书信往来和奇怪的噩梦之后，当我们一个跟着一个回家去的时候，她的声音、健壮的身体、粗糙的双手，还有她的北方口音，却好像一只不是此地的鸟儿的呼吸——一只在秋天的鸟群中掉了队的、灰色羽毛的野鸟的呼吸。

我们向右转，走进峡谷。峡谷里有一条往上去的，很短的路，不知是什么人在什么时候铺起来的，路很窄，沿路长满榛树、松树和花楸。我们用灯笼勉强照着自己，在黑暗中顺着这条路往上走。而在我们上方，有一条窄窄的星河在流动，松树的暗黑色树枝在星河上缓缓漂浮，一会儿遮住星星，一会儿又让星星露出来。

我们几乎是一口气走到那条落叶松林荫道上，然后开始并排走。我突然想要把一切都指给她看看，想要对她谈谈这儿的情况，谈谈这里的人，谈谈这里发生的种种小事。

“你闻闻看，”我说，“多香!”

“是酒香。”她回答，由于在走路，轻轻地喘息着，“我早就闻到了，还在船上的时候……”

“这是树叶。来，到这儿来!”

我们把东西放在林荫道上，跳过一条小沟，用灯笼照着，钻进灌木丛。

“就应该在这儿的什么地方……”我喃喃地说。

“蘑菇，”她从后面惊讶地说，“红菇。”

我终于找到了要找的东西。这是分散在草丛、针叶和黄叶上的小鸡的白色羽毛。

“你瞧，”我说，并且用灯笼照着，“我们这儿村里有个养禽场。小鸡长大了一点儿，开始把它们放出来。可是，瞧，有只狐狸现在每天来这儿，蹲在灌木丛里。等小鸡在树林里走散了，它就随便抓一只。就在这儿吃掉。”

我暗自想象这只深色的嘴脸上长着白毛的狐狸，想象它怎样舔舔嘴唇，喷喷鼻子，想要把粘在鼻子里的绒毛吹出去。

“应当打死它！”她说。

“我有猎枪，我和你在森林里转转，也许我们运气好，能打死它。”

我们又回到林荫道上，继续往前走。看到我房子里被灯光照亮的窗户了，我开始想，等我们到家以后将会怎样。我立刻想要喝酒，而我那儿有花楸露酒。这酒是我自己酿造的，在树林里采了很多花楸果，拿回家去，把花楸果放到榨汁机里压榨，让它流出黄色的泡沫，然后把果汁滤进装着伏特加的酒瓶里。

“我们那里却是冬天了，”她好像惊讶地说，“德维纳河结冰了，只是在河中心有破冰船开出一条通道来。什么都是白的，通道却是黑的……而且在冒热气。每当有轮船在发黑的河水上驶过的时候，冰上就会有狗在一旁跟着跑。不知为什么总是伞（三）条。”

她就是这样用北方口音说“伞条”，我暗自想象德维纳河、轮船、阿尔汉格尔斯克，还有白海上的那个村庄，她就是从那里来的。一座座空着的、高高的两层木头房子，黑色的墙壁，寂静和孤独。

“冰已经出现了吗?”我问，“海上?”

“有了，”她说，她也在想，不知在想什么，也许是想她留在那里的一切吧，“回去的时候只好坐鹿拉的雪橇了，如果……”

她住了声，我等着，一面在倾听她的呼吸和脚步声，随后问：

“什么如果?”

“没什么，”她声音特别沙哑地、慢慢地说，“如果冰越积越多，就是这么回事!”

我们在台阶上跺了跺脚，然后走进屋里。

“哦——哦!”她环顾四周，摘下头巾说。每当她感到惊讶或者高兴的时候，总是低声慢慢地说出她这个“哦”来。

房屋又小又旧，我是向一个莫斯科人租来的，他只有夏天才住在这里。几乎没有家具，只有两张旧床，一个桌子和几把椅子……墙给虫蛀了，四面墙上都蒙着一层白粉。然而屋里有个收音机，也有电灯，还有个小炉子和几本很厚的旧书，我喜欢在晚上看这些书。

“脱掉外衣吧!”我说，“咱们马上就生炉子……”

于是，我到院子里去砍生炉子的干树枝。但是由于感到幸福，我觉得有点儿不大自在，脑子里在嗡嗡地响，手在发抖，总而言之，不知怎的感到浑身发软，想要坐一会儿。星星微微闪烁，星光刺眼。“天要冷了，”我想，“这么说，早晨所有的叶子都要飘落下来，不久就要下头一场雪了!”

奥卡河上响起一声悦耳的，有三种音调的汽笛声，好似波浪一般滚动着越过一座座丘陵，好长时间还在发出回声。下边不知哪里有一条拖船驶过，这是那种现在已经很少见的老式蒸汽拖船中的一艘。新式快艇和喷水式推轮汽笛声都短、面、高，带有难听的鼻音。鸡埘里有几只小公鸡被汽笛声惊醒，用假嗓儿叫了一阵儿……

我砍了些干树枝，抱了些劈柴，回到屋里。她脱掉了大衣，背对着我站着，弄得报纸簌簌地响，不知在从手提箱里拿什么东西。她穿一件色彩鲜艳的小连衫裙，连衫裙她穿着嫌小，如果我带她去莫斯科的什么地方做客，或者去俱乐部，大家准会悄悄地微笑，而这大概是她最好的衣服。我想起来了，她平常都是穿运动裤，裤腿塞在靴子里，长裤外面再穿一条褪了色的旧裙子，在那里这样穿是很有道理的。

我坐上茶壶，动手生炉子。炉子里不久就嗡嗡地响起来，干树枝开始噼噼啪啪地响，冒出了烟味和劈柴味。

“这是给你的！”她从后面说。

我一回头，看到放在桌子上的一条鲑鱼——漂亮极了，闪着暗淡的银光，宽阔的背脊颜色发暗，下颌微微向上弯着。屋里散发出一股鱼味，对旅行的怀念又支配了我。

她是沿海的居民，她甚至是于夏天金色的夜晚在海上，在一艘小汽艇上出生的。但是对于夜，她却不感兴趣。要知道，只有外来人才会看到夜，才会由于寂静和孤独而几乎发狂。只有当你在那里是个客人的时候，只有你离开了大家，也似乎已被大家忘却，只有那时你才会通宵不眠，一直在想啊，想啊，并且对自己说，“好了，好了！这没什么，这只不过是夜而已，你又不是永远待在这里，夜关你什么事呢，让太阳从海边悄悄地溜过去吧。睡吧，睡吧……”

而她呢？每天夜里她都在渔场上印花布窗帘后面睡得很熟，因为一清早她就得起来，和强壮的渔夫们一同划桨，一道从渔网里把鱼捉出来，然后还要煮鱼汤，洗碗、洗盘子……永远如此，每年夏天都是这样，直到我们来到那里……

而现在我们却在奥卡河畔一同喝花楸露酒，吃鲑鱼，说话，一同回忆种种往事。回忆我们怎样于白夜出海去打狼鱼，怎样在起了风暴的时候和渔夫们一同去把渔网拉上来，怎样呛进苦咸的海水，感到一阵阵恶心，以及怎样一同到灯塔上去取面包，怎样有一次夜间一同坐在乡村图书馆里，脱掉靴子，脱下棉背心，看完我们在渔场上的这些日子里出版的所有报纸和杂志。

我把皮大衣毛朝上丢在炉边的地板上，我们把茶壶和糖果放到旁边，拿了茶杯，然后躺在这件皮大衣上，一会儿互相看着对方，一会儿望望淡红色的炉膛，望着里面的木炭，望着火苗怎样在木炭上奔跑。为了能这样多躺一些时候，有时我站起来，给炉子里添上一些干树枝，树枝噼噼啪啪地响起来了，我们觉得热了，就稍稍挪开一些。半夜两点我在黑暗中起来了，因为我不能入睡。我好像觉得，如果我睡着了，她就会离开我到不知道什么地方去，我就会感觉不到她，而我却希望她随时都和我在一起，而且我能知道这一点。“把我带到你的梦里去吧，好让我永远和你在一起！”我想这样说，“因为我们不能长期分离。”后来我想，那些离开我们，而且我们再也不会遇到的人，对于我们来说，他们等于正在死亡。我们对于他们来说也是一样。当由于高兴或者由于苦闷夜里不能入睡的时候，就会有一些奇怪的想法来到脑子里。

“你在睡吗?”我轻轻地问。

“没有，”她从床上回答，“我很好。别看我，我要穿衣服……”

于是我走到墙角落去，那里用皮带在墙上吊着一个收音机。我打开收音机，我在咔咔的响声和播音员含糊不清的声音之间寻找音乐。我知道，应该有音乐，而且找到了。一个男人的低音不知用英语在说什么，然后是短暂的停顿，我明白，这就要开始演奏了。

我战栗了一下，因为才听到第一个声音我就已经听出这是什么旋律。每当我觉得愉快，或者是相反，当我感到痛苦的时候，我总是会想起这首爵士乐的旋律。对于我，它是格格不入的，但其中却含有某种秘密的思想，无法理解这思想是悲哀的，还是欢乐的。每当我到什么地方去，每当有什么让我高兴，或者相反，有什么让我感到难过的时候，我常常会想起这个旋律。它也让我想起了莫斯科的那一夜，那天夜里我们俩一直乘车兜来兜去，后来又走来走去。我们孤独、不幸，整整一夜我没听到她说过一句责备的话，我却感到很不好意思。

在莫斯科度过了毫无意义的五天以后，她要回阿尔汉格尔斯克去。一切都和莫斯科车站上平时的情况一模一样，搬运工人推着他们的小车，自动小货车发出单调的响声，周围的人们急急忙忙在告别，只剩下有限的几分钟了……她要走了，虽然她还可以不走，她还有时间——有好几天空闲时间。我却感到遗憾、痛苦，我既生自己的气，也生她的气。我想，没有她我会感到多么空虚，又不得不喝酒，好在某种程度上减轻忧愁。

“你别走。”我说。

她只是笑了笑，用发抖的眼睛从下面看了看我。她的眼睛看上去是暗黑色的，闪射着绿色的火花，无法理解——她的眼睛是绿的呢，还是黑的。但是她不看着我的时候，眼睛是黑的，这我记得很清楚。

“多么愚蠢!”我说，“一会儿是我什么也没理解，就离开了北方，现在却是你，又是什么也没……多么愚蠢！你别走！”

“现在还说什么呢。”她怨恨地喃喃地说。

“不该住在总是在家的什么亲戚家里！”

“那么住在谁那里？你那里，是不是呢？反正一样。”她固执地说，“现在还说什么呢……”

“咱们去旅馆，这几天你就住在那里。”

“火车这就要开了。”她说，说着转过脸去。

“啊，不，等等，你想想看！在那么多书信往来之后，我们就要在一起了，就我们两个人，你想想看！”

她好久一声不响，轻轻咬住嘴唇，转动着眼睛在我脸上探索着，最后可怜巴巴地，像只给打伤的小鸟儿一样，问：“要是我留下来，你会觉得高兴吗？”

我感到呼吸困难，好像有块什么东西涌到了咽喉，我转身很快走进车厢，碰到了什么人，挤过去，找到她的单间，拿起手提箱，走了出来。到现在我还记得，列车员和当时正在车厢旁的人是怎样看着我们。

“走吧。”我说。

“车票呢？”她问，眼睛闪闪发光。

“管它什么车票！”我说，并且拉住她的手。

我们走到广场上，坐上了出租汽车。

“去旅馆。”我说。

“哪一家？”司机问。

“随便哪家都行！”

汽车开动了，迎着交通信号灯、已经亮起来的霓虹灯招牌疾驰，从车站、行人和房屋旁飞也似的开过去。

“停一停，老伙计。”在一家商店附近我对司机说，下车去买了一瓶葡萄酒。我把酒瓶塞进侧面的口袋里，然后回来了。我想象我们举起高脚酒杯，互相望着对方的眼睛，喝掉这瓶酒的情景。当我们到达旅馆，我向管理员走去的时候，我嘴里仿佛已经尝到了酒味。

“没有地方。”管理员平静地告诉我。

“随便什么房间。您明白吗——随便什么房间，最坏的，或者最好的!”

“没有地方。”他不满地说，并且懊恼地拿起铃声响个不停的电话的听筒。

她在前厅里等着我，怯生生地望着那些富丽堂皇的圆柱和一面面镜子。她连看我的时候也是怯生生地，仿佛我就是这一切的主人！我们走到出租汽车停车场上。

“咱们去另一家。”我有点儿不快地说。

她毫无怨言地坐进汽车，我们又在莫斯科疾驰。我顺路到一个朋友那里去借钱，差点儿没开口求他留我们住在他那里。但是他妹妹有客人，我看了看他们，看了看摆着酒的桌子、沙发床，看了看那些穿着很窄的印第安人软皮鞋、高高跷起来的脚，就什么也没求他了。不过钱却多借了一些。

“喝一杯吧!”朋友注意到了我的目光，对我说。

“不，在等着我，谢谢!”

过了一个钟头，两个钟头，我们一直坐着汽车到处跑来跑去，到处对我们说的都是那同一句话，“没有地方!”走到街上，我环顾一座座很大的旅馆大厦和楼房，许多层一排排的窗户，其中不少窗户里灯已经熄了。我想到这时候可以安安静静坐在和躺在自己屋里的那些人，想到那些此时正在听收音机和为了催眠而看书，或者正在拥抱女人的人，我开始感到心痛了。

最后，我们疲惫不堪，把她的手提箱送到火车站去，寄放在小件行李寄存处，然后慢慢向索科利尼基[①]走去。已经是半夜十一点多了。

“咱们怎么办呢?”我笑着问。

“不知道，”她疲倦地说，“也许，去饭店? 我想吃东西……”

“饭店都关门了，”我看了看表说，又愚蠢地笑了起来，“到市中心的林荫道街心花园去吧。”

我们很快地走着，就像我们在北方的时候要赶到二十公里以外的俱乐部去看电影，害怕迟到，在海岸上快步行走一样。路灯渐渐熄了，只是在路的一边，每隔一盏才有一盏亮着。街上已经几乎没有人了。我们终于走到了特维尔街心花园，坐到长凳上。

“去你家里，无论如何也不行吗?”她怀着希望问。

“要不我不就跟你去了吗！父亲，母亲——他们上哪儿去!”

“嗯，那好吧。”她说，“别难过，明天我就走，早晨还有一班车。以后……”她叹了口气，“以后你什么时候又来我们那里。”

我抱住了她，她偎依在我的怀里，闭上眼。

“我们就这样坐一会儿，是吗?”她喃喃地说，在长凳上稍微动了动，坐得更舒服些，“你是个好人，我爱你，小傻瓜，还在那里的时候我就爱

---

① 索科利尼基在莫斯科东北，亚乌兹河右岸，从前是沙皇狩猎的猎场，现在在那里开辟了文化休息公园。

上你了，你却不知道……可怜的，你呀，可怜！”

她一动不动地坐了一会儿，然后甩掉鞋子，把脚缩上去，用裙子盖起来。

“脚痛，”她半睡半醒地喃喃地说，“这鞋子……不习惯……”

有两个警察在旁边的林荫道上走。看到我们，其中一个走到亮处，向我们走来。

“请您走开，公民！”他不知为什么只对着我说，“这是不允许的。”

“什么不允许？”在她不好意思地把鞋子穿到肿起来的脚上的时候，我问。

“别说了！已经说过——请您走开！”

我们站起来，走了。我又仔细看看那些房子和窗户，老是好像看到那间有沙发床的房间。这间房子里面没有旁的东西了，只有微弱的粉红色的光和一张沙发床。

“你听我说，咱们到大门洞去吧。”我毫无把握地说。

“走吧，”她同意了，并且轻轻地笑了笑，“我在那里脱掉鞋子，在台阶上坐一会儿。”

我们走进一个黑暗的院子，走到角落最远处的一个门洞里，随手关上门，坐到台阶上。她立刻脱掉鞋子，开始揉脚掌。

“累了吧？”我问，并且抽着了烟，“可怜的，在莫斯科我们运气不好。”

“是啊，”她用面颊紧靠在我的肩膀上，“是座很大的城市。”

听到了脚步声，门开了，扫院子的女人朝门洞里望了望，看到了我们。

“啊呀，快离开这儿！”她大声喊，“你们这些魔鬼，怎么不让你们灾难临头啊，像些大门底下的猫，到处闲逛！快走，要不我这就吹哨子了！”

她从围裙口袋里掏出一个亮闪闪的哨子。她的脸颧骨突出，神情是凶恶的。我们又从院子里走过，扫院子的女人跟在后面，还在骂人。在街上我们一个看着一个，笑了起来。

“这可不是你的白海。”我说。

“没什么，”她又安慰我说，“那就这么走走吧。还是去车站呢，至少能在长凳子上睡一会儿，怎么样？”

“好吧。”我同意了，突然精神振奋起来：“你听我说，我真是个傻瓜，咱们去郊外好了，叫辆出租汽车，钱，我这儿有，到三十公里以外的地方去——我们这儿都这么办！”

一辆出租汽车在街上慢慢开过去了。从前，我很晚才回去的时候，喜欢看着这些夜间行驶的出租汽车。它们像中了魔法似的，在这座沉睡的城市里慢慢游荡，车上的小绿灯闪闪烁烁。看着这闪烁的灯光，总是想要到某个很远的地方去。

我们叫住了一辆出租汽车。

“去城外？”出租汽车司机问，而且立刻很明显地变得厚颜无耻，要敲竹杠了，“七个半卢布，送你们去。”

“好吧。”我说。对我来说，已经反正都一样了。

汽车行驶的时候，我想睡觉。路上荒凉无人，西方还是一片昏暗，但东方已经发白，开始破晓了。车外风声均匀地呼呼地响，出租汽车里面有一股刺鼻的汽油味。

“这儿，怎么样？”司机在一片小树林附近降低车速问，“我们不能再往前去了。外地人，是吗？”他瞅着她说。

我们下了车，黎明前的寒气袭人，我们立刻觉得身上发冷。

“半个钟头够了吗?”司机像要对我进行估价似的打量着我问，“我打个盹儿，你们来了，请叫醒我。有香烟吗?请给支烟抽……”

于是他开始在路边上给汽车掉头，我们却踩着粗硬的野草往树林里走去，当时我的唯一感觉就是潮湿和一阵阵发冷。我的衣服变硬了，也变重了，皮鞋潮了，长裤上的皱褶也舒展开了。树林里微微露出暗淡的光，我看了看她，心想，现在我该怎么办呢。看上去她的样子很疲倦，脸消瘦了，眼睛下面有两道黑圈儿。她突然毫不掩饰地打了个哈欠，烦闷地向四周看了看，仿佛困惑不解，不明白我们为什么到这里来。

“也算是树林呢……”她喃喃地说，突然含有敌意地看了我一眼。

我也打了个哈欠，觉得没趣儿，而且因为我不是在家里，躺在床上，而是在这儿，在这潮湿而寒冷的地方，感到气愤。

“讨厌，”她痉挛地打着哈欠说，声音低沉、沙哑，要说的是“讨厌”，可说出来的却是“讨烟”，“噢，天哪!什么也不需要，我不想，回去吧……”

“回去就回去。”我萎靡不振地说，也打了个哈欠，“只不过要把酒喝掉，不然口袋坠得慌。”

我掏出酒瓶，试图打掉瓶塞，但瓶塞塞得很紧。于是，我用火漆把瓶塞捅进酒瓶里。

“喝吧。”我把暖烘烘的酒瓶递给她，说。

“不想喝。”她喃喃地说，不过还是接过酒瓶，叹了口气，喝了起来。两条酒液，像两条血，流到她的下巴上，她咳嗽起来，把酒瓶还给了我。我喝完了，扔掉了酒瓶。

“走吧。”我轻松地说。

我们又在潮湿的树林里，在蕨类植物间慢慢地走，后来又在一块不大的草地的土墩上走，她一直微微提起裙子，免得让露珠溅湿下摆。

“怎么这么早？”司机问，并且含着讥笑的意味看了看我，“性情不相投？”

“开车吧！”我气愤地说，勉强忍着，没有揍他。

我们坐车回去，一路上在打瞌睡，急转弯的时候互相靠到对方身上。我记得，和她的接触使我感到不快，大概她也一样……已经是早晨五点钟左右了，到火车开来，还得在什么地方闲逛上三个钟头。我觉得不舒服，酒冲到头上来了，可是不知怎的感到很难过，闷得透不过气来。

这三个钟头简直是苦难，而主要的是，我不能走，必须和她在一起待到最后。好不容易等到火车来了，我又送她上车，可是不知道该说什么，我的头疼得仿佛要裂开似的。

“嗯，好吧，给我写信。”她说，一把抓住车厢上的扶手。

我竟还有力量让她稍等一下。

“别生气。”我喃喃地说，吻了吻她的前额，于是向出口走去。我记得，和她分手以后觉得那么轻松，我甚至感到惊讶，但也感到忧郁，内心深处仿佛有一个小小的伤口火辣辣地刺痛，而且不知怎的感到惭愧。

我把那件皮大衣拖到收音机旁，我们互相拥抱着，紧挨着坐在大衣上。这几个月来我心里一直有一种好像失去了什么的感觉，现在却把一切都找回来了，而且找回来的比我所能设想的还要好。

低音提琴伤感地低回婉转，在黑暗中寻找其合乎对位法规律的转调点。由于无法确定，犹豫徘徊，声音一会儿升高，一会儿降低，它这缓慢的转调使我想起了星空。萨克管留心倾听低音提琴的旋律，不知在抱怨什么，小号一次又一次爬上疯狂的高音，钢琴偶尔以它五度音的启示性和音插入它们中间。而打击乐器好似节拍器，犹如时间一般，把节拍分配在切分音上，用并没有什么内容的柔和的敲击声使一切都听从它的指挥。

“咱们不开灯，好吗?”她说，从地板上往上看着，看着收音机上的刻度盘，看着它那像狼眼似的小灯。

“好的。”我同意了，并且想，也许我这一生中永远再不会有这样的夜了。我开始感到忧郁，因为已经过了三个小时了，而我却希望这一切从头开始，让我再提着灯笼出去，等待，让我们再来回忆，然后又害怕在黑暗中彼此分离。

她为了什么事情站起来一下，向窗外望了望，沙哑地说：

“雪……”

我也欠起身来，望了望窗外黑暗的空间。在下雪，却听不到一点儿声音。这是这个秋天第一次真正的雪。我暗自想象，明天白天将会在森林里一堆堆干树枝四周发现田鼠的脚印，而在兔子每天夜里都那么爱去啃的金合欢旁，将会发现兔子的脚印。我想起自己的猎枪，心情愉快起来，感到一阵战栗。在下雪，而她来了，这里就只有我们两个人，还有音乐，我们的过去和将来，也许将来会比过去还好，而明天我要领她到我喜欢的地方去，让她看看奥卡河、田野、丘陵、森林和峡谷……这一切是多么好。夜正在逝去，我们却一直不能入睡，小声交谈着，互相拥抱着，彼此害怕失去对方。我们又生着了炉子，望着它火红的嘴，通红的火光烘烤着我们的脸。早晨七点左右我们睡着了，那时窗子上已经透露出淡蓝色，我们睡了很久，因为在我们屋里谁也不来叫醒我们。我们睡着的时候，太阳升了起来，一切都开始融化，但后来又冻上了。喝过了茶，我拿了猎枪，我们一起从屋里走了出去。有一瞬间我们甚至觉得眼睛痛——冬天的光那么白，白得刺眼，空气也那么清新，那么凛冽。雪已经化了，但到处还留下一层冰壳。冰壳没有光泽，是半透明的。从牛棚里冒出一股奶香扑鼻的热气，一些小牛犊挤在牛棚旁，踩来踩去，像踩在木板桥上似的，发出咚咚的响声。这是因为土块上面结了一层冰，而底下的粪水还没上冻。还有些小牛犊快活地在灰白色的秋播作物地里吃草，它们时常翘起尾巴，叉开鼠蹊部长着鬈毛的后腿，在地里小便。它们撒过尿的地方露出一片片湿漉漉的黑麦苗，看上去好似一个个翠绿的斑点。

我们先是在路上走。车辙上蒙着一层不透明的薄冰，但冰下是泥水，我们的靴子踩破冰壳，褐色的泥浆就溅到了冰上。树林里面，从冰下露出迟开的、刚刚有点儿发黄的蒲公英。在冰中可以看到冻在里面的阔叶和针叶，有些已经结冰的、最后的蘑菇还在挺立着。我们用脚一踢，它们就断了，发出清脆的响声，蹦蹦跳跳，好久还在冰上滚动。冰在我们脚下陷落下去，老远都能听到清脆的响声，四面八方都在咔嚓咔嚓地响——前面、后面和两边。

远远望去，丘陵上的农田，隐约可见的一片片淡绿色上笼罩着轻烟薄雾，好似撒上了一层层面粉，干草垛却黑乎乎的，树林已经透光了，呈暗黑色，而且是光秃秃的。只有白桦像一道道白栅栏，显得格外刺眼，一棵棵山杨杂乱无章，仿佛有些手忙脚乱，颜色是绿的，绿得发亮。树林很多的丘陵上，有些地方尚未凋零的树木犹如繁花盛开，最后的树冠还在红光闪闪。透过树林，在离得很远的地方就能看得到河，河面看上去荒凉无人，而且寒冷。我们顺着有雪的峡谷下去，在身后留下一排起初很脏、后来却变干净了的脚印，然后我们在一棵给砍掉的山杨树旁，从山泉里喝了点儿水。静止不动的泉水深坑里，水底沉下了厚厚一层发黑的枫叶和橡树叶，被砍掉的山杨有一股苦涩、寒冷的气味，断面上的木质呈琥珀色。

“好吗?”我看了看她，问，我感到惊讶。她的眼睛是绿的。

“好!”她贪婪地环顾四周，舔着嘴唇说。

“比白海上更好?”我又问。

她又开始望着河，还顺着斜坡往上看，她的眼睛变得更绿了。

“啊，白海……”她模棱两可地说，“我们那儿……我们那儿……可这里是橡树，”她打断了自己的话，“你是怎么找到这样一个地方的?”

我感到幸福，但不知怎的又觉得奇怪和害怕——那年秋天我的一切实在是太好了。为了让自己安心，我开始抽烟，全身都笼罩在烟和热气之中。奥卡河上从阿列克辛那边出现了一艘快速拖轮，它驱赶着波浪，飞快地顺流而下，我们默默地目送着它。从它的蒸汽机里冒出大量热气，还有一股蒸气从船舷上、从暗黑色的水面上方一个小洞里向一旁喷射出来。

等拖轮在转弯处消失以后，我们手拉着手，开始在明亮的树林里、稀疏的树木之间向上攀登，为的是从上面再一次看一看奥卡河。我们轻轻地走着，默默不语，好似在一个我们终于相聚在一起的白色的梦中。

十二月里的两人

他在车站上等了她很久。是寒冷、晴朗的一天，对什么他都喜欢——众多的滑雪运动员，还有莫斯科刚下了雪，还没来得及铲掉，那雪地上嘎吱嘎吱的响声。他也喜欢他自己——那双结实的滑雪皮鞋，几乎拉到膝盖上的毛袜，厚厚的毛茸茸的高领绒线衣，还有那顶有帽檐的奥地利帽子，不过最喜欢的还是滑雪板，那副用皮带系紧、上过胶的滑雪板。

和往常一样，她来迟了，曾经有一个时期他为这生过气，但现在却习惯了，因为如果回想一下，那么这大概是她唯一的缺点。现在他把滑雪板靠到墙上，轻轻地跺跺脚，免得脚会冻僵，并且望着她应该从那儿出现的方向，他的心情是平静的。他并不是高兴，不，他只不过是心情平静而已。他想到，工作中一切顺利，大家都喜欢他，家里也很好，这个冬天也好极了。十二月，可看起来真像三月，阳光灿烂，雪闪闪发光，而主要的是他和她之间一切顺利。想着这一切，他感到愉快、平静。争吵、妒忌、怀疑、不信任，突然响起来的电话铃声以及电话里默默不语，只听见呼吸声，而这会让人感到心痛——这种痛苦时期已经结束了。谢天谢地，这一切都过去了，现在却是另一种——平静、信任和柔情脉脉的感觉，现在就是这样！

当她终于来了，他在近处看到她的脸和身躯的时候，他只不过说了声：

“嗬！瞧，你也来了……”

他拿起自己的滑雪板，于是他们慢慢朝前走去，因为她得先喘口气。她是那样急急忙忙赶了来的，走得上气不接下气。她戴一顶小红帽，露出几绺头发耷拉在前额上，每当她看他的时候，暗黑色的眼睛总是在斜视，总是在颤抖，而她的鼻子上却已经出现了最初的极小的雀斑。

他稍稍落后了一点儿，取出在火车上用的一些零碎东西。他从后面看了她一眼，看了看她的腿，突然想，她长得多么美，穿戴得多么得体。她所以来迟了，大概是因为她希望自己永远是美的。而她这几绺头发，好像是偶然露出来的，可也许这根本不是偶然的。而且她是多么令人感动，想得多么周到啊！

“太阳！多好的冬天，啊？”在他取车票的时候，她说，“你什么也没忘吗？”

他只是摇了摇头。什么他都带来了，现在他觉得，甚至是带得太多了，因为背囊有点儿沉。

由于到处都是背囊和滑雪板，电气列车里很挤，而且热闹得很——大家在高声呼喊，互相招呼，闹嚷嚷地占位子，还有滑雪板碰撞的声音。车窗冰冷，而且是透明的，但装着炉子的长凳散发出干燥的热气。列车开动以后，望着窗外阳光下的白雪，听着底下车轮很快却很柔和地撞击铁轨的铿锵声，是会感到十分愉快的。

过了二十来分钟，他到车厢外的平台上去吸烟。外边的车门上有一半没有玻璃，寒风在平台上任意吹来吹去，车壁和天花板上都蒙上了一层霜，寒气逼人，还有一股强烈的铁味。这时车轮已经不是轻轻地撞击，而是轰隆轰隆地响了，铁轨也发出低沉的响声。

他在抽烟，透过玻璃门望着车厢里面，目光从一条长凳转移到另一条长凳，对车上的所有旅客他都有一种怜悯的感觉，因为他认为，在这两天里他们当中谁都不会像他那样愉快。他也细心观察姑娘们，仔细看看她们神情兴奋的脸，心里想着她们，稍有点儿激动，又有点儿难过。每当他看到一位年轻美貌的女人和别人从一旁走过，而不是与他并肩而行的时候，他都会有这种感觉。随后他看了看她，于是高兴起来。他看到，就是在这儿，在许多年轻美貌的女人当中，她仍然是最美的一个。她正望着车窗，她的脸上没有光泽，眼睛是黑的，睫毛很长。

他也透过那扇没有玻璃的车门望着寒冷的外面，望着外面的空气，由于强烈的亮光，也由于风，他眯缝着眼。轧轧作响、铺着一层雪的木头月台从一旁疾驰而过。月台上有时会碰到用胶合板搭建的小卖部，这些小卖部都漆成淡蓝色，顶上竖着铁烟囱，从烟囱里冒出一缕淡蓝色的轻烟。于是他想，坐在这样的小卖部里，听着从一旁飞驰而过的电气列车轻轻的呼啸声，在炉边烤火，用带把儿的杯子喝着啤酒，那该多么好啊。总而言之，一切都多么美好。多好的冬天，现在他已经有可以爱的人了，而他爱的那个她就坐在车厢里，可以看看她，而且会遇到回答你的目光，这是多么快乐呀！噢，这是多么好哇，他可是确实知道，在他还没有她的时候，曾独自在家里度过多少个孤独的晚上，要么是跟朋友毫无目的地在街上闲逛，高谈阔论，谈相对论，以及其他令人愉快和高深的东西。而回到家里，却感到忧郁。他甚至写过诗，当时他的一个朋友喜欢这些诗，因为他这位朋友也是什么人都没有，而现在朋友已经结婚了……

他想，人真是多么奇怪。就拿他来说吧，他是个法学家，已经三十岁了，可是还没做过任何特殊事情，什么也没发明过，既没有像他少年时代梦想的那样成为诗人，也没成为冠军。现在他有很多应该忧愁的原因，因为生活不尽如人意。可是他并不发愁，他的平凡工作，以及他并没有任何荣誉，这一切一点儿也不让他悲哀，一点儿也不让他感到可怕。恰恰相反，他现在很满意，心情宁静，生活过得很正常，就像如果他能获得曾经梦想的一切一样。

只有一样总是使他感到不安——考虑怎样度过夏天。还从十一月起，他就开始考虑和猜测，怎样和到哪里去度过自己未来的夏天假期了。他总是好像觉得，这假期是那么长，长得没完没了。而同时又是那么短暂，以至需要事先把什么都考虑周到，挑选一个最有意思的地方，以免出错，免得失算。整整一冬和整整一个春天他都感到激动不安，打听什么地方好，那里的自然风光怎么样，人怎么样，怎样到那里去。这些详细询问和计划，也许甚至比旅行和休假本身更让人愉快。

就连目前他也在想着夏天，想着怎样去某一条小河。他们带上帐篷，来到这条小河。给皮艇充上气，于是它就像一条印第安人的独木舟了……到那时，再见吧，莫斯科的柏油马路，还有一切诉讼程序以及法律咨询所！

这时，他立刻想起他们第一次一同离开莫斯科的情形，那时他们是到爱沙尼亚去，去一座很小的小城，在那儿他多少有点儿事情。他想起他们怎样坐公共汽车旅行，夜里到达瓦尔代，那里到处黑漆漆的，只有一家饭店还在营业，灯还亮着。他喝了一杯陈年烈性伏特加就醉了，在公共汽车上他觉得很快活，因为她就在他身边，深夜她有时靠在他身上打盹儿。黎明时他们到了，尽管已是八月中，莫斯科老是下雨，可这儿却清洁、明亮，总是出太阳，雪白的小房子，红瓦的尖屋顶，到处都是花园，幽静，没有一点儿嘈杂声，街道上石头之间长满了卷曲的小草。

他们住在一间干净、明亮的房间里，那里窗台上、床底下和橱里到处都放着安东诺夫卡苹果，在那儿慢慢成熟，散发出浓郁的果香。那儿的市场货物十分丰富，他们一道去市场，挑了些熏猪油，成块的蜂蜜，番茄和黄瓜（便宜得出奇）。还有面包房里冒出阵阵香味，从不间断的鸽子的咕咕叫声和扇动翅膀的啪啪声。而主要的是她，这样出乎意外，仿佛是一个完全陌生的人，而同时又是亲爱的和亲近的。多么幸福，大概，还将会有和这不同的幸福，只要不发生战争！

最近一段时间他经常想到战争，而且痛恨战争。但现在，望着闪闪发光的雪，望着森林、田野，听着铁轨隆隆的和铿锵的响声，他深信不疑地想，什么战争也不会有，这就像一般说不会有死亡一样。他想，因为生活中往往有这样短暂的时间，这时人不能想到可怕的事情，也不相信恶的存在。

在一个远方的车站上，他们几乎是最后下车的两个人。他们在月台上行走的时候，雪在他们脚下发出很响的嘎吱嘎吱声。

“多好的冬天！”她又眯缝着眼说，“很久没有这样的冬天了！”

他们得走二十公里，到达他的别墅，在那里住一夜，白天再滑一天雪，晚上从另一条铁路回家。

他有一小块种着果树的土地和一座用木板搭建的度夏别墅，这座别墅里有两张床，一张桌子，几个粗糙的小凳子，还有一个德国小铁炉子。

他系上滑雪板，跳跃了几下，用滑雪板在雪上啪啪地踩了踩，扬起松软的新下的雪，然后检查过她的滑雪板牢不牢，于是他们不慌不忙地动身了。起初他们想走快一些，好早点儿到家，有足够的时间把房屋烧暖和些，好好休息，然而在这些田野和森林里要走快是不可能的。

“你看，山杨的树干是什么样的！”她说，于是站住了，“颜色多像猫的眼睛。”

他也站下来观看——真的，上边的山杨是黄绿色的，完全像猫眼睛的颜色。

轻烟似斜射的光线透入森林。雪时而像幕布一样悬挂在树干之间，摆脱了重荷的云杉枝梢在不停地摇摆。

他们从一个山坡到一个山坡，有时从上面看到一个个村庄、一片片白色的屋顶，家家农舍里都生起了炉子，一座座村庄都在冒烟。一缕缕青烟直上云霄，但随后突然倒下来，向四方飘散，用一片透明的淡蓝色遮盖，笼罩了周围的山岗。甚至在离村庄一公里或两公里远的地方都能闻到烟味，而一闻到烟味，就想要赶快回到家里，也生起炉子来。

有时，他们穿过让牲口粪弄脏、被雪橇上的滑木磨得发亮的道路。虽然是十二月，可是这些道路上，一束束干草上，车辙里透明的淡蓝色影子里，却有某种春天的味道，有一股春天的气息。有一次，一匹黑马在一条这样的道路上往村庄那边跑，它身上的毛油光发亮，肌肉颜色变幻不定，闪闪烁烁，冰和雪从马蹄下飞溅起来，可以听到咔嚓咔嚓的细碎的响声和马打响鼻的声音。他们又站住，目送着它。

有时一只极端忧虑的寒鸦羽毛蓬松，神经质地飞了过去，另一只也匆匆忙忙跟在它的后面，而远处有一只怀着好奇心的喜鹊忽而飞上，忽而飞下，但不让寒鸦离开自己的视野——它们发现了什么？这也应该看看。要不就是几只灰雀，摇摇晃晃，低声鸣叫，在从雪底下翘起来的大翅蓟上挺认真地忙碌着——作为一种热带鸟，它们出现在严寒和冰雪之中，是很不寻常的，大翅蓟的干种子从灰雀坚硬、厚实的喙里溅到雪上，迤逦不断，形成了一条小路。

有时他们遇到狐狸的脚印，脚印分布得很均匀，同时又像一条弯弯曲曲的线，从一个草丛拉到一个草丛，从一个土墩拉到一个土墩。后来脚印转了弯，于是在雪的闪光中消失了。这两个滑雪的人继续往前走，他们碰到的已经是小山杨林和小白桦林中兔子或松鼠的脚印了。

这些神秘的夜生活的脚印，这些反映寒冷、荒凉的田野和树林里夜生活的脚印，使人的心激动不安。已经想到了出去打猎之前、夜里的茶炊，想到皮袄和猎枪，想到似乎在缓缓流动的星辰，想到暗黑色的干草垛。每天夜里兔子都在这些干草垛附近觅食，养得很肥，狐狸也从老远到这里来，有时还用后爪直立起来，用鼻子闻闻。在想象中仿佛听到雷鸣般一声枪响，看到火光一闪，接着是一阵在一座座丘陵之间若断若续的、清脆的回声，各个村庄里被惊动的狗的叫声，还仿佛看到伸直了躯体的兔子那双渐渐冷却的、呆滞的眼睛，映在这双眼睛里的星星，挂着一层霜花的粗胡须，仿佛感觉到还有点儿温暖的兔子尸体沉甸甸的重量。

下边，盆地和峡谷里，积雪很深。雪是干的，很难走。然而丘陵的斜坡上结了一层宛如粼粼波光的雪面冰凌，上面还撒了薄薄一层新雪，无论上坡还是往下滑都很轻松。地平线附近远方的丘陵上，森林闪着粉红色的微光，天空一片蔚蓝，田野好似无边无际。

他们就这样走着，时而上坡，时而滑下去，有时坐在倒掉的树上休息一下，彼此对着对方微笑。有时他从后面抱住她的脖子，拉过来，吻吻她那冷冰冰的、被风吹皱了的嘴唇。他们几乎不说话，只是偶尔互相说一声：“你看!”或者是：“你听!”

不错，她神情忧郁，心不在焉，老是落在后边。可是他什么也不了解，而认为她这是由于疲倦的关系。他不时站下等她，而当她赶上来，带着某种含有责备意味和异常的神情看着他的时候，他却小心翼翼地问——他是知道的，这样的问题会让旅伴感到多么不高兴：

“你不累吗？要不，咱们休息一下。”

“得了吧！”她匆匆忙忙地回答，“我这只不过是……在思索。”

“当然！”他说，于是继续往前走，不过已经走得慢一些了。

太阳渐渐低了，只有丘陵顶上的农田还在闪着光，森林、盆地和峡谷早已变成一片瓦灰色，那里阳光已经渐渐熄灭了，而在一望无际的森林和田野里，两个孤单的人影还在向前移动——他在前，她跟在后面。听到雪在她滑雪板底下的沙沙声，以及滑雪杖在雪上划过的声音，他感到很愉快。

有一次，在树林后淡红色的闪光中，在太阳已经落下去的地方，传来了发动机单调匀称的隆隆声，过了一会儿，高空中出现了一架飞机。只有它还披着落日的余晖，太阳的光斑在机身上闪闪烁烁。从下面，从寒冷和黄昏的寂静中望着它，并且展开想象的翅膀，那是很美的，你会暗自想象——飞机上坐着不少乘客，他们正在想，旅途即将结束。不久就要到莫斯科了，于是又想，不知有谁来迎接他们。

暮色苍茫中他们终于到达了目的地。他们在寒冷的外廊上跺了跺结了一层冰的鞋，开开门上的锁，然后进到屋里。屋里全都黑了，似乎觉得比外面还冷。

她立刻躺下，闭上了眼。在路上她浑身燥热，出了一身汗，这会儿却凉下来了，冷得一阵阵发抖，真不想动弹。她睁开眼，在黑暗中看到用木板钉成的天花板，看到蒙上一层水蒸气的煤油灯玻璃罩里已经着旺的火焰，她眯缝起眼来——于是黄绿的、白的、淡蓝的、大红的——这一天来她已经看够了的各种颜色立刻相互交替浮现在眼前。

他从阳台底下拿来了劈柴，扑通一声放到炉边，弄得纸簌簌地响，点着了火，累得呼哧呼哧的。她却什么也不想要，这次跟他来这里，她并不觉得高兴。

炉子热了，屋里暖和起来，可以脱掉外衣了。他脱掉外衣、皮鞋、袜子，把这一切都分别挂在炉边，只穿一件贴身的衬衣坐在那儿，感到很满意。他眯缝起眼，动动光脚上的脚趾，抽着了烟。

“累了？”他问，“脱掉外衣吧！”

虽然她不想动，由于忧郁和烦恼，想睡，可她还是顺从地脱下外衣，把短上衣、袜子、高领绒线衫也都分别挂起来晾着，只穿一件方格布翻领衬衫，衣襟露在外面，坐在床上，垂下双肩，开始看着那盏灯。

他把脚伸进皮鞋里，披上短大衣，拿了水桶，当他走到外面走廊上的时候，水桶突然悦耳地叮叮当当响了起来。回来以后，他把茶壶坐到炉子上，动手在背囊里翻寻，拿出里面的所有东西，分别摆到桌子和窗台上。

她默默地等着烧好了茶，给自己斟了一杯，然后静静地坐着，在嚼抹了黄油的面包，用很烫的茶杯暖着手，小口小口地喝着，一直在望着那盏灯。

“你怎么不说话？”他问，“今天是多好的一天！啊？”

“是这样……今天我累坏了……”她站起来，伸了个懒腰，并不看着他，“睡吧！”

“倒也是。”他很轻易地同意了，“等等，我添上点儿劈柴，要不屋里就要冷透了……”

“今天我一个人睡，能睡在这儿，睡在炉子旁边吗？你别生气。”她匆匆忙忙地说，并且垂下了眼睛。

“你这是怎么了？”他惊讶地说，于是立刻想起了这一天来她那忧郁和疏远的神态，一想起这些，他立刻怒不可遏，他的心也疼痛地怦怦狂跳起来。

他突然明白，他完全不了解她——完全不了解她在自己的大学里是怎样学习的，认识什么人，和那人谈些什么。而且对他来说，就像和她初次相逢时一样，她让人猜不透，而且是陌生的。对于她来说，他大概既粗鲁，又迟钝，因为他不懂得她需要什么，不能让她和他在一起的时候经常感到幸福，不能让她不再需要任何东西，也不再需要任何人。

他突然为今天这整整一天感到不好意思，为这可怜的别墅和炉子，而且不知为什么，甚至也为严寒和太阳，为自己的心情平静感到不好意思——他们为什么要来，干吗需要这一切？而且这给吹得天花乱坠的可恶的幸福又在哪里呢？

“嗯，有什么呢……”他冷淡地说，并且喘了口气，“你愿意睡在哪儿，就睡在哪儿好了。”

她没有看他一眼，也没脱衣服，立刻躺下，盖上短上衣，望着炉子里的火。他挪到另一张床上，坐下，抽起烟来，然后熄了灯，躺下了。他觉得痛苦，因为他感到她正在离开他。不知为什么他们并不幸福，但为什么呢，他不知道，而且觉得生气。

过了一会儿，他听到她在哭。他欠起身来，隔着桌子看了看她。由于有炉子的火光，相当亮，她脸朝下躺着。望着熊熊燃烧的劈柴，他看到了她那不幸的、挂满泪珠的脸，怪可怜地、不好看地撇着的颤抖的嘴唇和下巴，以及她一直在用一只纤细的手擦拭的湿漉漉的眼睛。

究竟是由于什么，今天她突然感到这么难过和不幸？她自己也不知道。她只是感觉到，初恋时期已经过去，现在某种新的东西正在到来，对过去的生活她开始不感兴趣了。在他的双亲、叔叔和婶婶们面前，在他的朋友和她的女友们面前，她什么也不是，这已经让她感到厌烦了，她想成为妻子和母亲，他却看不到这一点。像现在这样，他就感到十分幸福。可是又为他们爱情的最初那段令人忧虑的时期感到极端惋惜，那时候还什么也不清楚，什么也不明确，然而一切都从未体验过，热情，而且充满新奇感。

后来她渐渐睡着了，很久以前的幻想又来到她的梦中。还是个小姑娘的时候，每次她都是带着这一幻想进入梦乡。似乎他是个强壮有力而且勇敢的人，他爱她，她也爱他，可是不知为什么她对他说："不!"于是他远远地走了，到北方去，当了渔夫，她感到十分痛苦。他在沿岸的山岩上打猎，从一块岩石跳上另一块岩石，他作曲，出海捕鱼，而且一直在想着她。有一次她明白了，只有和他在一起她才会幸福，于是丢掉一切，到他那里去了。她是那么美，一路上大家都在向她献殷勤。飞行员、汽车司机、海员。可是她看不见任何人，只是想着他。和他的相会应该是那样不同寻常，就连想象一下也感到可怕。于是想出一个又一个新的拖延会面的意外事件，好推迟这个时刻。通常她总是没能和他会面，就这样睡着了。

她已经很久没有为了能够入睡而想任何类似的事情了，可今天不知为什么想要幻想一番。但今天也是一样，在她已经搭上顺路的小汽艇动身以后，她的思想开始混乱了。于是就睡着了。

夜里她冷醒了。他正蹲着，在生已经熄灭的炉子。他的脸是忧郁的，她开始可怜起他来。

早晨，起初他们都不说话，默默地吃早饭、喝茶。但随后却快活起来，拿了滑雪板，出去滑雪。他们上到山上，挑选一次比一次更陡、更危险的地方，从山上滑下来。

在家里，他们烤火取暖，谈些无足轻重的事情，也谈谈正经事，还说，这年冬天毕竟是一个多么好的冬天。天快要黑的时候，他们收拾收拾，锁起别墅，踏着滑雪板往车站走去。

他们乘车抵达莫斯科，已经是晚上了，他们在打盹儿。但当出现高楼大厦和一排排灯火辉煌的窗户时，他却想，他们就要分别了，而且突然想象她是他的妻子。

有什么呢！最初的青年时期过去了，那时候什么房子啦、妻子啦、家庭啦，以及诸如此类的东西，这一切都似乎十分简单，而且并非是必不可少的。现在这样的时候已经过去，已经三十岁了，过去总是有这样一种感觉——你知道，她就在你身边，而且她很美，以及其他等等，你却随时可以丢下她，好也像这样和另一个女人在一起，因为你是自由的——老实说，这样的感觉里并没有任何乐趣。

明天整整一天要在法律咨询所里写上诉状、申请书，考虑人们的各种不幸，其中包括家庭的不幸，然后回家——到谁那里去呢？然后是夏天，漫长的夏天，各种各样的旅行、皮艇、帐篷——又是，和谁一道呢？因此他想要做个更好的人，一个更合乎人性的人，要使一切都让她感到满意。

他们走到车站广场上的时候，路灯明晃晃地照耀着，城市闹哄哄的，雪已经铲除，运走了。他俩都感觉到，仿佛他们并没去旅行，也没有在一起度过两天的共同生活。而现在他们马上就要分手，各人回自己的家里去，也许要隔两天或三天才能见面。他俩不知怎么都感到和平常一样，心情平静、轻松，他们像往常一样相互告别，脸上带着匆匆忙忙的微笑，而他也没有送她。

小蜡烛

那天晚上，我突然感到那么忧郁，不知该躲到哪里去——简直想要自杀！

在我们那宽大、明亮而且暖和的房子里只有我和你两个人。窗外早已是十一月里的一片黑暗了，经常有阵风吹来，于是房屋四周的树林开始喧哗，光秃秃的树枝的呼啸声是凄凉的。

我到台阶上去看看，是不是下雨了……

没有下雨。

于是我和你都穿暖和一些，出去散步了。

但一开始我想先跟你谈谈你的爱好。当时你的爱好只有一样——汽车！在那些日子里，除了汽车，别的你什么都不会去想。你有两打汽车——从最大的木制自卸卡车——你喜欢缩起脚来坐在上面，我就拉着你在屋里转——到只有火柴盒那么大，很小的塑料小汽车。你睡觉的时候也要带着汽车，好长时间在被子上和枕头上滚着它玩，直到渐渐入睡……

所以，在我们走进十一月晚上墨一般的黑暗中去的时候，当然啦，你一只手里也拿着一辆小塑料汽车。

黑暗中我们好不容易猜出哪儿是小路，慢慢往大门口走去。不久前才下过雪，后来雪融化了，但那天晚上两旁的灌木丛被雪压得低低地弯下了腰，碰到了我们的脸和手，这轻轻的接触使我想起了对于我和你来说已经永不复返的那段时间。那时灌木丛繁花盛开，由于挂满露珠，每天早晨都是湿漉漉的。

走到里面有汽车房的我们另一座房子那里，已经和它并排着的时候，你突然跑到汽车房前，一把抓住了门上的锁。

“我想坐真汽车玩!”你说。

“你怎么了，亲爱的!”我反对说，“这会儿晚了，不久就要睡觉了……再说——我们坐车上哪儿去呢?”

“我们去……我们去……”你讷讷地说不出来了，同时在思想中逐个儿考虑，寻找我们可以去的地方，“去莫斯科!”

“嗬——去莫斯科!”我说，“我们为什么要去莫斯科?那里闹嚷嚷的，又潮湿。再说，那是多么远哪，不是吗!”

“我想去很远!”你固执地反驳。

“好吧，”我同意了，“我们去，只是要过三天以后。不过我答应你。明天我和你坐车去商店，现在我们只不过是出来散步，不是吗?把手伸给我……”

你顺从地叹了口气，把自己暖烘烘的小手伸到我的手里。

走出大门以后，稍想了想，我和你往右走去。你在前面走，全神贯注地在玩自己的小汽车。根据在黑暗中模模糊糊可以看出的你的动作，我猜到，你一会儿在一只袖子上，一会儿在另一只袖子上滚动着小汽车，有时你忍不住蹲下来，已经是在路上滚动那辆小汽车了。

在你的想象中，你坐着汽车去哪里，到哪些美好的地方去呢?我站下来等着，等到你那遥远的、我不知道的路到了尽头，等到你驱车到达某个地方，然后我再和你继续往前走。

“你听我说，你喜欢深秋吗?”我问你。

“你喜欢!”你机械地回答。

“可是我不喜欢!”我说,“唉,我是多么不喜欢这样的黑暗,不喜欢这很早就到来的黄昏,不喜欢很迟才到来的黎明和灰暗的白天啊!什么都枯萎了,就像草那样,什么都死了……你懂得我在说什么吗?”

“你懂得!”你立刻应声说。

“唉,孩子,你什么也不懂……夏天是不是很久以前的事呢,整夜霞光都在燃烧,微微发绿的霞光,几乎还不到早晨三点钟,太阳就升起来了,这是不是很久以前的事呢?似乎觉得,夏天会无尽地延长下去,永远不会消失,可它却一直在一天天减少……它过去了,就像一瞬间,就像是一下心跳。其实,只是对于我来说,它才好像只不过是一瞬间。要知道,你年纪越大,白天也好像越短,黑暗也似乎越来越可怕了。而对你来说,也许那个夏天就像是整整一生吧。

“不过初秋也挺不错。太阳静静地照耀着,每天早晨都有雾,屋里窗户玻璃上蒙上了一层水蒸气——我们屋旁的枫树红得像在燃烧,我和你收集了一些多大的红叶呀!

“而现在,土地已经发黑,一切都死了,光消失了,多想恳求它——别离开我,因为悲伤已经临近,没有谁能帮助我!你懂吗?”

你一声不响,你正坐着你的汽车飞也似的奔驰,像星星一样,离开我愈来愈远。你驱车走得那么远,当我要和你在路上转弯,往一边去的时候,我转了弯,你却没有转弯。我追上你,抓住你的肩膀,把你转过来,你这才听话地跟在我的后面——随便往哪里走,对你反正一样,因为你不是在步行,你是坐在车上疾驰!

“不过,”我接着说,“你别在意,我只不过是在这样的夜晚感到忧郁罢了。实际上,孩子,大地上一切都是美好的——十一月也是一样!十一月就像一个正在睡觉的人。黑暗，寒冷，死气沉沉，这又有什么呢，这只不过是觉得好像这样罢了，实际上什么都在活着。

“总有一天你会知道，深秋季节穿着靴子在雨中行走是多么美，会闻到多么好闻的香味，树干是多么潮湿，留在我们这儿过冬的鸟儿是怎样忙忙碌碌地在灌木丛间飞来飞去。等过些时候，我们在你窗子底下做一个喂鸟的小槽，那么各种各样的山雀、鸭和啄木鸟都会飞到你那儿去……

“嗯，至于那些树今天好像死了一样，这只不过是因为我心里烦闷而已。实际上它们都活着，它们在睡觉。

“可怎么能知道，十一月里我们为什么这样忧郁呢？为什么我们这么贪婪地去听音乐会，互相到对方家里去做客，为什么这么喜欢火和灯光？也许几百万年以前人也要冬眠，就像现在熊、獾和刺猬要冬眠一样，可现在我们却不睡了呢？

“而一般说来，黑暗并不是灾难！要知道，我和你有暖和的房屋和灯光，回去以后，我们要生上壁炉，看着炉子里的火光……”

突然好像有只老鼠在我衣袖上跑了过去，然后是在背上跑，然后又在另一只袖子上——这是你已经坐着汽车在我的短皮袄上奔驰了，驱车走过一段想象的距离之后，你又往前跑去。

“没关系，”我又开始说，“不久雪就会盖住大地，因为有雪，会觉得亮些，到那时我和你要坐着小雪橇从小山上往下滑，那可真美呀！你要穿上皮袄和毡靴，不戴手套已经不能到外面去了，回来的时候你会浑身是雪，进屋的时候脸蛋儿冻得红通通的……”

我回头一看，透过光秃秃的树，一片漆黑的黑暗之中，只有我们房子的窗户亮着灯光。隔壁几座别墅里人早走了，只是有时它们的窗户玻璃上会孤零零和死气沉沉地反射出稀稀拉拉、并不明亮的路灯灯光。

“你是个幸福的人，阿廖沙，因为你有房子！”突然我出乎自己意料地说，“孩子，你要知道，你有一座在里面长大的房子，这太好了。这可是终生难忘的……无怪乎有这么一种说法，父亲的房子！虽说我不知道，譬如说，为什么不是‘母亲的房子’？你是怎么想的呢？也许是因为自古以来房子总是庄稼汉、男人、父亲建造和购买的吧？

“那么，亲爱的，你有一座房子，可我……孩子，我却从来没有父亲的房子！而我哪里没有住过呀！什么房子里没有留下我度过的日子的踪迹——浮标看守人的守卫室里，护林所里，隔墙还达不到天花板的房子里，没有烟囱、就这样在屋里生火的房子里，还有很好的老房子，里面有瓷器、钢琴，还有壁炉，甚至——你瞧！——我甚至在城堡里住过，在真正的城堡里，中世纪的城堡，在很远很远的地方，在法国，圣-拉斐儿附近。

“而那里，我的小兄弟，墙角落和楼梯上放着骑士的盔甲，墙上挂着剑和长矛，回避吧，骑士们曾经拿着这些剑和矛进行远征。城堡的地上铺的不是木头地板，而是石板。大厅里的壁炉有那么大，可以在里面烤熟一整头牛。城堡四周有那么深的壕沟，有用铁链吊起的吊桥，城堡的四角上还有塔楼！……

“而且我不得不从所有的地方离开，再也不回到那里去……没有父亲的房子，这是很痛苦的，孩子，这是很痛苦的！

“瞧，你听我说，有一天我和一位朋友乘轮船在一条极美的河——奥卡河上航行（等过些时候，亲爱的，等你再长大一些，我也带你到奥卡河去，那么你就会亲眼看到这是一条多美的河了）。就这样，我和那位朋友乘船到他家去，他有一年多没回家了。离他家还有十四五公里，而我的朋友已经站在船头上，心情异常激动，一直在指给我看，一直在说个不停——就在这里，我和父亲曾经在这儿钓过鱼，而那里有一座什么样的小山，那边，看到了吗，有一条小河流入奥卡河，而那边有一个那样的峡谷……

“正是春天，河水泛滥，浮动码头还没安置起来，因此，我们到达的时候轮船简直是撞到了岸上，搭好了跳板，我们上了岸，我朋友的父亲已经在那儿等着了，还有一匹已经套在大车上的马等在那里……

“你一直是坐着自己的汽车飞驰，你甚至不知道，坐着大车或雪橇在森林里或田野里的道路上奔跑，那可好得多了——你可以观赏两旁的景色，心里在想着什么，你会觉得心情舒畅。因为你整个心灵都感觉到，这一切，你周围的所有这一切，就是你的故乡！

“我们把自己的手提箱和背囊通通都堆到大车上，自己却步行走上一道长山坡，顺着斜坡上去，经过春天里光线还能穿透的树林。而离家越近，我朋友的心情也越激动。

“当然啦！要知道，孩子，这座房子是我朋友的祖父建造的，他的父母在这儿度过了一生，我的朋友也是在这儿出生，在这儿长大的。

“我们刚一走进这座房子，一眨眼的工夫我的朋友就不见了，他跑遍了所有房间，向房子问好。可真有的是要去问好的东西！要知道，我们这座房子可不能和他们的房子相比，无怪乎它叫作‘庄园博物馆’了。

“那里有那么多可爱的老古董，那么多各式各样弯腿的长沙发，雕花椅子，墙上挂着那么多美丽的画。从窗子里望出去，可以看到那样凄凉和那样赏心悦目的景色！而那里有一些多么不同、各式各样的房间啊——有些房间有很大的窗户，十分明亮，有的房间又窄又长，有的房间给树荫遮蔽着，有的房间很小很小，天花板很低很低。那里有些什么样的窗户啊——大的，小的，有的上边气窗上装着让人意想不到的彩绘玻璃，还有些窗子的形式出人意料，有时突然像是城堡里的窗户，是几何图形的，有时好像碉堡上的枪眼……而在一间间房屋，一道道走廊，一个个角落和平台之间，还有些什么样的、轧轧作响的阁楼，栏杆的色泽已经发暗的楼梯，以及已经磨损的台阶啊。最后还有，那里的每样东西都充满那么古老、那么好闻的香味，无法弄清。这是某一位浪漫主义的女幻想家不知什么时候采来的香薄荷味呢，还是那些在书橱里摆了整整一个世纪，已经发黄，皮封面和纸张都干透了的旧书味，或者是所有这些楼梯、栏杆、家具、橡木房梁和已经磨得很薄很薄的镶木地板的气味……

“孩子，你不要以为，房屋和东西都是人做的，它们什么都不知道，什么也不记得，它们没有生命，不会感到高兴，不会在喜悦时嬉戏，或由于悲伤而哭泣。关于它们，我们知道得还是多么少，有时对它们是多么漠不关心，甚至嘲笑它们——老古董！

“有朝一日你也会离开父亲的房子，离开很久很久。会看到那么多事物，游历许多那样美好的地方，成为完全不同的另一个人，了解许多善和恶……

“但总有一天，你会回到自己的旧房子里来。你登上台阶，你的心怦怦地跳起来了，觉得喉咙里好像有块什么东西，你的眼睛感到刺痛，你会听到你已经年迈的母亲发抖的脚步声——那时候我多半已经不在这个世界上了——而房子也会接待你。它使你回忆起从幼年起就已经熟悉的那些气味，所有的房间都会向你微笑，每扇窗子都招呼你到它们那里去。你从前喜欢的碗会在餐具橱里发出叮叮当当的响声，钟也会特别响亮地报时，报告这一幸福的时刻，整幢房子都将展示在你的面前。‘瞧，这是我的顶楼，这是我的一间间房间，这是你喜欢藏在那儿的走廊……你还记得这些糊墙纸吗，你看到当年被你钉到墙上的这颗钉子了吗？啊，我真高兴，你又在这儿了，现在你都这么大了。这没关系，请原谅我，当初把我造好了的时候，我就已经长大了，现在我只不过是活着。不过我记得你，我爱你，在我这里住一段时间，回到自己的童年来吧！’瞧，这就是你的房子将要对你说的话。

“有时我为自己生在莫斯科，而不是生在乡村，生在父亲或祖父的房子里感到遗憾。如果我是生在父亲或祖父的房子里，我就会经常回到那里去，就像小鸟归巢那样，在忧郁或喜悦的时候回去。

“相信我吧，孩子。当我的一位朋友对我讲战争情况的时候，我一点儿也不觉得可笑。他说，他从坦克上跳下来，跑着前去冲锋——他是个登陆人员——周围大家都在喊：‘为了祖国！’他也和大家一齐喊‘为了祖国！’可是在这也许是他活在大地上的最后几秒钟里，他所看到的却不是整个祖国，而是白海边洛普申加村里他父亲的房子、板棚、干草棚和菜园，还有那座存放农具的小棚子。”

就这样谈论着各式各样的事情，我和你转到了一条勉强可以看到一点儿亮光的林荫道上。林荫道通往一片森林，森林缓缓地往下延伸，一直到达一条叫作亚斯努什卡的很小的小河。那里是那么暗，我几乎看不见你了，于是我又抓住了你一只娇嫩的小手。

走到小河边，我们不再往前走了，免得在黑暗之中还要去过那又滑又窄的小桥。

勉强可以听清下面水在小石子上淙淙地流，风有时接触白桦和云杉的树梢，于是它们在老远开始轻声喧哗。我几次吸进湿润的大气和飘落的树叶，并不怎么冷，但稍有点儿发苦的气味。我决定抽烟，于是放开了你的手。

火柴的火焰我觉得耀眼夺目，在我点烟的时候，以及在这以后几秒钟时间里，仿佛有一些橙黄色的斑点在我眼前飘来飘去。

等我垂下手，想要碰碰你的肩膀，好再抓住你那娇嫩的小手，转身回去，回家去的时候——你已经不在我身边了。

“阿廖沙！”我喊。

你不回答。

我霎时间想起，你玩得入迷的时候，有人喊你，你经常不答应！

霎时间我面前浮现出八月里阳光灿烂的林间空地，我匍匐着在那儿割松乳菌和蜜环菌，几乎爬了一个钟头，不时回头看看你——你在哪里。而在这一个钟头里你连一次也没想到我，也没跑到我跟前来过——你一直在树林边上转悠，寻找最大的树桩，好在上面滚动你的汽车。

我吓得面无人色，暗自想象，在这么黑的黑暗之中，你只顾了玩你的汽车，越来越走进森林里面去。要知道，附近一带只有一些荒凉寂静的别墅，就连白天，哪里也看不到一个人影！

每当我从汽车房里开出汽车准备到商店去，你是怎样迎着汽车飞也似的跑过来啊。当我给你打开车门的时候，你总是性急地想要上车，可是你的膝盖跨不过驾驶室的门槛，于是跌倒了。而以后，一路上你都用发白的手指抓住操纵台，幸福地踮着脚尖站着，因为你还那么小，要是坐到座位上，你就看不见前面的路了。每当我们驶过柏油路上的一条裂缝，听到车轮两次轻轻的震动时，你总是那样兴高采烈地用你自己发明的词儿喃喃地说：

“日达利——日达利……”

我恐惧地想，这会儿你在树干上或自己的袖子上滚动着自己的汽车，越走离我越远。在你的想象中，也许你是坐在真正的汽车上，听着汽车发动机的响声，车灯明晃晃地照着你前边的道路，驾驶室里操纵台也发出柔和的亮光，上面红色的指针在微微颤抖，一盏小绿灯好像绿色的眼睛，神秘地亮着——你哪里会管它什么四周一片漆黑呢，可我甚至不知道你坐着汽车开往哪个方向去了！

我蹲下来，希望如果你走得不远的话，能从下面看到你的脸——看到那模模糊糊的白点。随后我划了一根火柴，用手掌遮着它，免得它耀花我的眼，往一边走了几步，然后又划了一根，再往另一边去……在摇摇晃晃、微微颤抖、未必能照亮两步远的火柴亮光熄灭以后，似乎显得更暗了。

“阿廖沙！马上到这儿来！”我一会儿亲切、一会儿严厉地呼唤你。

上面的森林发出簌簌的响声……

“阿廖沙，回家了，我们在那儿开开电灯，点上小蜡烛……”我想起你多么喜欢开开和关上家里不计其数的电灯，多么喜欢点亮的蜡烛，于是又加上一句，想要让你动心。

“爸爸，请你把我抱到开关那儿去！”你往往走过来，抱住我的膝盖，仰起头，幸福地望着我的脸，请求说。

我抱起你来，你用一根小手指按住开关上的按钮，啪哒一声，随即转过脸去，看看电灯，于是兴高采烈地喝道：“小灯亮——了！”

但电灯开关和小蜡烛都不起作用——你没有回答。

这时，我侥幸地想到了最后一招儿，于是用兴奋得有点儿不自然的声音高声呼喊：

“喂，快到这儿来！我口袋儿里有一辆这么好的小汽车！快点儿来呀！”

你那匆匆忙忙的脚步声立刻在落叶中沙沙地响了起来，你跑到我跟前来了。你的视力好敏锐啊！

“你想要这么好的汽车！”你先是抓住我一只手，随后又抓住我另一只手，性急地想要获得新的幸福，这样说。

“什么汽车也不给你！”我痛苦地、甚至是气愤地大声叫嚷着回答。只是到这时才感觉到，我已经出了一身冷汗，而且心跳得那么厉害，“你是个可恶的孩子！爸爸叫你，你怎么敢不答应呢！”

但你还不相信是欺骗了你，不相信你会得不到一辆汽车，你把手伸进我的衣袋……

欺骗使你感到震惊，在这以后我不得不蹲下来花了好长时间安慰你，拥抱你，抚摩你的背，用手掌擦干你的眼泪。

孩子的悲伤真是太大了！

回家的时候，我们互相感到受了委屈。

“什么壁炉我也不给你生，什么小蜡烛也不给你，也不让你去开电灯，我和你永远也不去散步了！”在路上我这样申斥你，“总而言之，要不是你还这么小的话，我立刻就叫你站到墙角落里，站上整整一个小时！还要把所有小汽车通通拿走，通通锁起来！”

你默默地在我前面跑，不愿跟我说话。回到家里，我生气地开开电视机，你却在餐厅里走来走去，自己跟自己玩（为了那时生你的气，那么久在看什么无聊的电视，直到现在我还不能原谅自己）。你能一连几个钟头独自玩耍，而不注意任何别的人，但那天晚上你却觉得难过了。

你不想一个人玩，有时你走到电视机前，似乎是想要参加到我这里来，和我在一起，事先就有点儿抱歉，但同时也有点儿调皮地微笑着，试图去按某个按钮，可事先就知道我会说什么，于是又立刻含着责备的意味自己对自己大声说：

“阿廖沙，你为什么要这么做？”

我不愉快地用手拉开你，说：“别碍事！”于是你叹口气，顺从地走开了，在桌子上滚动着自己的小汽车。当它越过某一障碍物的时候，低声学着它前面和后面的车轮的声音，说：

“日达利—日达利！”

我有时心不在焉地回头看看你，看你是不是在做什么你不该做的事——不是吗？你的生活就是由一连串连续不断的限制构成的——不能把桌布从桌子上拉下去，不能拿火柴，不能在书上乱画，不能做的事可太多了，数也数不清！

但是我比较留心地看了你一眼，碰到了你某种特殊的、期待的目光，看到了你痛苦的眼神和仿佛在梦想着什么的神情。从你那里发出责备和询问的声音，责备和询问的神态，于是我的心怦怦地跳起来了。

“哎——哎，亲爱的，好了！”我说，“到我这儿来……”

当你低下头，带着胆怯和观望的、勉强可以看出的微笑走过来的时候，我抱住了你，而且不知为什么对着你的耳朵轻轻地说，同时心情紧张地在闻你头发的气味：

“你愿意咱们一道玩吗？”

“你愿意！”你立刻高声说。

“嗯哼……不过我们玩什么呢？你说呢？这样吧，你到那边去，坐在那里的墙根旁，我们互相把汽车滚到对方那儿去。好吗?”

霎时间你脸上的表情改变了，你立刻感到那么幸福，这样的幸福你心里简直容纳不下。你是怎样慌忙从我身边跑开，微微向前低着头，好似飞翔一般，还没跑到墙那儿，已经在往下蹲了，同时半转过身来，还在跑着就双手着地，跌倒在地上，然后坐起来，转过脸来冲着我——已经是用屁股挪动着背靠到墙上，叉开双腿，这样抓汽车会更方便些。于是带着喜悦和期待的神情，同时又怯生生地——我是不是改了主意——用你那双由于激动而睁得老大的深色眼睛朝我看了一眼！

等你完全坐好、坐稳以后，我用力把惯性汽车朝你那边一推，于是它柔和地嗡嗡响着穿过整个餐厅，往你那边滚去。你弯下腰，伏到地板上，为车轮不可思议和神秘的转动而陶醉，竭力想要看看车轮底下，贪婪地等着汽车，一把抓住它，用你那短短的小手指紧紧捏着它，已经是信任地、心领神会地看着我，不停地哈哈大笑起来。这笑声好像流水，连续不断，只有像你这么小的孩子才会这样大笑。笑声宛如水声潺潺，不仅呼气时，而且吸气时喉咙也在微微震颤……

我让你完全大喜过望，推开沙发椅，坐到地板上，也像你那样宽宽地叉开双腿。这时已经同样属于我们两个人的这辆鲜红的救火车，轻轻地嗡嗡响着，从你那里跑到我这里，又从我这里跑到你那里去。

后来我在你面前躺到地板上——你却坐着——我已经不是把小汽车推给你了，而是慢慢地滚动它，一面学着发动机和汽车喇叭的响声，让汽车转各种最复杂、最古怪的弯儿。你却全身都在用力，伸长脖子，注视着汽车最微小的运动，注视着它转的每一个弯儿，仿佛单靠你的意志，单用你的目光就能驾驶它——只是当汽车从一块地板驶到另一块地板上去的时候，你才有时含着柔情，十分喜悦地用你那芦笛似的声音说：

“日达利——日达利！”

这天晚上，还有一件幸福的事等着你，你也知道这一点。

到了你该睡觉的时候了，我给你脱了衣服，让你躺到床上，给你盖上被子，熄了灯，走了出去。从你的儿童室里没传出一点儿声音，但是我知道你没睡，你在等着这一天里最后的快乐。我知道，你把头完全埋在枕头里，屏住呼吸，心在怦怦地跳。你在等着我，等我拿着小蜡烛到你那儿去，等着这一令你神往的时刻。

得先说明，我和你有一个奇妙的烛台——是在德国的时候人家送给我的。烛台是一个面貌和善、呆呆站在一个托盘上的瓷制的小人儿——他有一个圆滚滚的小肚子，穿一件无袖上衣、一条短裤和一双白色的长袜，胖胖的小脸蛋儿，三角形的帽子上有个烛台。

瞧，我在这个烛台上点着了蜡烛，稍等了一会儿，等到蜡烛着得更旺一些，然后慢慢地，迈着骑士团最高级团员的步子，走到你的房间那里，停在你的门前。

嗯，你无疑听到了我的脚步声，知道我为什么走到你门前来，并且已经从门缝里看到了烛光，但是你很有耐心、聚精会神地等着。

我终于郑重其事地慢慢在你门上敲了三下，“突，突，突！”——立刻听到了动作迅速、窸窸窣窣的声音——你像弹簧一样跳起来，开开房门（你的床就在门边），拖长声音说：

“小——蜡——烛！”

烛光照耀着你，你容光焕发，喜形于色，你那颜色如同春天的天空一样的眼睛炯炯发光，小耳朵变得红通通的，浅色头发蓬松的茸毛好似光轮环绕着你的头部。有一瞬间我好像觉得你浑身透明，蜡烛不但从前面，而且从后面把你全身都照得通明透亮。

“是啊，你自己就是一支小蜡烛！”我想，并且说。

“好，开始吧！”

“这是……这是……”你着忙了，用小手指头指着托盘说，“烛台！”

“对。接下去呢？”

“这是小肚子……”

“哎，小兔子老弟，你别跳过去呀，按着顺序来！”

“你知道，你知道！”你匆匆忙忙地说，急于快一点儿数到主要的。“烛台，接下来是小脚，接下来是小裤子，这会儿才是小肚子……接下来是小脑袋……小帽子……”

“你又漏掉了！”我提醒你。

“小脸蛋儿，小鼻子……”你忽然想起来了，“接下来是小帽子，这……这是……”你讷讷地说不下去了，不知道固定在三角形小帽子上的烛台叫什么，“这是——这么一种玩意儿……”

瞧，终于数到了主要的。

“小——蜡——烛亮——了！”你陶醉地拖长声调说。

“好，”我愉快地说，“都说完了，现在睡吧。吹灭蜡烛——睡觉觉——好吗？”

你用炯炯发光的大眼睛对着烛光又看了几秒钟，一个神秘的阴影在你脸上一闪而过，似乎你是想让时间再停留一瞬间。随后你的脸上又发出光彩，你轻轻叹了口气，对着小蜡烛吹了一口，兴高采烈地两条小腿朝后一踢，把头扑到了枕头上。

我给你盖好被子，抚摩了一下你那非常柔软的头发，走出房门，开始在餐厅里踱来踱去。

我在想着你，但北方的深秋和我那些孤独的漫游突然闯入我的记忆。有一次晚上我打猎回去，天也是像今天这么黑，而且下着蒙蒙细雨，我迷路了。这一天我走了至少四十公里，我觉得猎枪和背囊那么沉，简直想要丢掉它们。

我已经失去走到有人烟的地方的任何希望，但使我感到苦恼的并不是这个——尽管周围几百公里都是荒无人烟的森林——使我感到苦恼的是，什么都是湿的，脚底下在呱唧呱唧地响，没有任何可能设法生起篝火，休息休息，烘干身上的衣服。

可是，瞧，犹如宇宙中一颗渐渐熄灭的星，远方黑暗之中有一点儿黄色的火光突然对着我一闪。我朝火光走去。我还不知道这是什么——是猎人的篝火，还是护林所小窗户里的灯光——我执拗地朝这有时躲在树干后面、有时又显露出来的一点儿火光走去。我立刻感到轻松了——在想象中仿佛已经看到了人，听到了谈话声，感觉到温暖、光和生活……

想起这件很久以前的往事，心里在想着你，我突然感到快活起来。不久以前的忧郁已经无影无踪，我又想活下去了。

你在梦中痛哭失声

是夏天里那些暖和日子中的一天……

我和我的一位朋友站在我们房子旁边聊天。你在我们身旁，在有你肩膀那么高的草丛和花丛中慢慢地走来走去。要么是蹲下来，好长时间仔细瞅着一根针叶或一棵小草，说不清是什么表情，勉强可以看出的微笑一直没从你脸上消失过，我徒然地试图猜出这微笑的含意。

那条长毛猎狗契弗在榛树丛中跑累了，有时也会到我们这儿来。它稍有点儿侧着身子站到你的身边，像狼那样耸起肩膀，紧张地转过脖子，斜着它那咖啡色的眼睛瞅着你，恳求你，等待着你亲切地看它一眼。只要你朝它看上一眼，霎时间它就会用前爪伏在地上，摇动短短的尾巴，会意地连续不断地吠叫起来。可是你不知为什么害怕契弗，小心翼翼地绕开它，抱住我的膝盖，向后仰起头来，用你那映出蔚蓝天空的蓝眼睛望着我的脸，好像刚从远方归来似的，高兴而又温柔地说：

“爸爸!”

由于你那小手的轻轻触摸，我体验到某种甚至是病态的快乐。

你这偶然的拥抱大概也感动了我的朋友，因为他突然住了声，抚摩着你的头，弄乱了你那十分柔软的头发，好长时间在若有所思地观察你。

现在他再也不会含着柔情看你了，也不会和你说话了，因为他已经不在人世。而你，当然啦，已经记不得他，就像你记不得许多旁的事情一样……

深秋季节，下头一场雪的时候，他开枪自杀了。不过他是不是看到了这场雪，是不是从阳台的玻璃窗里往外看了看突然变得那么静的周围地区？还是，他是在夜间开枪自杀的？是不是从晚上就在下雪？还是当他乘电气列车回家，就好像是去各各地[1]的时候，大地仍然是黑乎乎的呢？

要知道，第一场雪是那样使人心情宁静，那样忧郁，那样会使我们陷入单调、平静的思索之中……

这纠缠不已、像毒刺一样可怕的想法是什么时候，是在哪一分钟进入他思想里去的？大概是很久以前了……因为他曾不止一次对我说过，早春或深秋，当他独自住在别墅里的时候，往往会突然感到那样忧郁。那时候他是多么想一下子结束一切，开枪自杀。不过话又说回来——在我们心情忧郁的时候，谁不会情不自禁地说出类似的话来呢？

而当他睡不着的时候，夜是可怕的，老是好像觉得——有人钻进屋里，呼出一股冰冷的冷气，仿佛在施魔法。要知道，这是死神钻进来了！

“你听我说，看在上帝分上，请给我几颗子弹！”有一次他请求说，“我的用完了。你知道吗。夜里老是觉得好像有人在屋里走来走去！可到处静悄悄的，就像在棺材里一样……你给吗？”

于是，我给了他六粒子弹。

“这足够，”我笑着说，“你打跑他了。”

而他是个多好的工作人员。他的一生，他那朝气蓬勃、工作积极的一

---

① 各各地——耶稣殉难处，在耶路撒冷附近。

生，对我来说经常是一种多么严厉的责难啊。无论在什么情况下去他那里——如果是夏天顺路从阳台那边过去——抬起眼来望着上边敞开的窗户，望着阁楼，用不怎么高的声音喊：

“米佳!”

“啊!”立刻就会听到回答，窗口上也露出了他的脸，整整一分钟。他用模模糊糊、心不在焉的目光望着你。随后是微微一笑，挥一挥瘦小的手：

“我就来!”

这不是，他已经在下面，在阳台上了，身上穿着那件粗糙的高领绒线衫，好像觉得在工作之后，他呼吸特别深沉，特别均匀。于是你会高兴而又羡慕地看着他，就像有时看着一匹精力充沛、年轻力壮的马一样，这样的马似乎总是在请求拉紧它的缰绳，总是想要从慢慢行走突然改为奔驰。

“你怎么又任性了!”每当我生病或者心情抑郁的时候，他总是对我说，“学学我的样嘛！直到深秋我都在亚斯努什卡河里洗澡！你怎么老是坐着，要么就躺着！起来，来做体操……”

我最后一次见到他是在十月中。他到我这儿来的那天，风和日丽，天气好得出奇。和往常一样，他穿得很有风度，戴一顶毛茸茸的便帽。他脸上的神情是悲伤的，但我们的谈话却充满朝气——不知为什么谈起了佛教，谈到是该动手写长篇小说的时候了，只有在每天的工作中才能感到唯一的乐趣，而只有在写长篇巨著的时候，才能每天都有事做……

我去送他。他突然转过脸去哭了。

“当我像你的阿廖沙这么大的时候，”他稍稍平静下来，说，“我觉得天是那么高，那么蓝！后来，对于我来说，天空变得暗淡了。要知道，这不过是由于年龄的关系。它仍然和从前一样，不是吗？你知道吗，我害怕阿勃拉姆采沃村！我怕，我怕……我在这儿住得越久，就越是想来这儿。但这样醉心于一个地方，是不应该的，不是吗？你常把阿廖沙扛在肩上吗？要知道，我常常把自己的孩子扛在肩上，后来我们总是骑着自行车一起到随便哪个森林里去。我总是跟他们闲聊，谈阿勃拉姆采沃，谈这儿从前属于拉多涅什公国的土地——我是那么想让他们爱它。要知道，说实在的，这就是他们的故乡啊！哦，你看，快看，多美的枫树！”

后来他谈起他冬天的计划来了。而天空是那么蓝，在阳光下枫叶是那样金光闪烁，色彩浓郁！我和他特别友好、特别温情地相互道别……

而三个星期以后，在加格拉——对我来说好似晴天一声霹雳！仿佛阿勃拉姆采沃村半夜的枪声飞越整个俄罗斯，一直飞到海滨，飞到了我这里来。而且就和现在我写这篇文章的时候一样，黑暗中大海波涛汹涌，冲上海岸，喷出海洋深处的气味，右边远方，路灯发出柔和的闪光，宛如一条珠链，弯成弓形的弧线，绕过海湾……

你已经满五岁了！我和你坐在黑暗的海岸上，就坐在于黑暗中看不见的、拍岸的波浪旁边，听着波涛喧嚣，听着尾随逃跑的波浪向后滚动的鹅卵石噼噼啪啪的响声，这响声似乎也是湿润的。我不知道你在想什么，因为你默不作声，而我却在想象，我正从车站出来，去阿勃拉姆采沃，回家去，但走的不是往常走的那条路。对我来说，海不见了，夜里只有根据高处稀稀拉拉几座小房子里射出的灯光才能猜出的那几座山也不见了——我正在一条鹅卵石路上走着，路上蒙着初雪，当我回头往后看的时候，在灰白发亮的雪上看到了我自己清晰的黑色脚印。我向左转，从一个岸上明亮、水面发黑的池塘旁边走过去，走进一片黑暗的云杉林，又向右转……我朝自己正前方望了望，在一条小街尽头看到了给云杉遮着的他的别墅，别墅的窗户里在一闪一闪地发光……

这到底是什么时候发生的？晚上，还是夜里？

不知为什么，我希望是在仿佛仍然迟疑不决的、十一月初的黎明已经到来的时候，是在天刚破晓的时候，那时只是根据微微发亮的雪，根据在一大片黑暗之中露出的树影，才能猜出，白天即将来临。

瞧，我正走近他的房子，开开篱笆门，顺着台阶走上阳台，看到……

“你听我说，”有一次他问我，“装铅砂的弹药很厉害吗？如果是从近距离射击的话？”“当然啦！”我回答，“如果从半米远的地方朝山杨射击，嗯，譬如说，是棵有手臂那么粗的树，那么这棵山杨就会像叫剃刀削断了似的！”

有个想法到现在还在折磨着我——如果我看到他光着脚、拿着张开机头的猎枪坐在阳台上，我会怎么办呢？猛一下子拉开门，打掉窗子上的玻璃，向四面八方高声大喊吗？还是恐惧地用目光看着别处，屏住呼吸，希望如果不惊动他，他会改变主意，挪开猎枪，小心翼翼地用大拇指轻轻按着，放下机头，就像从一场噩梦中醒来一样，深深地叹一口气，又穿上鞋子呢？

如果我打掉窗子上的玻璃，高声大喊，他又会怎样——是丢掉猎枪，高兴地向我跑过来，还是恰恰相反，用仿佛已经没有生命的眼睛憎恨地看我一眼，急忙用脚去拉扳机呢？直到现在我的心还经常飞往那座房子，飞回那天夜里，飞到他那里去，力图和他融为一体，注视着他的每一个动作，竭力想要猜出他的思想——可是猜不出，于是就退回来了……

我知道，他是在晚上很晚的时候到达别墅的。在他生命的这最后几个钟头里，他做过些什么呢？首先是换了衣服，按照自己的习惯把在城里穿的衣服整整齐齐挂到衣橱里。然后拿来了劈柴，好生炉子，吃了些苹果。我不认为，这非常不幸的决定立刻就支配了他——有哪个自杀者还要吃苹果和生炉子呢！

后来他突然改了主意，不生炉子了，于是躺了下来。最有可能，正是在这时候，这个念头来到了他的脑子里！他想起了什么，在他生命的最后几分钟里他是不是想到了什么呢？还是只不过是在做准备？他哭了没有？……

后来他洗了个澡，穿上干净的内衣。

猎枪挂在墙上。他摘下了它，感觉到冷冰冰、沉甸甸的，感觉到钢铁的枪身寒气逼人。枪托的前半部分顺从地落到左手的手掌里。在拇指的压力下，扳机缓慢地向右边挪了过去。猎枪在枪栓那儿折作两半，露出像两条隧道一样的两条枪筒尾部的切口。一发子弹轻快、顺利地滑进了一条枪筒里。我的子弹！

整幢房子里都开着灯。他在阳台上也开开了灯。他坐到椅子上，从右脚上脱下鞋子。啪的一声扳起枪机，在死一般的寂静中，这声音显得格外响亮。把枪筒伸进嘴里，用牙齿咬住它，感觉到了油腻腻、冷冰冰的金属味道……

是的！但他是不是立刻就坐下来，脱掉了鞋子？还是前额紧贴在窗户玻璃上，站了整整一夜，泪水沾湿了玻璃？还是在那块土地上走来走去，和树木告别，和亚斯努什卡河，和天空，和他那么喜欢的澡堂——告别呢？脚趾是不是立刻就蹬到了他要去蹬的扳机？还是由于他一向动作笨拙，由于他幼稚无知，没能蹬到扳机，后来休息了好久，擦干冷汗，又重新集中精力？还有——在枪响之前他是不是眯缝起眼来了，还是直到最后黑光在脑子里忽然一闪，他一直瞪大了眼睛望着什么东西？

不，不是软弱——像他这样突然中断自己的生命，需要有伟大的生命力和坚强的意志！

然而为什么，为什么呢——我在寻找，可是找不到答案。莫非在这样一个朝气蓬勃、精力充沛的生命里，还有什么秘密的痛苦？但我们在自己周围看到的受苦的人难道还少吗！不，不是这个原因引导他走到枪口上去的。这么说，还是从他出生之日起，他身上就已经打上了命中注定的烙印？难道我们每个人身上都有我们自己并不知道的、决定我们一生进程的印记？

我的心灵在黑暗中徘徊……

是啊，当时我们大家还都活着。我已经说过，那是很长很长的一天，是一天中最美的时候，是夏季的一天。等过了几年以后，我们回想起夏天的那些日子，仿佛觉得它们是无穷无尽的。

米佳和我告别，又一次弄乱了你的头发，用上下都长满胡子的嘴唇满怀柔情地轻轻吻了吻你的前额。这轻轻的接触使你觉得痒酥酥的，于是你幸福地哈哈大笑起来——在这以后米佳回家去了，我和你却拿了一个大苹果，出去旅行了，从早晨起我们就已经预感到了这次旅行会给我们带来的快乐。契弗看到我们准备出去，立刻紧紧跟着我们，而且马上跑到了我们前面，差点儿把你撞倒。它微微颤动着伸在空中的耳朵，好似蝴蝶扇动着翅膀，高高地跳跃着，跳出去很远，于是在林中消失了。

噢，我们面前是一条多么漫长的道路——几乎有整整一公里！这条路上有多少形形色色的新奇事物等待着我们，不错，这条路有一部分你已经熟悉，已经走过不止一次了。但难道这一段时间和另一段时间，甚至这一个钟头和另一个钟头会是一模一样的吗？我们走过的时候，有时是阴沉沉的，有时阳光明媚，有时露水盈盈，有时天空阴云密布，有时雷声时断时续，或隆隆地响个不停，有时稀稀拉拉地下起雨来，雨滴好似珠串上的珍珠缀满云杉已经发干的、下面的树枝，你那双小红靴子也像上过漆似的闪闪发光。小路发黑了，看上去好像油腻腻的，有时刮风了，于是山杨低声絮语，白桦和云杉的树梢也发出沙沙的响声。有时是早上，有时是中午，有时天冷，有时天热——没有哪一天和另一天完全相似，没有哪一个小时与另一小时相同，没有哪一丛灌木、哪一棵树像另一丛灌木、另一棵树——没有任何东西是一模一样的！

这一次天上没有云彩，有点儿发白的淡蓝色天空让人心情宁静，不像早春和晚秋时那样蓝得刺眼。早春的天空好似一条蓝河，湛蓝的河水仿佛就要流进我们的眼睛，晚秋时从低低的乌云缝隙中露出的蓝天又好像直刺我们的心灵。那天你穿着深棕色的凉鞋，黄色的袜子，红色的短裤和柠檬色的背心。你的膝盖给抓破了，腿、肩膀和手臂都是白色的，你那双有灰绿色斑点的、老大的灰眼睛不知为什么发暗了，变成了蓝色……

最初我们朝大门对面的方向走，顺着洒满阳光斑点的小路去后面的篱笆门，有时跨过露在地面上的云杉树根，针叶富有弹性，会在我们脚下轻轻地弹跳起来。后来你一动不动地站住了，同时在环顾四周。我立刻明白了，你需要一根手杖，没有手杖不知为什么你无法想象是在散步。我找到了一根胡桃树上的干树枝，折断了它，给了你一根手杖。

因为我猜到了你的愿望，你高兴得低下了头。你拿了手杖，又在前面很快地跑起来，还用手杖碰碰靠近小路的树干，碰碰顶端有小提琴状卷须，在树荫下还相当湿润的蕨类植物。

我从上面看着你那两条匆匆挪动、一闪一闪的小腿，看着你娇嫩的脖子和耷拉在脖子上、泛着银光的小辫子，看着你头顶上那撮毛茸茸的细发，我竭力想象自己也是个小孩子，回忆立刻包围了我。但不管我回忆起多么早的童年，但无论是在哪里，我总是比你大，直到从亚斯努什卡河流经谷底的河谷那边，突然有一股在阳光下晒得暖烘烘的草地上的暖香吹来，从左边冲进林中透光的空隙，冲进包围着我们的森林的清香之中……

“阿廖——沙的小——腿……”我拖长声调、无心地说。

“在小——路上跑……”你立刻听话地回答。看到你那仿佛透明的小耳朵抖动了一下，我明白，你微笑了。

是啊，有一个时期我也曾像这样奔跑过，在很久很久以前，也是在夏天，也是一阵香气扑鼻的轻风送来了草地上的清香……

我看到了莫斯科附近某处一片很大的田野，它把许多汇集在那里的人分成了两部分，把他们隔开了。站在一片稀疏的小白桦林边上的那一堆人里，不知为什么只有妇女和孩子。许多妇女一边哭，一边用红色三角头巾擦眼睛。田野的另一边站着排成横队的男人。横队后面，铁路路基高高隆起，路基上停着几节红褐色的暖棚车，前面老远停着发出呼哧呼哧的响声、喷出一股很高的黑烟的机车。有些穿军便服的人在横队前走来走去。

我那眼睛近视的母亲也在哭，不停地擦着涌出的眼泪，眯缝着眼，老是在问：“你看到爸爸了吗？好儿子，看见了吗？他在哪儿？哪怕指给我看看，他在哪一头？”“我看见了！”我回答，我当真看到了站在右边边上的父亲。父亲也看到了我们，他微笑了，有时还挥挥手。可我不明白，他为什么不跑到我们这儿来，我们也不跑到他那里去呢。

突然，仿佛有一股电流在我们这群人里迅速传播开来，有几个小男孩和小姑娘手里拿着包袱胆小地跑进广阔的草地。母亲匆匆地把一个包着内衣和罐头的小包袱塞给我，推了我一下，紧跟着喊了一声："跑哇，好儿子，跑到爸爸那儿去，交给他，吻吻他，说我们等着他！"由于天热，由于站了很久，我已经累了，这时我却高兴了，于是奔跑起来……

我和别人一齐闪动着裸露着的、晒黑了的膝盖，跑过那片田野。由于喜悦，我的心在怦怦地跳，因为父亲终于要拥抱我了，他要抱起我来，吻我，我又要听到他的声音，闻到让人感到那么舒服的烟草味了——不是吗？我已经那么久没看到父亲了，以至我对他的短暂记忆仿佛已蒙上一层灰烬，已经变成对自己的怜悯。因为摸不到他那粗糙的、长了老茧的手掌，听不到他的声音，看不到他看着我的目光，我感到自己是孤独的。我跑着，一会儿看看自己脚下，一会儿看看父亲，我已经能看清他太阳穴上的那颗胎痣了。突然，我看到他的脸变得那样悲伤，我跑得离他越近，父亲所在的横队里也变得越来越不安静了……

我们出了篱笆门，要去森林。我们向右转，朝一个圆亭子那边走去。这圆亭子是我们的一个邻居从前动工建造的，可是没有竣工，现在它那灰色混凝土的圆顶和圆柱，在云杉和赤杨密林的一片绿荫之中显得有点儿古怪，你却喜欢好长时间、十分赞美地细细观赏它。

我们左边，那条很小的亚斯努什卡河让它的水流在河底的小石子上匆匆流过，小河躲在枝繁叶茂的榛树丛和悬钩子丛后面。我们暂时还看不到它，但是我们知道，小路会引导我们走到圆亭下面的陡岸上，有些针叶，还有偶尔也会见到的阔叶，在陡岸下一个发黑的深水坑里慢慢地旋转。

几乎是垂直的太阳光柱一直冲到了我们这里，树脂流过后留下的波浪状痕迹在阳光中像蜂蜜一样闪着金光，这里、那里一颗颗草莓好似一滴滴鲜血闪闪烁烁，一群群似乎没有重量的小蚊子互相推推撞撞，密叶丛中看不见的小鸟儿此唱彼和，互相应答，松鼠的影子在阳光中忽然一闪，从一棵树跳到另一棵树上，一瞬间被它丢在后面的那根树枝摇摆起来，这个世界香气袭人……

“你看，阿廖沙，松鼠！看到了吗？瞧，就在那里，它正在看着你……”

你向上一看，看到了松鼠，手杖却丢掉了。如果突然有什么别的东西引起你的注意，你总是会丢掉手杖。你目送着松鼠，直到它躲藏起来，这时你想起了手杖，把它拾起来，又上路了。

契弗在小路上迎着我们窜了出来，它跳得那么高，似乎想要飞翔。它站住了，有一会儿用它那像瞪羚的眼睛那样深邃而且长长的眼睛静静地观察我们，仿佛在问——它是不是该一直往前跑，我们是不是打算回去或者转弯？我默默地向它指指我们走的那条小路。它懂了，于是慌忙继续朝前跑去。

一分钟后我们听到了它狂吠的叫声，从声音判断，叫声不是在不断移动，而是从一个地方传来的。这么说，它并不是在追赶什么，而是发现了什么东西，叫我们快点儿过去。

“你听到了吗？”我对你说，“我们的契弗发现了什么东西，在叫我们呢！”

为了你不致碰到云杉，被它刺伤，也为了快点儿走到，我抱起了你。狗吠声越来越近了，不久就在一棵很大的、美丽的白桦树下看到了契弗。在一片长满青苔、绿得刺眼、中间夹杂着一块块淡紫和黄色斑点的林间空地上，这棵白桦显得有点儿孤单。这时我们不仅听到了契弗的叫声，而且听到了它吸气时激烈的气喘吁吁的声音。

它发现了一只小刺猬。白桦离小路有三十来米远，我已经不知有多少次为它的嗅觉如此敏锐而感到惊讶了。小刺猬四周的青苔全都给踩坏了。契弗看到我们，叫得更凶，我把你放到地上，抓着契弗脖子上的颈圈，把它拉开，于是我们都在那只小刺猬跟前蹲下来。

“这是小刺猬，”我说，“你也说一遍——小刺猬。”

“小刺猬……”你说，并且用手杖碰碰它。

小刺猬“咈”了一声，往上一跳。你赶紧抽回手杖，身体失去平衡，一下子坐到了青苔上。

“你别怕，”我说，“只不过不该碰它。瞧，现在它蜷缩成一团，只有刺在竖着。等我们走了以后，它就会把小鼻子伸出来，跑去做它自己的事情了。它像你一样，也是在散步……它需要多散散步，因为它睡了整整一冬。雪盖住了它，它在睡觉。你记得冬天吗？记得我们让你坐在小雪橇上滑雪玩吗？”

你神秘地微微一笑。天哪，只要能知道，你为什么这样令人费解地自己微笑起来，或者是听着我说的话而微笑，还有什么是我不愿意献出来的！真的，你是不是知道比我的全部知识和经验都重要得多的某种东西呢？

我想起了到产科医院去接你的那天。当时我觉得你是一个相当重、裹得很紧且硬邦邦的小包，助理护士不知为什么把这个小包交给了我。我还没把你抱到汽车上，就已经感觉到，小包里面是个暖烘烘的活的东西，尽管你的脸给遮着，我也没感觉到你的呼吸。

在家里我们立刻给你解开了襁褓。我预期会看到个红通通，净是皱纹的东西，人们总是这样来描写新生儿的——可是既没有什么红色的东西，也没有什么皱纹。你皮肤白得发亮，异常精致的小手和小脚都在动，用一双又像灰色又像淡蓝色、说不准是什么颜色的大眼睛傲慢地看着我们。整个儿你这个人就是一个奇迹，只有一点破坏了你的外貌——肚脐上贴着一块膏药似的东西。

不久，你又给裹到了襁褓里，喂过了奶，让你睡下，我们都到厨房里去了。喝茶的时候谈话开始了，对于妇女来说，这时的谈话是令人陶醉的——谈到尿布，喂奶以前要先把奶澄清，还谈到给孩子洗澡以及也是那么重要的其他事物。我却老是站起来，坐到你旁边，好长时间细细地端详你的脸。当我第三次或第四次坐到你那儿去的时候，突然看到，你正在梦中微笑，你的脸在微微颤抖……

你的微笑意味着什么，你做梦了吗？可是你能做什么梦，又能梦见什么呢，你能知道什么，你的思想正在哪里徘徊，而且当时你是不是有思想了呢？然而还不仅仅是微笑而已——你的脸上开始出现已经掌握能洞察一切的崇高知识的神情。不知是什么阴影从你脸上掠过，每一瞬间你的脸都在发生变化，但是它那就总体来说是和谐的神情却没有消失，没有改变。醒着的时候——无论你是在哭，还是在笑，还是一声不响地瞅着吊在你小床上面、会哗啦哗啦响的玩具——你脸上从来没有你睡觉时使我感到惊讶的那种神情，而一看到你的这种神情，我总是屏住呼吸，心里在想，不知你发生了什么事情。“婴儿这样微笑，”后来我的母亲说，“这就是说，天使正在逗他们玩呢。”

瞧，现在你坐在小刺猬前，默默不语，用没有明确含意的微笑来回答我问你的话。就这样，我始终没弄明白，你是不是记得冬天。而你在阿勃拉姆采沃度过的第一个冬天真是美极了。每到夜里总是下那么多雪，白天阳光给一切都披上粉红色的薄纱，连天空也变成了粉红色的，白桦挂上了霜花，看上去毛茸茸的……你走到外面，到雪地上去，穿着毡靴和皮大衣，穿得那么胖，手上戴着厚厚的手套，手指都挓挲开了。你坐到小雪橇上，手里一定要拿一根棍子——几根长短不一的棍子靠在台阶旁，每次你总是挑一根和上次不一样的——我们把你拉到大门外面，于是令人陶醉的滑雪开始了。你用棍子在雪地上画着，自己跟自己说起话来。你还和天空、森林、小鸟儿说话，和在我们脚下、在小雪橇滑木底下的雪的响声说话。一切都在听着你，而且懂得你在说什么，只有我们听不懂，因为你还不会说话。你用各种不同的音调发出抑扬顿挫的声音，咕咕哝哝，咿咿呀呀，而所有你说的这些哇乙哇——哇，啦——啦——啦，呦——呦——呦，呜——呜——呜，对我们来说，只不过意味着你觉得很好而已。

后来你住了声，我们回头一看，看到后面老远的路上有一条发黑的东西，那是你的那根棍子。你挓挲开两只手，睡着了，你那胖鼓鼓的小脸蛋儿冻得红艳艳的。我们拉着你走了一个钟头，两个钟头，你却一直睡着——睡得那么熟。后来我们把你拉回家里，给你脱掉毡靴，脱掉大衣，解开纽扣，解开内衣，把你放到床上，你还是没有醒……

我们看够了小刺猬，又回到小路上，不久就走到了圆亭子那儿。你首先看到了它，像往常一样站住了，非常快乐地说：

“多——么大，多——么好——看的塔！”

有一会儿工夫你从远处看着它，好像是第一次看到它似的，用惊奇的语调反复说：“多——么大——呀！”随后我们走到它跟前去，于是你用自己的小手杖轮流碰碰它的那些圆柱子。然后你转移视线，望着下面，望着透明的深水坑上小小的水面，我立刻把手伸给你。就这样，我们手拉着手小心翼翼地从陡岸上下去，走到了水边。稍往下游去一点儿，有一个浅水滩，水在那里发出叮叮咚咚的响声，深水坑却好像一动不动。如果长时间注视着漂浮在水面的一片叶子，看到它几乎是以钟表上分针移动的速度慢慢漂往浅滩，那么就可以发现，深水坑里的水也在流动。我坐到一棵倒下的云杉上抽起烟来，因为我知道，我将不得不一直坐在这儿，直到你充分欣赏够深水坑所有诱人的美景，才能离开。

你丢掉手杖，走到水边上对你来说非常方便的一棵树根前，趴在树根上开始看水。奇怪，这个夏天里你不喜欢玩平常玩的玩具，却喜欢注意一些极小的小东西。你会没完没了地在手掌上移动一粒沙、一根针叶或一棵很小的小草。你从房屋墙壁上挖下来的一毫米大的一小块油漆会使你看上好久，充分享受观察的乐趣。蜜蜂、苍蝇、蝴蝶和小蚊子的生活和生活状态远比猫、狗、牛、喜鹊和小鸟的生活更能引起你的兴趣。当你躺在树根上，脸几乎凑近水面，仔细观看深水坑底的时候，在这坑底你发现了多么无穷无尽、数也数不清的新奇事物啊！那里有那么多大大小小的沙粒，那么多各种色调的小石子，多么娇嫩的嫩绿的茸毛覆盖在一些大石头上。那里有很多全身透明的小鱼，它们有时呆呆地一动不动，有时突然激起一片水花，一下子窜到一边去，那里还有多少一般说只有你的眼睛才能看见的极其微小的事物哇！

“小鱼在游……”过了一会儿你告诉我。

“啊——”我说，说着走近前去，坐到你身边，“这么说，它们还没到大河里去，是吗？这是些那么小的小鱼，小鱼……”

“小鱼……”你高兴地同意了。

深水坑里的水那样清澈透明，只是由于蓝天和树梢倒映在水里，才使水能够让人看得见了。你趴在树根上探出身子，从坑底舀起一小把小石子来。坑底附近出现一片由细沙形成的云，漂浮了很短暂的一会儿工夫，就又沉下去了。你把手中的小石子丢进水里，树的倒影摇晃起来，看到你那样匆匆忙忙地站起来，我明白，你想起了你喜欢的游戏。对于你来说，扔石头的时候到了。

我又坐到那棵倒下的树上，你却挑了一块比较大的石头，十分喜爱地从四面仔细打量了一番，走到水边，把它扔到深水坑的中间。溅起一片水花，石头给波浪状的气流包围着，低沉地扑通一声响，打到了坑底，水面上立刻泛起涟漪。你欣赏够了波浪起伏的水、溅起的水花、石头的响声和哗哗的水声，等到一切都平静下来以后，又拿起一块石头，像第一次那样，仔细看了看，又扔了出去……

就这样你一直丢呀，丢呀，欣赏汩汩的水声和水上的波浪——周围的世界却是静悄悄的，真美极了——电气列车的响声传不到这里，没有一架飞机从这里飞过去，谁也不从我们旁边经过，谁也看不见我们。只有契弗偶尔出现，一会儿从这边、一会儿从另一边跑过来，伸出舌头，跑进小河，弄得水哗哗地响，用舌头舔着大声喝水，询问地看看我们，然后又不见了。

有一只蚊子落到你的肩膀上，有好长时间你没发觉它，后来你赶走蚊子，皱起眉头，走到我跟前来。

“小蚊子咬……”你皱着眉说。

我搔搔你的肩膀，吹吹它，拍了拍。

“嗯？现在做什么呢？还扔石头，还是继续往前走？

“继续往前走。”你做出了决定。

我抓住你的手，过了亚斯努什卡河。我们需要穿过一个潮湿的小河谷，沿河谷密密麻麻连绵不断的合叶子像翻腾的飞沫，一片雪白。合叶子的白色花冠仿佛在阳光下融化了，似乎正在流动，花丛中充满蜜蜂幸福的嗡嗡声。

小路开始上坡了——起初是穿行在云杉和榛树之间，后来又进入橡树和白桦之间，直到引导着我们来到一片很大的草地。草地右边被一片森林包围着，左边却渐渐变成了宛如波浪起伏的农田。我们已经是在草地上往上走了，越上越高，直到到达坡顶。我们可以看得很远了，地平线已经呈现在眼前，那里有隐约可见的远方的天线，还有在看不见的扎戈尔斯克上空飘浮着的轻烟。草地上已经开镰割草了，虽然割下的草还乱堆着，但勉强可以觉察到的微风却已经沿着大地送来了渐渐枯萎的草香。我和你坐到还没割过的牧草和野花上，我齐肩膀淹没在草的海洋里，你却连头都淹没在草丛之中，在你的头上面只能看到天空。我想起了那只苹果，从口袋里掏了出来，在草上把它一直擦到发亮，然后递给你。你用双手接过去，立刻咬了一口，你咬过的痕迹好像松鼠啃过的牙齿印。

我们周围是俄罗斯最古老的土地之一，是拉多涅什公国的土地，是莫斯科大地上宁静的公国封地。有两只老鹰在地边上的高空中翱翔，从容不迫，慢慢地在绕圈子。过去的一切什么也没留给我们，土地本身已经改变了，农村和森林都变了样，拉多涅什也消失了，好像根本就没有过似的，只留下了关于它的记忆，可是，你瞧，那两只老鹰还像千年以前那样在绕圈子，也许，亚斯努什卡河也一直是在那同一条河床里流淌吧……

你吃掉了苹果，但是我看得出来，你的思想却在很远的远方。你也看到了老鹰，久久地注视着它们，不少蝴蝶从你头上飞过，其中有一些被你短裤上的红颜色吸引住了，试图落到上面去，但又立刻腾空而起。你目送着它们，它们的飞翔使你心驰神往。你很少说话，就是说，也说得很短，但是从你的脸和眼睛上可以看得出来，你正在不断地思索。啊，我多想变成你，哪怕只是一分钟也好，这样也就可以知道你在想什么了！不是吗？你已经是个人了！

不，我们的世界是极其幸福、十分美好的！炸弹没有爆炸，城市和农村没有燃烧，吃死尸的苍蝇没有在躺在道路上的孩子们的头顶上盘旋，孩子们没有冻僵，没有衣衫褴褛浑身长满虱子，没有住在废墟里，没有像野兽一样，住在各式各样的洞穴里。现在孩子们的泪也在流淌，他们也在流泪，但完全、完全是由于别的原因……难道这不是快乐，难道这不是幸福！

我又四面环顾，并且想，这一天，在我们这个地区，这一分钟，除了我和你也许谁也没去看它的这些白云，下面这条林中的小河，还有你的手丢下去的、河底的小石子，还有绕着这些小石子流过去的清洁的水流。这田野里的空气，这条给踩实了的田间小路，已经蒙上一层淡蓝和银白色雾凇的燕麦好似两道墙壁，把小路夹在自己中间，还有和往常一样远远看去总是觉得很美的小村庄，以及村庄后面仿佛在微微颤抖的地平线——这一天，也像我一生中其他一些极其美好的日子一样，将永远留在我的记忆里。

不过，你是不是会回想起这一天来？你是不是会在某个时候回顾遥远的过去，回顾久远的往事？你是不是会感觉到，你度过的岁月仿佛并不存在，你又变成了那个在齐肩高的花丛中奔跑，惊飞一双双蝴蝶的、很小的小男孩呢？难道，难道你会想不起当年的自己，想不起我，也想不起火辣辣地晒着肩膀的太阳，想不起这长得令人难以置信的夏天的味道和声音吗？

这一切都将消失到哪里去，是根据什么奇怪的规律要切断它，给它蒙上一团虚无的烟雾，这人生一开始最幸福、最洁白的时期，这最早的幼年时期，将要消失到哪里去呢？

想到人类诞生时这一最伟大的时期总是被某种幕布遮盖着，我甚至于绝望中惋惜地双手一拍。就拿你来说吧！你已经知道那么多东西，已经有了性格、习惯，学会了说话，听懂别人语言的能力就更强了，你已经有了喜欢的和不喜欢的……

但不管你去问谁——人们都是从五六岁起开始记得自己。以前呢？还是毕竟并非什么全都忘却，有时也会像火光倏忽一闪，有什么从最早的童年，从时间的源头来到我们的记忆里？几乎是每一个人，难道不曾有过这样的体会，一看到某样东西，甚至是完全不惹人注意、很平常的东西，譬如说，看到秋天道路上的一个水洼，或者是听到某种声音，闻到某种气味，紧张的思想立刻会使你大吃一惊——这样的事已经有过，我看到过，体验过了！什么时候，在哪里呢？是在这一生，还是在完全不同的另一种生活里？好久好久竭力想要回忆起来，想要抓住过去的那一瞬间——可是办不到。

到了你白天睡觉的时候了，于是我们回家去。契弗早就跑了过来，在稠密的草地上给自己压出了一个小坑，伸直了身子正在睡觉，睡梦中爪子不时微微颤抖。

家里静悄悄的。明亮的方块形阳光落在地板上，我在你屋里给你脱了衣服，穿上睡衣。在这段时间里，你回忆了这一天来你看到的一切。在我们交谈的最后，你毫不掩饰地打了两个哈欠。我让你躺到床上，就回自己屋里去了。我认为，在我走出你的房门以前，你就已经睡着了。我坐到敞开的窗子旁边，抽着了烟，开始想着你。我想象你未来的生活，但奇怪，我不愿看到你已经是个成年人，不愿看到你在刮胡子，在向姑娘们献殷勤，在抽烟……我希望看到你是个小孩子的时间尽可能长久一些——不是像你当时，像那年夏天时那么小，而是，譬如说吧，十岁的样子。在想象中，我和你到处旅行，哪里没有去过，有什么不曾使我们心醉，让我们入迷呀！

后来我从未来回到现在，又在忧郁地想，你比我更有智慧，你知道我从前曾经知道的某种东西，可是现在我已经忘了，忘了……而世界上的一切创造出来都仅仅是为了让孩子的眼睛朝它看上一眼！天国是属于你的！这些话并不是现在讲的。然而，这就是说，几千年以前就已经感觉到孩子神秘的优越性了？是什么使他们高于我们呢？是天真，还是某种随着年龄的增长而逐渐消失的最高的知识？

这样过了一个多小时，当你哭起来的时候，太阳明显地移动了地方，阴影已经拉长了。

我把香烟插到烟灰缸里，赶紧到你那里去。心想，你准是醒了，而且需要什么东西。

但是你蜷起腿，还在睡着。你的泪流得那么多，枕头很快就湿了。你痛苦而又绝望地抽抽搭搭地哭着。当你碰痛了或发脾气的时候，完全不是像这样哭泣，在那种时候你只不过是号啕大哭。而现在你却仿佛是哀悼什么永远逝去的东西，你哭得喘不过气来，连你的声音都变了！

梦只不过是现实的杂乱无章的反映吗？然而如果是这样的话，你梦到了什么样的现实？除了我们关怀的、饱含着柔情的眼睛，除了我们的微笑，除了玩具、太阳、月亮和星星，你还看到过什么？除了流水声、树林的簌簌声、小鸟儿的歌唱，雨打在屋顶上催人入睡的沙沙声和母亲唱的摇篮曲，你还听到过什么？除了宁静幸福的生活，你在这个世界上还知道些什么，以致会在梦中这样悲痛地哭泣？你没受过苦，不为过去感到遗憾，也不知道死亡的恐惧！你到底梦到了什么？还是在我们幼年就已经为未来的痛苦担忧，心灵就在悲伤了呢？

我轻轻拍着你的肩膀，抚摩着你的头发，小心翼翼地叫醒你。

“好儿子，醒醒，亲爱的，”我轻轻地拉拉你的一只手，说，“起来，起来，阿廖沙，阿廖沙！起来呀……”

你醒了，很快坐起来，向我伸出了双手。我把你抱起来，紧紧地搂在怀里，一边故意用使人精神振奋的声音说：“啊，你怎么了。你怎么了！你这是做梦。你看，小太阳多么好看哪！”说着，动手拉开窗帘，把它撩到两边去。

屋里亮了，可是你还一直在哭，把脸埋到我的肩膀上，断断续续地吸气，而且那么紧紧地用手指抓住我的脖子，弄得我都觉得痛了。

“咱们这就要吃午饭了……你看，一只什么鸟飞了过去……我们那只雪白的、毛茸茸的瓦斯卡[①]在哪儿呢？阿廖沙！哎，阿廖沙，亲爱的，什么也别怕，一切都过去了……这是谁在那儿走，是妈妈吗？”我想到什么就说什么，竭力想让你忘掉梦中的事。

渐渐地你开始平静下来。你的嘴还在痛苦地撇着，但脸上已经露出笑容。你看到了挂在窗子上的、你喜欢的那个很小的彩釉小瓦罐，终于容光

---

① 猫的名字。

焕发，喜笑颜开，含着柔情地说出十分欣赏的这唯一的一个词儿：

“小伐（瓦）——罐……”

你没有探身想去够它，不像通常孩子会一把抓住心爱的玩具那样，没有试图去抓住它——不，你用那双因被泪水冲洗过而显得特别洁净的眼睛望着它，为它的形状和彩釉感到陶醉。

我给你洗了脸，再给你系上餐巾，让你坐到桌边。我突然明白，你准是发生了什么事情。你不用小勺敲打桌子，不笑，也不说“快点儿！”你严肃地看着我，凝神注视着我，一声不响！我感觉到你正在离开我，迄今为止一直和我的心灵融为一体的你的心灵现在已经在遥远的远方。而且随着岁月的流逝，还将一年比一年离我更远，更远。你已经不是我，不是我的继续了，我的心灵永远也追赶不上你，你已经永远离去。在你深邃的，不是儿童的目光里，我看到了你那正在离开我的心。你的心怜悯地看着我，和我永远告别了！

我伸手想去够你。急急忙忙，希望至少能留在你附近。但是我看到，我落到了后面，我的生活使我回到从前的方向，然而从今以后你却已经走上了你自己的道路。

我感到这样绝望，这样痛苦！但希望在我心中用嘶哑、微弱的声音表示——总有一天我们的心灵又会融合在一起，以后永远不再分离。是的！但在哪里，什么时候才会发生这样的事？

我的小兄弟，是该我痛哭的时候了……

而那年夏天，你才一岁半。

长久呼喊

我不知有多少次在书上看到，无论是什么人，总是还在童年，要不就是在很早的少年时期，就已经被带去参加打猎了——带他们去的不是父亲，就是叔叔，要么是农村里的一个老头子（不知为什么，所有这些文艺作品里的老头子都是叫弗列贡特奇、费拉蓬特奇，或者诸如此类古里古怪的绰号，而且他们都要“调皮地”暗暗发笑，用让人受不了的，实际上并不存在的，书本上的民间方言说话）。总而言之，每个未来的猎人都曾被什么人带着到森林里去过。而且，当然啦，那是一次令人神往的狩猎。以后，在家里，这位少年英雄总是喜爱地望着像画上那样挂在穿堂里的红眉毛的黑琴鸡和胡子很粗的兔子……

我的狩猎是在三十年前开始的，就在阿尔巴特街，现在是“布拉格”饭店的那幢大楼里面、图书馆的阅览室里——当时这幢楼房里塞满了形形色色的机关，从警察局直到社会保障处。

在童年，就这方面来说，我的运气不佳——我没有可以去农村投奔的近亲，假期都是在阿尔巴特街的院子里度过的，大自然我从未见过，也没去想它……可是在当时黑暗、寒冷、饥饿的莫斯科，打猎的狂热却突然支配了我，因此当时那种极度狂热的激情现在就更让我觉得奇怪了——为什么突然爱上了打猎？再说那时候我是不是顾得上看书呢？

然而，每天晚上我都慢慢走到阅览室去，有时由于虚弱，一路上摇摇晃晃，每次我都要在那里借很多关于打猎的书，真的是堆积如山，而且总是一直坐到阅览室关门的时候。到现在我还记得这些书的气味，记得书上的字体、插图、平面图，对鸟兽所做的描写。我看了几百部书，其中包括一些专业书，里面有数学公式，还有弹道曲线，我了解了几乎是所有猎枪与其他猎枪相比较的优点。

我的天哪，我研究过一些多好的猎枪啊！

我从詹姆斯·波特、兰克斯特、霍兰特-霍兰特、威斯特、司各特……这些英国人那儿了解了猎枪的所有枪机型式、钻孔的式样和钢的质量。继英国人之后是极其出色的比利时人列伯、弗兰考特、皮佩尔·拜阿尔德、列巴什，然后是法国人维尔纳、卡隆、加兰。在他们面前，扎乌艾尔和吉姆松制造的只不过是还可以使用的工作猎枪罢了。在他们之后是文柴斯太尔、勃朗宁和毛瑟，有退壳器和退弹钩，能装三发或四发子弹……

我懂得了怎样安放捕兽夹，怎样加工兽皮，怎样判断脚印是什么时候留下的，怎样安放套索。知道了熊在什么时候和会在什么地方躺下躲藏起来，驼鹿在什么时候换角。像“燧石玻璃瓶”“公猎犬”“觅食”“暴风刮倒的树”“走开！”“发现”这样一些词汇，曾使我感到多大的乐趣，我又是怎样和那些——抚摩黑琴鸡和大雷鸟的拨风羽的幸福猎人们一齐喜形于色，忘其所以！

顺便说说，很久以前的那些关于打猎的小册子的作者，不知为什么打猎时都幸运得出奇，每篇故事的结尾都是猎人猎获了什么。而且，当然啦，还要“在流血的地方”吹起号角来。

现在我却明白了，只有好的作家才有勇气描写。譬如说吧，以完全失败、一无所获而结束的一天，因为对他来说，小说里重要的并不是猎物，而是旁的——云彩、人、烟味、泥泞、小车站、路上的谈话，重要的东西有的是……对写作并不太有信心的作家却认为，如果在故事的结尾不来一声出色的枪响，灰兔或公鸭没有咕咚一声倒在地上，那么到底是为什么写作呢?

但看书归看书，而当时莫斯科还有一个地方，一个既特殊又奇怪的地方——涅格林街上的渔猎商店。就是现在，这家商店也还在那儿。但这是家多好的商店啊！整整一个货架一个货架上全都是像崭新的十戈比银币那样整齐划一、一模一样的猎枪、绞竿、钓竿……

而那时候，我的天哪！那里聚集了一些什么样的怪人，一些多么可怕的老太婆，多么稀奇古怪的老头子，多么脏的乞丐，还有些什么样的酷爱打猎的残疾人，说话带鼻音的人以及结巴，通通从他们寒冷的洞穴里钻到那里去了！一些那么肥胖的、强盗样的嘴脸突然对着你眨眨眼，满嘴喷出一股伏特加和猪油的臭味，悄悄地提议你买一支瓦尔泰、巴拉贝伦自动手枪或者是我们的重型手枪，说是偶然碰上，莫失良机。那儿还在进行一些什么样的争论啊——争得互相仇恨，争得互相蔑视——能不能在百步以外打到鸭子？能不能用铅砂把熊打死?

这家商店左边的角落里放着一些平平常常的“图尔卡[1]”和“伊热夫卡[2]”，那里的售货员也是个普普通通、随随便便的人，可以请求他：“请给我看看!”他既不看着猎枪，也不看着顾客，漠然地用一只手从货架上拿过一支猎枪，让你看看，咔的一声扳一扳枪机——可是，有什么好看的呢?

然而门右边却是个特殊部门，连那里的售货员也是傲慢而不可接近的人，总是带着一副无聊的神情望着人们的头顶上面。他们那儿的猎枪不

---

① 图尔卡——苏联图拉市生产的猎枪。

② 伊热夫卡——苏联伊热夫斯克生产的猎枪。

拿给任何人看，也就是说，不是随便什么人都能拿过去看看。他们的眼睛很有经验，他们立刻就能辨别出谁是真正的主顾。

而那里的猎枪是……正是我在阿尔巴特街图书馆里怀着那样狂热的激情在书上看到过的那些猎枪，正是那些商号里的商品。偶尔还会碰到稀有珍贵的猎枪，当真是豪华型的。它们的价钱高得令人咂舌，买这种猎枪的，通常是那些甚至会从战争中捞取好处的、莫斯科近郊肥头大耳的乡下人。他们两个一伙，三个一群，提着整箱的钞票来到商店，开始仔仔细细地看，试一试，把枪托放到肩上，看看绞筒和半绞筒，把自己肥大、粗糙的手指伸进枪筒里去。

那里有些猎枪漂亮得让人惊讶。枪托上镶嵌着图案花纹，枪栓和枪身上有用金银雕刻的图画——一个个完整的狩猎场面都以古老的法国戈别林双面挂毯的风格雕刻在上面——有帽子上插着羽毛的猎人，有在美丽如画的小草地上拼命奔跑的猎犬，还有女士们，猎人们正对她们躬身施礼，献上自己猎获的野味。还有非常精美的静物画，上面画的是鹿、野猪、兔子和野鸡。

还有些猎枪，枪筒是大马士革的，上面刻满了最精致的螺旋花纹。还有些猎枪，枪托颈部像百合花那样娇嫩，甚至不会相信，这样的枪颈能经得住后坐力的冲击，而不致折断。

还会碰到这样一些猎枪，枪筒长得令人难以置信。这种猎枪特别值钱，因为当时认为，就是现在，有些猎人也认为，枪筒越长，猎枪就打得越远，越有劲。

单独放着的勃朗宁和文柴斯太尔式连发猎枪，枪身上都有特殊的蓝化层，没有任何装饰，以外观朴素和某种日常实用性而显得与众不同。它们的价格比较便宜，买这种猎枪的这类猎人，立刻就能看得出来，他们买枪不是为了消遣。对于他们来说，打猎并不意味着小树林、黎明和其他种种富有诗意的胡说八道，而是为了挣钱。

我在这家商店里度过了多少个小时啊，哪里是多少小个时，而是多少个月，如果把所有时间加在一起的话！我还曾站在当时设在特鲁巴街的军械厂里，陶醉地闻着机油和金属的气味，看着工人师傅从容不迫地摆弄枪栓……

不过，到了该给我自己也买一支猎枪的时候了！

现在我已经记不得，是在哪里（多半就是在那家商店里）、怎样认识这个人的了。

他留着阉割派[①]教徒的胡子，戴着杜勃罗留波夫式的金丝眼镜，人很脏，即使考虑到当时是战争时期，也会觉得他邋遢得令人难以置信。现在我认为，他精神有点儿不正常。

他住在一间家徒四壁、十分可怕的房子里，那房子大概有五年没收拾过了。房屋正中摆着一张铁床，上面有一床油污的灰色被子，每只床脚都放在一个盛着水的罐头盒里——那是为臭虫设置的障碍。

“然而你无法想象！”他神秘地悄悄说，同时斜着眼睛向四面张望，“它们多么有天才！”

“谁?”

“嘘——嘘！不然它们会听到的……臭虫！人是大自然最完美的杰作，可是在它们面前却完全微不足道！你认为我已经摆脱了它们吗？一点儿也没有！你要知道，它们会爬上天花板去，从那儿冲下来，落到我的身上。”

---

① 阉割派是俄罗斯18世纪的一个教派，认为肉欲是罪恶的，应该“阉割”。

“那干吗还要把床脚放在罐头盒里呢?”我问。

“噢！要知道我也是天才，并不比臭虫差！问题在于如果我把床随便靠墙放着，那么所有臭虫都会爬到我这儿来，而莫斯科有多少臭虫啊。可这样，从天花板上掉到我身上来的就只有最聪明、最有天才的臭虫了。要知道，既然喝你血的是天才——这就已经不觉得那么难过了，不是吗?”

瞧，我就是跟这样一个人讨价还价，要买他的猎枪。

弗兰考特和霍兰特-霍兰特式猎枪就摆在涅格林大街的商店里。我买的却是一支已经给摸脏了的三二口径的别旦式旧枪，天知道是用哪一年型号的旧步枪改造的。除了这支旧枪，店主另外还给了我两包火药，一些各式各样的小玩意儿，三十来个子弹壳和一小袋铅砂。

有几个弹壳已经射击过了，颜色发黑，带着铜绿。然而其余的都很新，金光闪闪，有时又会转变成金黄色。还有一小盒弹筒帽——弹筒帽的里面是红色和银白色的—— 一些沾满油迹的填药塞，几个很好看的、硬纸做的小圆圈儿，一个装填子弹和铅砂用的小机器——会发出暗淡的闪光，在手掌上滚动的时候感到沉甸甸、冷冰冰的。

火药包在很漂亮的小包里，一个小包上画着一头熊，另一个小包上是一只大雷鸟，它正在黎明时红霞映照的树林里为雄鸟歌唱。我那位奇怪的卖主为了让自己和我都能得到高度的享受，有时会拿出一小撮像珍珠样亮闪闪的黑色火药颗粒，放到一张纸上，把它点着……霎时间冒起明亮耀眼的火焰，在那以后好长时间屋里还飘荡着一缕非常美丽的硫化氢轻烟!

“嘘!”猎枪的主人用一根又脏又细的手指，指着纸上给烧出的一个小黑点儿说，“纸没烧着吧？几乎没有烟炱，不是吗？这不是火药，这是特等的，超级的，这是……你知道这是什么火药吗？这火药，只有包装是我们的，是我们苏联的……”他朝四下里望望，压低了声音，“只不过——以名誉担保——别告诉任何人！好吗？这火药是给我们寄来的，是从……”有一瞬间他犹豫不决，转动着眼珠，仿佛是在挑选一个国家，“是从英国寄来的！两百公斤——英国国王的私人礼物。你知道是送给谁的吗？嘘——！送给伏罗希洛夫和布琼尼的！他们可都是酷爱打猎的人，这个全世界都知道。于是用国王的帆艇在夜里把这些火药送到了列宁格勒，从那里又送到克里姆林宫，在那里再用我们的包装把它包装起来。只不过这是军事机密，懂吗？我父亲得到了一公斤——为了特殊功绩，这都是就在战争爆发之前的事。所以全世界只有三个人用这种火药射击。你，伏罗希洛夫和英国国王！”

有时他父亲来了，还没迈进门槛，就举起颤抖的双手：

“啊——啊，我们的少年朋友，女神狄安娜[1]的新仆人！您好！”

父亲也是像儿子这样的一个疯子。也像儿子一样，也是那么脏，那么饿，只不过由于年老，邋遢得更加厉害。

“啊，打猎！高尚的嗜好！”他用自己发抖的手指握着我的手说，“您，当然啦，又给我们送来照例的礼物了吧（我是用面包票和米票向他们购买这支猎枪的）。赶快呀，少年朋友，再加一把劲，猎枪就是您的了！有一个时期，我能拥有十支极好的英国猎枪，可是我……我说什么来着？啊！是啊，我总是宁愿……你听我说，好朋友，”他恳求地瞅瞅儿子，“你那儿能找得出一小块面包来吗？没有？嗯哼……可笑！您可知道今天我想起什么来了？革命以前我有个朋友，一个忠实的仆人，哈，后

① 狄安娜，希腊神话中的猎神和月神。

来，您瞧，发生了各式各样的变化，瞧我从前的仆人已经在大使馆里当了管院子的。在我贫困的时候，他找到了我，可以这么说吧，同情我。您瞧，每星期他都到我这儿来，喝得醉醺醺的，全身挂满了各式各样的小包，跳着舞，小声唱着。'啊咦，柳留什卡，啊咦，柳留什卡，啊，你瞧我给你带来了什么？有香肠，还有火腿，还有一小瓶葡萄酒！'啊？不过我扯得离题了……可恶的法西斯！我说什么来着？"

"关于打猎！"我不耐烦地提醒他。

"啊！瞧，我是说，伟大的幸福正等待着您，我的少年朋友！我总是喜欢能装多发子弹的猎枪。从前我常在继承来的、自己的世袭领地上打猎，手里拿着一支和这一模一样的步枪。大热天中午，我正在小树林里走着，突然……请你快点儿把弹筒帽给安上，快给安上弹筒帽，我想表演一下，给我们的少年朋友看看……"他请求儿子，"我的狗闻到了野兽的踪迹，极其古怪地跟踪追赶，我仿佛浑身都在燃烧，心都快从胸膛里跳出来了……装好了吗？梅尔西①。喏，您瞧，年轻人，一发子弹装进了枪膛，那么……现在我们打开弹仓，再往这里装上三发子弹，西连谢②。而我，请您想象一下看，正在被一丛树木笼罩着的、美极了的林间空地上走着，猎枪早已装上了子弹，狗古怪地……嗯哼……突然！"他突然向上扬起张开的手指，"咈咈！……咈咈！……翅膀扇起的风吹到了我的脸上……咈咈！……"他举起别旦式猎枪，一扣扳机，弹筒帽啪哒一声响，拉开枪栓，又是啪哒一声，已经是瞄准房屋的另一个角落了，两个金光闪闪的弹

---

① 法语：谢谢。

② 法语：别作声。

壳伴随着柔和的响声在肮脏的地板上滚动着，“我亲切地抚摩了一下那条忠实的狗，感觉到猎袋里黑琴鸡让人陶醉的沉甸甸的分量，又继续往前走去。您瞧，事先就又给忠实的猎枪装上了子弹！年轻人，赶快加入这伟大的爱好里来吧！”

我紧张得仿佛心脏停止了跳动，拾起地上的弹壳，看看它们里面——弹筒帽引发以后，弹壳里面蒙上了一层微微发白的粉尘……

几乎整整一冬我经常在木柴场上转悠，可是多半不走运，不过有时也会成功——给一个老太婆把一小雪橇劈柴送回家去，我就会得到一张米票或面包票，把它拿给猎枪的主人。

用这种办法在春天里买回了猎枪，只是到八月我才去打猎。然而，现在我明白，当时我去的是一些极其美好的地方。我独自一人度过了一些多少奇妙的日日夜夜——由于一匹马对着我耳朵呼吸和打响鼻，半夜里我在干草垛下突然惊醒，几乎吓得半死。夜里听到最近的一个湖里有妇女的尖叫声、嘿嘿的笑声和用手掌拍打身体的响声，我更是吓得不寒而栗！

我只打野鸭。我来到湖边，在某个地方发现对面有一群野鸭，于是跑着绕过去，然后低低地弯下腰，悄悄地走近，以后就完全趴下，往前爬。经常是在我跑和爬的这段时间里，野鸭却悠闲地游到另一边去了，尽管它们根本就没料到有我这么一个人。于是一切又从头开始，我又奔跑着绕过去……对大雷鸟、黑琴鸡和松鸡，我只能梦想。有时你正在林子里走着，突然旁边离你两步远的什么地方，而且一定是在密林里，好似一声雷鸣，飞起一只大雷鸟来！起初由于吃了一惊，你呆住了，随后心怦怦地狂跳不已，于是从肩上取下猎枪，用发抖的手指从枪栓上扳动扳机，转过身去，举起枪来……而大雷鸟已经在离你一百米开外的地方低声叫着了，只是偶尔在松树的树干之间隐约露出它的影子。你只好擦掉额上的汗珠，心怦怦地跳着，抽一支烟，继续往前走去。

我这支别旦式是支坏透了的猎枪，它把铅砂呈扇面形抛撒出去，连安安静静落在十五步开外的鸭子，我往往都打不中。

过了二十年，我已经几乎不打猎了，总是有什么事情妨碍我，我少年时期的狂热也渐渐冷却、渐渐消失。我们一生中失去的东西很多，获得的却很少，而且获得的总是些不重要的东西，但失去的却很多。腼腆，天真，轻信……都消失了，消失了。

但是有一次，我的春天终于到了。现在我好像觉得，这个春天长得似乎没有尽头。这是个阳光灿烂、光彩夺目的春天，但是寒冷，有风。对于我来说，它是从在奥卡河岸上看到解冻时汹涌的流冰开始的，淹没了草地的大水好似一大片玻璃，棕褐色的溪水浮雕似的镶嵌在沟壑里，但这个春天却是在伯朝拉河三角洲结束的。

我在奥卡河畔迎来了春天，又送走了它。而我却像候鸟那样，不知被什么吸引到北方去了。我已经多次到过那儿，夏天和秋天都去过，可春天，却从来也没到过那里……但是我已经不能像少年时期那样，独自一人前去，夜里在篝火旁浑身冻僵，并想象自己是加拿大专猎毛皮野兽的猎人了——我需要和人在一起，需要看到护林所，听到黎明前推心置腹的谈话，还需要有人和我一起继续往前走，不断地往前走，让我能把曾使我的心感到忧伤的一切都指给他看看。

于是，我们三个人一同上路了。

在告别的时候，在出发前心情激动的时候，在踏上遥远的旅途之前的幸福时刻，有一瞬间，突然会有一个想法像尖刀一样刺痛你的心……

我们都在向后看，站在车厢之间的平台上，肩膀挨着肩膀，用力推挤着车厢门口的女列车员，探着身子，看着大家从月台上向我们挥手告别。离别的时刻越来越近，挥手的动作也越来越微弱了，眼看着他们正在离开我们，在我们微不足道、十分短暂的一生中离开我们一段时间。随后车站消失了，仓库、停在备用线上的一列列空车、岗棚、给水塔，都从一旁过去了，于是我们回到车厢单间里。一股奇妙而复杂的好闻的香味扑面而来——装在皮套里、又用油渍斑斑的法兰绒裹起来的、我们那些猎枪油腻腻的枪身，子弹带上吱咯吱咯响的新皮子，一包包子弹，皮靴，装在背囊里的、猎人穿的毛线内衣，还带着上几次旅途气味的背囊，以及多罗戈布日的干酪……一切都散发出自己的气味，一切都在宣告自己的存在。最初几分钟我们面对面坐着，解开衬衣，伸直了腿，望着车窗外面——天还亮着，那时已经是五月了，五月才刚刚开始——在这段时间里，我们的心已飞到北方去了一趟，然后回到现在已经离我们很远的月台上，绕着莫斯科转了一圈，最后又回到了我们这里。扎戈尔斯克、罗斯托夫从车窗外一闪而过，车厢里面越来越暗，但夜还没有到来，我们的脸微微闪着白光，香烟把点点星火送到我们唇边。

最后我们才忽然想起来，开开台灯，看了看自己的背囊和猎枪，然后又开始想着打猎，想着北方。不过现在已经是怀着强烈思念的感情在想了，于是说起话儿来，还开始作诗。什么都成了诗的题材，隔壁人们在笑，这也作成了诗。我却满怀激情地看着隔在车厢单间之间的这面墙壁，仿佛双手抱着一个生病的小女孩，而手里却渐渐变成了空的……那时我还不知道这是在开始逃离什么，逃离什么人，是疯狂的开始。还不知道，将有整整一个月，我夜里不能入睡。

列车摇摇晃晃，车厢的地板下发出柔和的铿锵声，列车员早已给大家送过茶水，后来把茶杯也收走了。起初他们还在走廊上走来走去，随后不再走了，广播也沉默了。车窗外虽然昏暗，却并不是漆黑一片，当我靠到玻璃上，向前方，向我们前进的方向眺望的时候，远方地平线上模模糊糊有一片毫无生气的淡淡的绿光，车站上的灯火也是暗淡的。

话说够了，书看够了，诗也听够了，我们在半夜三点躺下睡了。列车于早上六点到达沃洛格达，于是我们明白，对于我们来说，昼夜就要开始颠倒过来了。

由于刚刚睡醒，而且背着沉重的背囊和猎枪，我们磕磕绊绊、摇摇晃晃、一个跟着一个走出车厢——沃洛格达的作家伊万·II. 来接我们了。不知为什么，我觉得他好像很吃惊的样子。大概是因为，他等的只是我一个，而来的却是三个人吧。黎明时车站暗淡无光，来接旅客的人并不多，清晨寒冷的微风吹得几张纸在月台上滚动，几个没睡够的搬运工人正在声音嘶哑地和列车员们交谈。我们走到车站前空旷无人的广场上，没有出租汽车。我们开始感到一阵阵发冷，广场四周的房屋看上去好似酣睡未醒，看到它们那不声不响的样子，就更想睡觉了。

我们用浓茶压下睡意，去沃洛格达市区慢慢地溜达，不过我们干吗要在沃洛格达闲逛呢？我们干吗要看这些陌生的广场，陌生的街道，陌生的院子？不，我感觉到我们的做法不对头，应该再往前去，到什么别的地方去，可是去哪里呢？命运……

然而无须我们参加，春天间奏曲就已起劲地演奏起来，至高无上的力量已经开始行动，为我们准备好了命中注定将要给予我们的奖赏，而暂时我们必须通过某种考验，在最初一段时间里满足于小小的礼品。

瞧，我们已经坐着出租汽车在沃洛格达公路上疾驰，下了汽车，离开公路，往一边走去，去一个不远的小村子。穿过一块块潮湿的草地，听，凤头麦鸡已经在我们头顶上方刺耳地尖叫，它们那若隐若现、忽左忽右的飞行，已经使我感到激动不安了。

我们在一座农舍里匆匆安顿下来，尽管还远不到山鹬发情的时候，却解开套子，拿出自己的猎枪，给子弹带里装满子弹，走出村去，沿着森林边缘，从一些很小的小湖、沼泽和已经有一半给吃掉的去年的干草垛旁经过，洒满黄昏前亮光的森林给我们让出一条路来，让我们看到一个又一个新出现的林间空地，透过林中光秃秃的树枝，透过灌木丛绷得紧紧的、鼓胀胀的枝条，可以往四周看出去很远很远，会发出响亮回声的潮湿的大地，以及残留在地上的一小片一小片去年的棕黄色草丛，都从四面八方远远地映入我们的眼帘。

忽然像石头一样从高空落下的山鹬从四面送来一阵阵婉转的啼声，野鸭成双成对地在树林上空飞翔，不知落到什么地方看不见的小湖里，仿佛一下子就消失了。

我的一个朋友是第一次打猎，初学打枪。他常常站住，开始上下左右转动着猎枪，为自己寻找目标。为防万一，我们竭力离他远着点儿，稍稍落在后面。他选中目标以后，花好长时间瞄准，眯缝起眼，事先就在发抖，砰的一声枪响——清脆的回声撒落到最近的林边。随后，他穿着高筒靴摇摇晃晃地跑过去看看他的铅砂打到了什么地方，并且痛苦地说：

“伙计们，可是这真可怕呀，可怕……你们怎么能打死活蹦乱跳的动物呢？你们都是这么善良啊——我永远也不会相信！不，这太可怕了，可怕……”

可是，每当从他脚下飞出一只云雀来的时候，他都奇怪地举起猎枪。

“住手！别开枪！”我们大声喊，同时往两边跑开。

我们那位朋友又朝一个树桩开了一枪，在他开枪的这段时间里，我们就谈论打猎的意义，站下来等着。就这样，我们继续往前走，越走越远，已经心情紧张地环顾四周的林间空地，估量在这儿守候着打山鹬是不是合适，是不是能看清周围的一切了。

但是某一神秘的时刻终于到了，我们明白，应该各人找个地方停下来了。我看中了一块老大的林间空地，在上面来来回回走了一会儿，挑了个最合适的地方，望了望天空，我觉得这块林间空地挺不错，虽说它既不比其他林间空地好，也不比它们差。我抽了支烟，透过树林朝四面望望，竭力想要猜出我的朋友们停在了什么地方。我什么也看不见，尽管树林是透光的，不过四周静悄悄的，因此我感觉到他俩都已经停下来了，正仰起头来，仔细观看高空中的白云，并且在紧张地侧耳谛听。

几只墨黑墨黑的鸫从一棵树飞到另一棵树上，一只松鸦在变得有点儿混浊的天空中慢慢飞翔，一会儿升上去，一会儿又突然跌落下来，仿佛是在傍晚时寒冷的空气中沐浴，从下面却传来一声刺耳的枪响。我立刻想到了我那位初学打猎的猎人。松鸦飞翔的节奏乱了，后来它忽然醒悟，于是飞上更高的天空。又静下来了。

突然又是轰啪啪一声枪响，但声音已经很远，不是我们的了。在另一个方向有人响应他，枪声似乎更远，于是一枪接着一枪，一枪接着一枪——一会儿是那里，一会儿是这里，砰砰啪啪，响个不停。可是我们这里却没有声音……听，我们当中有人开了一枪，我朝那边望了望，心里怀着微弱的希望。心想，也许山鹬会从他那里飞到我这儿来，但是空中连鸟的影子也没出现。

我这里什么都有，什么都具备了。总是这样，金星不知不觉好像突然出现在空中，鸫在轻声啼啭，吹起它那仿佛是用玻璃制成的笛子，忽然又住了声，似乎一曲未终，才奏了一半就睡着了。森林变成深棕色的，从地上冒出一股冷气，天空好似渐渐升高，渐渐远去。远处的枪声在毫无遮拦的远方、在光秃秃的树林里滚滚远去。由于激动，由于急不可待，我觉得一阵阵发冷——我的山鹬还不飞来……

我那位初学打猎的猎人又在近处开了一枪，我立刻望望他那块林间空地的上空，可是什么也没看见。“他这是打什么呢？”我想，因为他就站在离我很近的地方，如果有山鹬飞来，我会看得见的。但这时我的另一位朋友又吸引了我的注意，用双筒猎枪连发两枪。等回声消失以后，我听到，确切些说，是我觉得好像听到他往什么地方跑了过去，弄得去年的干树枝噼噼啪啪地响。

终于山鹬一只接一只从我这里飞了过去，显然它们离我还远。然而我已经那么疲倦，所以忍不住开了一枪，又开了一枪，当然，没有打中，打不到……

天色完全黑下来以后，我们会合到一起。有一位什么也没打到，他只是激动得大声喘着气，忘记了杀生是可怕的，给我们讲，不知有个什么东西从他那儿飞了过去，可是他忘了推开扳机，后来开了一枪，可是已经迟了，至于是什么飞了过去，他却不知道。另一位提着一只浅灰中夹杂着棕黄色的山鹬，他那圆滚滚、胖鼓鼓的脸上露出谦逊的微笑，于是像通常那样，立刻讲了讲谁站在哪里，怎么开的枪。抽了会儿烟，等心情平静下来以后，我们就回家去了。

我们又沿着森林的边缘走，浅棕色的淡淡的晚霞在我们背后发出柔和的亮光，前面却什么也看不见。只有蓝黑色的暮霭笼罩着森林，森林黑压压的，甚至无法弄清，树离我们是近呢，还是很远。我们走着，而山鹬求偶的叫声一直不曾停下来。远处，时而是这里，时而是那里，山鹬用各种不同的声音啼叫。我们不时神经质地回头望望。突然又听到了山鹬的叫声，声音渐渐近了，我们站住，面对着晚霞，一眨眼的工夫，看到一只山鹬微微扇动着翅膀，沿着森林边缘，离我们很近很近，在只有半棵树高的低空中向我们飞来。我们对着它匆匆地连放六枪，六束紫红色的火光划破了黑暗，而那只山鹬仿佛根本就没听到枪响，仍然在叫着，微微扇动着翅膀，从我们旁边飞过，向右一转，在森林中消失了。

我们还没走出十步，又有一只山鹬赶上了我们。我们又转过身去，大家都立刻看到了它，又是每个人都急于第一个把它打下来，又是一阵枪响，断断续续的枪声交织在一起，沿着森林边缘渐渐远去——“嗒——嗒——嗒——嗒！……”

五天以后，我们已经是两个人继续乘车北上了。我那位面孔圆滚滚的朋友受不了不眠之夜、寒冷和诗的折磨，于是收拾收拾，回家去了。

“说真的……狗……训练好……那里有孩子……租一座别墅……”他喃喃地说。边说，边往自己的鸭子里抹盐。他脸上的表情已经变柔和了，大概是想到他一回到家里就取出鸭子来的情景吧。

还在沃洛格达的时候，作家Π. 坐在自己那些关于打猎的书之间，一张挂在墙上的熊皮下面，抱怨说，他的心脏不好，他还谈到了大雷鸟，谈到它们尾部的羽毛像丝绸一样窸窸窣窣的响声。他说，如今大雷鸟发情期雄鸟汇集的地方已经不多了，用他十分形象生动的说法，就是现在这些地方比军用机场还要保密。

他曾对我们谈起一个湖，说是他在那儿住过，还在那儿打过猎，而且那里是多么寂静，多么安宁。他说，有一条用木头铺的小路通过一大片极其危险的沼泽，说是得在这条小路上走二十公里，然后就可以看到那个湖了。湖对岸从前曾经有一座修道院，现在却已经什么都没有了，只有一座房子，有个老头儿和老太婆住在里面。那条木头小路通到湖岸就忽然断了，岸上有一张桌子和几条长凳，腿都埋在地里，一棵云杉上还挂着一截铁管。需要敲打这段铁管，还要高声呼喊，叫那个老头儿划船过来，把你接到他那儿去。这就是避难所，世间万物的终结，另一个世界的起点，这个避难所叫作“长久呼喊”。在沃洛格达，П.坐在自己的书籍中间和挂在墙上的猎枪下面，就是这样轻轻地、满怀柔情地对我们说：

“长久呼喊……”

П.还是决定给我们帮个忙，给阿尔汉格尔斯克的某人打了个电话，那个人又打了个电话给什么人，于是那里已经有人在等着我们了，好带我们去这个湖边，到大雷鸟在发情期汇集的地方去。

第二天，我们的列车抵达阿尔汉格尔斯克的木头月台，我们和大家一起到码头上去了，习匕德维纳河辽阔无边，突然出现在我们眼前——轮船、油船、驳船，带有蛛网似全套索具的纵帆船、拖船、木材运输船、快艇，所有这些船都在动，和往常一样，从北方飘来一股大海的气味，新鲜木板的清香，四周已经听到了北方人说话急促的方言。在阿尔汉格尔斯克度过了两三个完全不可思议的无眠之夜，有一次，傍晚时分，我们背起自己的背囊和猎枪，到波莫尔斯卡亚大街去见我们的向导，和他一齐渡过德维纳河，去坐火车。

我们坐着火车不知走了多久，终于到了，在一个荒凉的车站下了车，跟着向导在一条条小胡同里，在锯末上，在湿润的青苔上，在凉爽的空气里，在久久不会熄灭的晚霞的霞光中走着，最后来到一座房子，态度亲切的主人出来欢迎我们。主人穿着桦皮靴，从容不迫地从正房里走出来，微微一笑，轻声问好……他和我们的这次打猎不知有点儿什么关系，不知他是个护林巡查员呢，还是看守猎场的人，因为我们的向导在和他谈各种林业方面的事情。就在说话间，主人生好了小茶炊，切好了白面包，开始款待我们。

“这对你们有好处，”他说，“上路前吃点儿东西有好处。肚子里会觉得舒服些，这样会暖和些，请，请喝啊，我们这儿的路难走，得拄着拐杖，必须拄着拐杖，才不会跌倒。没这么走过吗？瞧，走走看，就知道了……”

于是，他立刻对我们的向导抱怨说，小路变得不好走了，两块木头衔接的地方都腐烂了，往往不得不跳过去，要么就得在沼泽里慢慢蹚过去。

“小路铺起来很久了吗?”我们很感兴趣地问。

“很久了，有四十年左右了吧。有了吗?”主人问我们的向导。

后者皱起有点儿像野兽眉毛那样的浓眉，稍想了想，肯定地点了点头，虽说他不可能知道这事，他还年轻。我们却十分高兴地想着这静静的地区，心想，我们还没出生，这里就已经在沼泽上铺了小路，就已经有人在这条小路上行走了。过去有人在上面走，现在有人在上面走，如今，终于我们自己也要在上面走了。

而且总是这样，在踏上艰难的旅途之前，我们不想立刻就站起来，并不急于上路。我们坐在窗旁，望着街上，望着街上的鹅和鸡，望着一个姑娘去井边打水，全身用力转动井上的辘轳。望着她的腿，后来又望着房子——最后的闪光还在窗子上微微闪烁，我们一面喝茶，一面在听我们的向导跟主人说话。

主人说，三天前他已经到湖上去过，打了两只大雷鸟。肉就在那儿，在湖岸上，在篝火旁吃掉了，胃却带到阿尔汉格尔斯克去进行研究。

“在胃里研究什么?”

“研究它们吃什么。”

“嗯，发现什么了?”

“发现了各种各样的东西。它们吃小石子，吃沙子，吃红莓苔子，吃针叶，除了这些还吃去年的树叶……”

“啊——啊!”

我们觉得那么高兴，因为某个地方确实有大雷鸟，因为关于大雷鸟的种种议论并非虚构，它们当真栖息在湖那边的某个地方，已经有好几百年。它们总是在同一个地方叫着，寻找雌鸟，它们吃针叶和小石子，每年春天总共只有三四个人到这里来，所有其余时间，那里都是静悄悄的，荒凉无人。使我们感到愉快和骄傲的还有，阿尔汉格尔斯克有那么多猎人，可是谁也不知道这个地方。可是，瞧，现在我们喝够了茶，这就要不慌不忙地到那里去了。

其实，只有我和向导在喝茶，我们那位朋友却给自己斟了些开水，取出一瓶很浓的红莓苔子汁，兑上开水，小口小口地喝着，高兴得一直在发出“咈咈”的声音。

后来，我们从枪套里取出自己的猎枪，打开子弹包，装满子弹带，从背囊里拿出多余的东西，这样走起来可以轻快些，然后我们向亲切可爱的主人告辞，于是走了。

我们又穿过一条条胡同，从稀稀拉拉的房子旁边经过，晚霞一直还没熄灭，但暮色已经降临。妇女出来呼唤母牛，母牛从一片矮小的松林中出现了，发亮的肋部偶尔一闪一闪，它们走回村子，来到村寨口，若有所思地稍停了一会儿，短促地哞哞叫了几声。然后每一头都朝自己女主人的声音那边走去。

这不是，我们从最后一座房屋旁走过去了，走出了村寨口，现在我们已经需要，也许需要走上几百公里，才能走到一个居民点。前面是一座座森林，一片片沼泽，一个个湖泊，一条条荒凉的河流，还有天空，还有正在吸引我们，引导我们一直向前，继续前进的某种东西……

我们的向导走路的方式实在令人惊奇！他迈开稍稍有点儿弯曲的腿，似乎不慌不忙，仿佛正在沉思。从他的姿势上看不出丝毫紧张的样子，恰恰相反，倒好像是懒洋洋的，可是他却走得那么快。过了一个半钟头，我们已经筋疲力尽，简直累坏了。

我们走啊，走啊，感觉到脚下的青苔好像有弹性似的，两旁都是枯萎的小松林，到处都钻出嫩绿的新芽，到处都看不到足迹，只是有时会碰到一块给丢掉的破布，有时会碰到一块桦树皮。不过我注意到，我们是笔直地走，而不是绕来绕去。这就是说，我们走的路是正确的。也没有蚊子，对于蚊子来说，时间还早。

瞧，我们来到了小路的起点。向导站住了，转过身来，等着我们。等我们气喘吁吁地赶到以后，他愉快地，像说绕口令那样很快地说：

“瞧，这就是它，就是那条小路了，小伙子们，一人拿上一根拐棍儿，要不就拿两根！马上就要够你们受的了！抽支烟，还是立刻就走？只不过要小心谨慎。要不，这儿有些地方——哎哟一声，立刻就没到肚脐眼儿了，明白吗？你们真走运，小伙子们，说实在的，真走运，来得正是时候，随你们便，反正一样，给支美国烟抽抽……”

他接过香烟，抽着了，深深地吸了三口，只是说了声：

“劲头小了点儿，不过还可以，味道还好闻……”

从我们站着抽烟的地方，有一条小路伸进沼泽地里，小路是由直接丢在泥泞上的厚木板和削光的原木铺成的，很窄，刚好只够让一个人走过去，如果迎面碰上人的话……不过这儿能碰上谁呢？小路的起点附近插着几根棍子，也有的只不过就这么丢在那儿。我们又休息了一会儿，抽了一会儿烟，然后各人根据身高和体重挑好了棍子。

“好，走吧！”向导说，扔掉香烟，长长地吐了口唾沫，迈开大步，第一个先走了。又是仿佛不慌不忙，可实际上却走得很快。

起初，我们觉得在光滑的木板上走起来很轻松，拐棍好像根本用不着，但是这骗人的印象持续了没有多久。人走路时不会注意到，他总是微微往两边摆动着——半步向右，半步向左——可这里却需要笔直走，就像在一根弦上一样。不久我们就懂得拐棍的作用了，不久我们就感到浑身酸痛，最初是脖子，随后是背和肩，然后全身都痛了起来。没处可以坐一会儿，也不能停下——我们的向导一直在往前走，在一望无际的沼泽地灰褐色的背景上，朦朦胧胧可以看到他渐渐远去的背影。

十点钟的时候，天开始黑了，我们之间拉开的距离形成一条短短的锁链，现在这条短链已经拉得很长，走在前面的向导消失了，走在我后面的那位朋友也不见了。暮色苍茫，在这死一般的寂静中，每个人都成了孤单单的。木板在脚下摇摇晃晃，缓缓流动的、黏糊糊的波浪向两边扩散开去，微微发红的泥炭浆里黑漆漆的。每当我回头朝后看的时候，黑洞洞的深坑映出渐渐暗淡下来的晚霞，不时发出铅灰色的微弱的闪光。

我独自一个人开始感到有点儿不大自在，于是站住，等着我的朋友。我等了很久。地平线上森林像一条暗黑色的带子，附近却只看到一些畸形的小云杉和小松树、憔悴的小白桦和山杨。天知道它们是怎么能长在沼泽中的土墩上的，微微发红、仿佛油腻腻的沼泽上升起了晚间的薄雾。真想走到坚实的土地上，走到一个小丘上去，坐一会儿，朝四面看看……

薄雾中出现了我那位朋友长长的身影。他那细细的脖子朝一边歪着，他已失去赶上我们的希望，努力用拐棍支撑着，走得很慢很慢。等他走到离我很近的时候，我仔细看了看他那筋疲力尽的脸，我又想，我们是在逃避什么，而且就像诗人所说的那样，在我们人生旅程的中途，我们突然来到了某个黑暗的森林里，因为我们离开了正路。然而，在我们离开正路的时候，我们是不是已经进入睡眠状态?

突然，一声雷鸣般凶猛的吼声从上面传到我们这里，我们让目光离开沼泽，立刻看到一架美丽的飞机，正向阿尔汉格尔斯克那个方向徐徐下降。飞机已经飞得不高了，可以清清楚楚看到，长长的机头上的玻璃不时发出淡紫色的微弱闪光，而它圆圆的肚皮底下和尾部的深红色闪光却令人目眩。

“瞧，这就是生活，”我的朋友突然说，“一会儿在天上飞，一会儿在沼泽里爬，啊?”

飞机看不见了，飞机发动机雷鸣般的吼声也渐渐消失了。我们整理一下自己的背囊，又慢慢朝前走去。天越来越暗，雾像波浪般不断涌来，一弯新月在右边暗淡地照耀着，沼泽深处冒出一股刺鼻的难闻的臭味，周围的一切都变成模模糊糊看不清的暗灰色，就连死水上的黑色深坑也难以辨认了，只有那条木板小路像指路的灯塔一样闪着白光……但是夜里两点钟的时候，东北上开始亮了，后来那里又露出仿佛有点儿羞怯的红光。雾开始向四面流散，从昨天就看到的地平线上的林带奇迹似的来到了我们近前，已经可以看得出一些大树，我们明白，路的终点不远了。

“哎嗨——嗨嗨……”勉强可以听到的向导的声音飞到了我们这里。

“噢嗬——嗬！我们——来了！”我们齐声回答，高兴地加快了脚步。

“哎嗨——嗨嗨……”向导又声音凄凉地呼喊。

“我们——来——了！”我们更加高声呼喊着回答。

“哎嗨——嗨嗨……”向导声音更高更细地呼喊。紧随着呼喊，我们立刻听到了敲打铁器的当当声，仿佛有一匹系着项铃的马在森林里慢慢游荡。

“你听我说，”我站住了，“这么说，这就是那个‘长久呼喊’了！他这不是对着我们喊，而是喊湖对岸的那个庄稼汉……”

我们高兴地倾听仿佛在微微颤抖、同时又十分纯正的金属响声，抽着了烟，使出最后的力气向那个看不见的湖泊大踏步地走去。

“马上就会有茶炊了，尤拉，啊！”我的朋友从后面幸福地喃喃地说，“一杯热茶，啊！”

木板小路进入森林以后，突然断了。和起点附近一样，小路的终点旁，潮湿的土地里也插着几根棍子。我们也把自己的棍子插到地里，已经是比较随便地在一条让人感到愉快、又有点儿胆怯的小路上并肩行走了。很少有人在这儿行走，可还是有人走，苔藓上明显地踩出了一条小路。

我们在森林里走着，前面越来越亮，越来越亮，后来树仿佛一下子都跑到两边去了，我们面前出现了一个平滑得令人难以置信、被朝霞映成粉红色的大湖。

湖岸上埋着一张桌子，桌子两侧有两条长凳。我们的向导用胳膊肘随便撑着，背对着我们坐在那里，望着湖水，正在抽烟。听到我们的脚步声，他回过头来。

“走到了？我已经寻思，是不是在沼泽里淹死了？可我们的主人，看来跟女主人亲热得太久，累坏了——什么也听不见……”

“怎么办呢？”我们惘然地问。关于热茶和床铺的想法曾经使我们感到那么高兴……

“你们喊喊看！”向导建议，不知为什么轻轻地笑了笑，“我的嗓子已经哑了。”

我们花了好长时间一齐呼喊，有时也单独叫喊，可是对岸的小房子睡着了，没有一个人露面。

“可是他的狗在哪里呢？”向导突然惊讶地说，“狗听到，会去叫醒他们的……跑到树林里去了，还是怎么呢？”

“也许，开枪吧？”我问。

“对——对，来，放一枪！”向导高兴了，斜着眼睛看着我们的猎枪。“莫斯科的子弹放起来更响！”

我们开了两枪，多么纯正的、清晨的回声隆隆地滚过湖面，回到我们这里，从这边岸上返回去，又回到我们这边！

“啊，见鬼！”向导啐了口唾沫，“小伙子们，生起篝火来吧，要在这儿过夜了。你们那儿有没有吃的？有什么罐头吗？”

“有。”我们说。

“好，马上开开，在火上热一热……还有这个，这玩意儿呢？”

“这个也有。”

“没关系！该喝一杯！”

十分钟以后，一堆不大的篝火在湖岸上明晃晃地燃烧着，打开的罐头盒里热着焖猪肉。野鸭醒了，成双成对地在水面上飞翔。远方不知哪里黑琴鸡已经叫了起来，仿佛有人用力转动孩子弹的小三弦琴上的把手。太阳升起来了，大鱼用力拍水，小鸟儿们在森林里抑扬婉转地歌唱，但是我们的腿酸痛，睡眠制服了我们……

我们就这样一头栽倒在桌子上，打起盹儿来，当我们醒来的时候，太阳明晃晃的，直晒着湖面。主人浑身沐浴着阳光，站在一条黑色大渔船的船尾上，一会儿从这一边，一会儿从另一边摇着船尾上的橹，向我们划来。

“哎呀，我这个老傻瓜！”他一边帮着我们上船，一边不好意思地责骂自己，“睡得多熟！早晨起来，走出来一看——对岸有烟，这是怎么回事？好像谁也没说过要来呀……用望远镜望了望——三个人睡在桌子上，嘿，真想不到！唉，你呀，我想，没出息的，让人饿了一夜。于是我赶紧叫醒老太婆，这会儿她正在生茶炊，多少弄点儿早饭，那儿有鱼，昨儿个我带回来三只松鸡，要知道，昨儿个我走了四十公里，去巡查……”

主人一直说个不停，向导在用力划桨，船头下水声潺潺。有时桨打在水面上，啪的一声响，我们却在打盹儿。我们好像觉得，是去一个亲人那里，我们有那么多话要对他说，他也积攒了那么多话要告诉我们，不过这等到以后再说，现在却要睡觉……

已经到了屋里，脱掉外衣，用一只脚蹬着另一只脚脱下靴子，马马虎虎吃过早饭，喝过了茶，我们贪婪地看着女主人给我们在地板上铺上褥子，已经是无意识地在临睡前抽了会儿烟。

女主人不知为什么到另一间屋里去了。我们虽然并没有商量过，可是都立刻一头栽到背囊上，倒了下去……有人从正在睡梦中的我们身上拉掉长裤和袜子，有人从我们头底下拖走背囊，放上了枕头，有人给我们盖上被子——我们什么也没听见……

我醒来并悄悄从屋里走出去的时候，我的朋友和向导还在睡着。

我们这座房子所在的位置毕竟是很美的——它坐落在一个三面环水的小沙角上。离房子不远，靠近森林的地方，可以看到一堆堆长满青苔的黑乎乎的东西。我到那儿去了，还在走着的时候就在猜想，这想必就是那座旧修道院的遗址。我用目光寻找比较完整的木头或木桩，好在上面坐一会儿，抽支烟，独自看看那个湖。突然，勉强可以看出隆起于修道院遗址和湖面之间的几个小丘吸引了我的注意。我立刻转身往那里走去，就好像有人在远远地呼唤我似的。

这是墓地。许多坟墓几乎已经和地面一般平了。另外几座，由于盖在上面的石板看上去比较高些，虽说石板也深深地陷了下去，而且上面已经长满了青苔。我面对着湖，坐到一块石板上。现在房子到了我的右首。从我这一边，有两条黑色的渔船给拖上了沙角，几根木桩上晒着渔网。没有一丝微风，湖里的水也和天空一样，也是那种深蓝中又有点儿淡紫的颜色，而且也和天空中一样，湖水里一动不动地停留着几朵似乎卷得很紧的粉红色的彩云。在我们昨天从那儿走来的对岸上，可以看到一条不高的黑线，那就是森林。

不过，是昨天吗？而不是很多年以前？

我转过身去，有一会儿工夫望着很久以前曾经有座修道院的那个地方，望着苔藓之间发黑的四角形遗址，望着一堆堆已经腐朽成粉屑的东西，望着那些间隔一般宽的几排大圆石头。夏天里大概柳叶菜会长得很高，就好像筑起一道墙壁，使这一切都显得更加荒凉吧！随后，我又用目光在湖面上徘徊，想象这片荒凉僻静的地方，想象这从未触动过的、荒无人烟的森林和"泥泞的沼泽"——沼泽有多大呢？也许甚至方圆数百公里。当朝圣者经过令人疲倦的旅途，那条小路带他来到"长久呼喊"，当他看到倒映在湖中的、修道院里的一间间修道室和小钟楼，听到钟声，画着十字，心里在想："是上帝带我来的！"神圣的地方啊……这时他的心中想必会变得多么美好，多么崇高……

虽说这算个什么神圣的地方——十五到二十个戴着黑色僧帽的乡下人，一座用木头盖的小教堂，一口钟。这口钟也许还是从彼得大帝手下抢救出来，于冬天偷偷用雪橇运到这儿来的。修道室，谷仓，面包房，修道院里的食堂。岸上有几条渔船，有人在捕鱼。有人在锯木柴，冬天里有人在生炉子……平等吗？不，当然啦，有面包师师兄，锯工师弟，渔夫师兄，烧炉子的师弟，可是也有修道院长，也有司库——这些已经是神父了。不过，也许当时的生活是神圣的吧?!

我想起了普里什文，在我之前五十年，他到过索洛夫基，很富有诗意地描写过那个地方。他和僧侣们一起用过斋饭，吃了"鱼汤和面条汤"，然后去一个僧侣的修道室过夜。他们刚一进去，关上房门，那个僧侣就坐到窗前，推开窗户，很高兴地看了看大海，问：

"你那儿有什么可以抽的东西吗?"

“可以抽烟?”普里什文惊奇地问。

“可以。”

他们在窗旁抽起烟来。妙不可言!

“也许，喝的也有吧?”僧侣问。

“可以吗?”

“可以。”

于是，喝的也找出来了。白夜里在修道室冲着大海敞开的小窗户旁喝酒，这可真是太美了!

然而，不是吗，也有真正的隐士!他们折磨自己的肉体，几十年默默不语。他们欺世盗名。住在臭烘烘的洞穴里，把自己锁在最黑暗的角落里，和种种诱惑斗争，为尘世上的俗人做出无罪的生活的榜样。

不过是不是需要这样呢?即使是想着上帝吧，那么对于上帝来说，是不是需要呢?

我站起来，想找块木片或木棍，好从石板上刮掉青苔。在附近什么也没找到，于是我用鞋后跟在石板上清理出不大的一小块地方。石头上露出了铭文的痕迹，但这些痕迹是那样模糊，什么也分辨不出，连一个字也看不清。只有数字看得比较清楚，经过好长时间的努力，甚至像盲人那样用手指去摸摸凹下去的痕迹，我猜出那数字是“1792”。

这是出生还是死亡的年代呢?我始终也没弄清……不过反正一样!在车站附近人家告诉我们，这条小路是四十年前修的。我们的向导也证实过，虽说他不可能知道这一点——不，不是四十年，而是两百年以前就在这些沼泽上铺起了这条小路。朝圣的人们曾在上面走过，走到湖边，高声呼喊，于是有个戴黑色僧帽的僧侣走下来，来到湖岸，坐上渔船，划着桨，每划一下都向后一仰，向上抬起长满胡子、十分瘦削的脸，仰望着北方的天空……

房门不太响地砰的一声关上了。我的朋友走到台阶上，看见了我，走了过来，坐到我旁边，也仔细看了看湖。随后他拥抱着我，喃喃地说：

“喂，怎么样，尤拉，你觉得好吗？啊？”

于是他异常快活地微笑了，好像不是我把他，而是他把我叫到北方来的。

“走，喝茶去吧，尤拉，坐一会儿就走。不久咱们就又要走了，很快，很快，很快就要走了……”

我们又坐了一会儿，然后走回屋去，可我一直还在回头望着修道院过去所在的地方。它曾在那里存在了那么久，修道院的幻象一直出现在我的眼前，仿佛一直看到它那些用原木建造、开着小窗户的、瓦灰色的修道室，看到它那极其美丽的小教堂。在这个荒凉的地方我似乎一直听到那样富有朝气的钟声。于是想起，有一次我乘船在伏尔加河上航行，无论船走出多远，高高的河岸上一直有教堂的钟楼在地平线上出现，从一旁漂过，又隐没在另一段地平线后面。当时我曾想象，从河源到河口，沿岸该有多少教堂啊。当某一节日，所有教堂的钟声同时响起来的时候，钟声沿着河面飞翔，从一座教堂飞到另一座教堂。于是这条伟大的河流，就像穿过整个俄罗斯拉上的一条奇妙的巨弦，从这头直到那头，整整一条河上都是钟声！

我们大家集合起来的时候，还不到晚上八点。我们拿上背包，一个熏黑了的洋铁茶壶、面包和糖，于是到湖边去了。我们在渔船上坐下，又一次检查了弹药，给猎枪装上子弹，让枪筒对着一边，小心翼翼地把它们放好，然后沿着湖岸往前划。树枝弯下来低垂到水面上的松树和云杉从我们旁边慢慢向后漂去，画面随时都在变换，湖岸渐渐改变了方向，呈现在我们面前的湖面也由宽变长了。我们经常环顾四周，期待着这就会有野鸭从一旁飞过，于是就可以开枪射击了。但湖面十分庄严，像镜面一样平静，一派荒凉景象。

一小时以后，左面出现了被水淹没了一半的灌木丛，还有一片稀稀拉拉的去年的芦苇。这儿平滑的湖面仿佛中间塌陷了下去，卷成一个个漩涡，水流好似丝绸的皱纹。这是有一条河从湖里流出去，这儿是河源，再往前就流进密林深处，流进一个神秘的地方，流进夹在森林密布、高高的两岸之间的峡谷里去了。

我们转往那边，几乎没有划桨——水流是那么有力，听不到一点儿响声的漩涡那样急速地在我们周围旋转着。然而前面很远，河流转弯的地方，那儿可以看到从两岸伸出两条由砾石构成的突出部分，好像是从前一座桥梁的遗迹——那里河水却在沸腾，发出很大的响声，泡沫翻滚。后来，稍往下游一些，在水流已经缓慢的地方，发黑的水面上，漂浮着一些老大的泡沫，泡沫上戴着稍有点儿发黑的白色帽子。

我们就在这儿下了船，尽可能把渔船拖上岸。抽了会儿烟，一面在观察傍晚前宁静的河水，然后就动身了。太阳还很高，像白天一样，很亮，也很热。勉强可以看出，一条微微发黄的小路在长满新苔的碧绿的土墩之间曲折蜿蜒。主人小声说，去年有很强的暴风从森林上吹过，许多松树都给刮倒了，特别是最老、最大的松树，倒了很多，所以现在森林里很难走。这么说着，他不时吸一口马合烟，很随便地迈开脚步，可以看得出来，他根本就不感到困难。

我们越深入森林，松树就越高，被暴风吹倒的树也越来越多了。有时我们绕过堵塞道路的障碍，有时从上面爬过去，然后又绕过去，又爬过去。这样没完没了，越来越让人觉得单调，越来越惹人生气，让人感到疲倦，已经不想再看四周的景物，也不愿去想什么打猎了。但向导在前面很快地跑，我们的主人跟在他的后面，主人后面是我们。

我们走到目的地的时候，太阳还在晒着松树梢。我们来到了那些倒下来和倾斜着的、错综复杂纠缠在一起的一棵棵树干之间。树根被拔出后形成的土坑里，水在坑壁下不时发出微弱的闪光。小鸟儿啼声婉转，声音响亮、清晰，就在近旁，也有的稍远一点儿。而在已经很远的远方，在湖岸上，好似水声汩汩，又像几条小溪，一个压倒一个，有的声音比较暗哑，有的声音比较响亮——这是黑琴鸡在沼泽地里为呼唤雌鸟而歌唱。

“嗯，好吧。”当我们把所有储备都并作一堆，放在一棵倒下的松树干下以后，我们的主人说，“走，去听听吧!”

于是，我们去偷听了。从我们要在那儿过夜的地方得往北再走二三百米。我们小心翼翼地走着，分散开，彼此之间把距离拉得稍远一点儿。随后我们停下来，紧贴在树干上，不发出一点儿声音，让人听不见，也看不清，开始朝上边和四周观看，侧耳倾听。心跳得很厉害，衣服和树皮摩擦时发出沙沙的响声……我们在那里站了好久，太阳落下去，天黑了，鸟儿们也住了声，只有远方黑琴鸡含糊不清地叫得更凶了。

突然，我在一百米外树林形成的栅栏后面看到一个黑影。由于它飞得很快，最初一瞬间我好像觉得，影子很长，好似一个纺锤。黑影一会儿消失，一会儿又出现，画了一条很大的曲线，从东方转移到北方，飞到天空还呈番红花色的那边，落下去，安静下来，在一棵松树上一动不动了。过了一秒钟，它降落时翅膀扇动的有力而缓慢的啪啪声才传到我们这里。

第一只大雷鸟就是这样出现的。后来我又听到了这样的扇动翅膀的声音，而且近得多，是从另一个方向传来的，但是这一次没看到黑影。后来，半小时之内，一会儿是那里，一会儿是这里，不时传来正在降落的鸟扇动翅膀的响声。我突然觉得一阵发冷，寒战宛如波浪一般流遍全身。我不知道，每次听到响声，是不是都有新的大雷鸟飞来，还是已经落下的鸟又重新飞到别处去。

已经是在夜间完全黑暗的微弱亮光里，我的眼角发觉，地面上有什么在动，离地面很近很近。我一转身，看到主人在默默地向我挥手，意思是说，该回去了。于是我离开树干，小心翼翼地往回走，已经什么也听不到了，只看到渐渐走到一起来的模模糊糊的人影。

走出二百来米以后，我们走得大胆一些了，并且开始小声交谈。等又来到被暴风吹倒的大片树木那里，绕过倒下的树干，找到了我们的茶壶、面包和糖，就已经完全放心大胆地折断生篝火的树枝了。

那时，是五月初，还没有白夜。森林里半明半暗，朦朦胧胧，一个个露在地面上的树根，一棵棵树干，一根根树枝，都好像是躲藏着的活的生物。我们那堆小小的篝火愉快地噼啪作响，明晃晃地，烧得很旺。每当我们往火里塞进一块长着青苔的干树皮时，就冒起烟来，蓝色的烟柱直升到空中，然后在林中飘散。我想，这烟味在老远就能闻得到。

“大雷鸟会怎样呢？烟不会吓跑它们吗？”我问。

“哪能呢！”对我的回答是——“什么鸟都不怕烟。”

十一点了，大雷鸟要在半夜一点才开始求偶——我们得在篝火边坐上两个钟头。我们各人随意找个地方坐下。一个坐到树干上，另一个坐到土墩上，第三个蹲下，用一根木棍拨弄篝火，火星纷纷飞了起来。我们的主人不时咳嗽一声，用力对着茶杯吹气，声音很响地小口小口地喝茶。向导却不时轻轻地哈哈笑一声，他为生活感到愉快，坐在篝火旁预先就享受到打猎的快乐。而且总的说来，他的腿虽然有点儿弯，给人的印象却是个凶猛的人，长得很结实，很有力气，还年轻，心胸开阔……

“这是你们运气好，你们走运，小伙子们!”他说，“这儿有大雷鸟，有，我可以准确地告诉你们！准确地！是多，还是少呢——不过在配对儿的地方，三十来只总是有的，我说的对不?”他对主人说。

“我们这儿也有海狸，”主人心不在焉地说，“沿河稍往下游去一些，有它们的洞……那儿河上荒凉得很，哪儿都没有人烟。它们喜欢这个，我是说海狸。”

远处各个不同的地方都有黑琴鸡叫，在呼唤雌鸟。

“春天!”向导大声说，说着竖起耳朵来听黑琴鸡的叫声。我们也在听。

“没有蚊子，也没有魔鬼!”主人高兴地说，摘下帽子，擦擦脸上的汗。由于出汗，由于热茶，他的头发都湿透了，看来他觉得很好。

“您住在这儿真太好了。”我心里想着海狸和打猎，这样说。我也在想着主人，想象他怎样在这儿生活。附近地区只有他一个人，他有滑雪板，有狗，冬天里他在这一带走来走去，鸟和兽多得很。我不知道为什么会想到冬天，想到了雪。

“好也罢，不好也罢——不过自由!”

“自由嘛，倒是自由，这你说得对!”向导附和他的意见，“你在这儿很久了，不是吗？我参加工作的时候，你就已经在这儿了，不是吗?”

“我在这儿十六年了。战后不久，刚一打完仗，回到家里，带上婆娘(她住在我那儿，住在阿尔汉格尔斯克)，就来这儿了。”

大家都沉默了。空气中有一股强烈的苔藓味，这气味是香甜的，是春天的气味，湿润的气味，还有一股黑果越橘和红莓苔子的清香，从一个个小坑里、从一个个错综复杂纠缠着的树根底下还冒出了雪水的气味。我们到这儿来的时候，一路上老是碰到老鼠，它们往苔藓里乱窜，浑身湿漉漉的，就连背上竖着的毛也是湿的。就是现在，它们也担心地在我们周围乱跑，吱吱地尖叫着，是水把它们全赶出来了。不过也许不是水，而是春天里不安的心情。

啊，多好的时候，五月，还有这北方，这荒凉僻静的地方。夜里仿佛有点儿怯生生的寒气，一小堆篝火，淡淡的轻烟，在漆黑的洋铁壶里用开水泡的茶，这些和我们在一起的庄稼人，我们也在那里，在那座森林里。而我们四周，一只只大雷鸟正落在一棵棵松树上，警觉地打盹儿，再过去一些，林中小河里，海狸正从水里走出来。

“你自己是阿尔汉格尔斯克人吗?”向导问主人。

“不是，我是北方人，从库亚来的，听说过吗?”

“这是在白海吗?”

“不，在纳里扬马尔附近……”

“噢！你干吗要离开那儿呢?”

“啊，我几乎就没在那儿，没在库亚住过。”

“那你在哪儿呢?”

“在洋岸上，在捕鲑鱼和北极狐的渔猎场上。”

“这是在哪里呀?”

“从伯朝拉河往右去一点儿。”

“干吗又搬到这儿来了?”

我们的主人不说话了，后来犹豫不决地说：“夏天住在那儿心里不踏实。冬天夜太长，看不到白天。就是在战前，我几乎都住得不耐烦了。我到那儿的时候，还完全是个小孩子，在二十年代。”

“一个人，还是怎么的呢?”

“瞧，是这么回事，那是饥荒的时候，叫贫穷给逼的。我父亲签了合同。”

“等等！”我的朋友打断了他，“你说，夏天住在那儿心里不踏实——这是什么意思?”

“太阳不落山，白天夜里都照得亮堂堂的，根本不想睡觉，这样一来就累得要命。我还要说，不知怎的你好像一直在梦见什么……”

“梦见?”

“是啊，不知怎的老是想往哪里跑，坐立不安。总之，心里不踏实……”

主人开始抽烟，喷出两口烟，猛烈地咳嗽起来，朝大雷鸟配对儿的地方看了看，问：

“什么时候了?”

“十一点半。”我的朋友仔细看了看他那块三角形的瑞士手表，说。

“啊！”主人拖长了声调，又喷了两口烟说，“那么……我们说什么来着?”

“关于白日做梦。”向导很快地说，不知为什么轻轻地笑了笑，开始忙乱起来。

“是啊！就是这样，就是说，我们都收拾好了。我父亲带着我们全家，还有个邻居——阿尔杰米·科热文——跟他一道，他只带着他的儿子。签了捕鲑鱼的合同，于是就走了。就是说，我父亲和我们，还有阿尔杰米跟他儿子。从库亚是坐小艇走的，去戈烈尔卡海角。让我们下了船，周围连个人影都没有，只有一片冻土，海岸下还有积雪。可这是七月的事，明白吗？用渔船把我们送上岸，还有渔网，我们那些不值钱的破烂儿。岸上有座简陋的小房子，已经完全散了架了，是用原木盖的。一句话，是个渔场。父亲马马虎虎砌了个炉子，又添造了一面墙，在那里搞了个澡堂，这样，有的时候就可以洗澡了。就这样开始过起来了，整整一夏天在捕鲑鱼，开始得到面粉、糖和油——这都是预支，要用鱼偿还。阿尔杰米跟我们住在一座房子里，他不喜欢那地方，自己没盖房子。'待到秋天，'他说，'我就走，哼，叫它见鬼去吧！'在那里他觉得闷得慌，往一边去，要走二十五公里才有人烟，另一边是四十五公里。

"就这样，他捕了两个季度的鱼，秋天里，就是说，回家去了。小艇不绕道来我们这儿停靠，只到猎区购销站去。喏，伯朝拉河那边有这么一个购销站，叫德列斯维扬卡。"

"等等！"向导打断了他，"就是博尔瓦海湾那里，是吗？"

"正——是……这么说你常去那儿？"

"以前我常到那儿的诺索瓦亚去。我们正好赶着鹿拉的雪橇到处游荡，顺路去了趟诺索瓦亚，那里已经都认得我们了！立刻把这酒精饮料，立刻把这些紧急储备都丢在商店里——于是就喝起来了！这是在六十年代……"

由于甜蜜的回忆，向导甚至有点儿坐立不安了。

"啊，这个……"主人皱起眉头，"这样喝酒，我可不喜欢……他们，你要明白，"他转身对着我们，"在冻土带一住就是好几个月，以后就胡闹起来，喝得连爬都爬不动了。老实话！不，要叫我，就根本不卖给他们酒精。我不喜欢这样喝酒。"

“喂，你说的那个猎区购销站呢?”我提醒他说。

“猎区购销站有什么好说的?就是说，我们三个人到这个德列斯维扬卡去了。父亲让我跟他们去，还有条小狗跟我们在一起，那时候我十二岁，阿尔杰米的儿子叫佩季卡，他十三，比我大。我跟你们说这些，是为了让你们了解，冬天那里是怎样生活的。虽说有这么个说法，没在那儿过过冬，反正什么也不懂……可怕!刮大风、有暴风雪的时候，可怕!可是静悄悄的时候，就更糟。雪白茫茫的，冻土带只有你一个人!”

这时我肩膀后面，北方森林中模模糊糊的光亮里，仿佛出现了一个人，开始对着我的后脑勺呼吸，声音喑哑地喃喃说：

“天空和大地陷于永恒的静止状态。任何地方都没有丝毫生命的迹象，没有能回想起生命来的任何痕迹。思维能力不去考虑任何事物，也不停留在任何事物上休息。无穷无尽的星座不能向这死气沉沉的大气里撒落一颗欢乐的火星。冷冰冰、没有生命的星辰不会给心灵任何启示。眼睛望着星星感到疲倦了，又转而看着大地，耳朵警觉地倾听，是不是哪怕有一丁点儿微弱的响声打破这令人意志消沉的寂静——然而，没有，听不到一声人类的脚步声，听不到任何活人的声音。甚至听不到小鸟轻声叫喊，听不到风吹动索具发出轻微的沙沙声。在这无止境的空虚中，我只听到自己的心跳声。在我动脉中跳动的血液，以其强有力的冲击使我感到疲倦。寂静不再是一个消极概念，它已具有积极的性质。我听得见它，也看见、感觉到了它。它像一个幽灵站在我面前，宣布一切生物的末日已经来临，使我的心灵充满死亡的感觉。我再也受不了这一切了。我从峭壁上跑下来，开始走来走去，用力跺脚，用靴子踩出很响的声音，迫使积雪嘎吱嘎吱地响，好赶走这死亡的幽灵……”

主人不知为什么侧耳倾听——听到了吗？我们的向导突然头往前一磕，碰到鼻子，醒了。他笑了一会儿，于是像狗那样在自己周围翻弄着，开始躺下来。

“说呀，说呀。”他说，“这一切我都熟悉，我在那儿，在阿姆杰尔玛，到处都去过。不错，你说得对，对他们，对莫斯科人，这会觉得奇怪，可对我们……我在听，在听着呢。说呀，说呀……”

说着，他已经躺下了，在苔藓上踩出了一个小坑，从自己身子底下掏出一些小树枝来，遮住自己的眼睛。

“说呀，说呀，我在听呢……”

“我累坏了，”主人说，“可是阿尔杰米，那时候他四十岁，还年轻。我们带着琼基——这是一种小雪橇，又窄，又矮……”

“就像北方窄长的雪橇那样吗？”

“不——北方那种窄长的雪橇高，可这种矮，很窄。我父亲嘱咐我，叫我在那儿，在猎区购销站弄点儿火药、铅砂、盐和各种各样吃的东西。就这样，把拉雪橇的背带背到肩上，我们都穿上带风帽的鹿皮上衣，不过这些鹿皮上衣上净是破洞，毛都没了，只剩下了光板。我们走了二十公里，无精打采地走。天短，又黑，左边是冻土，丘陵的斜坡都是那么平缓，还有雪。右边是海，沿岸已经结了冰，一堆堆的浮冰，不管往哪里看，到处都是一样。走着，心里觉着闷得慌。我们也稍微说几句话，可也不是经常说，一个跟着一个走，说话不方便。再说，住在一块儿的时候，该说的也都说完了。

“就这样，我们走了。就是说，二十公里，一看——这是怎么回事？我们一看，天变坏了。停下来休息了一下，稍吃了点儿东西，听着冻土带开始闹腾起来了。天已经几乎全都黑了，一直好像有什么东西在眼前飘来飘去，在眼前爬。仿佛看到各种各样的颜色，像是有雾紧贴着地面跑，这是雪，是暴风雪！我们走得更快了，也许早就迷了路，只不过我们右边一直看得到海。海是黑的，我们就这样走着——右边是海，左边是冻土带。不久，真正的暴风雪开始了，风呜呜地叫，雪铺天盖地压下来，都不知道哪儿是天，哪儿是地了。我们走到了德列斯维扬卡河，猎区购销站就在离开大海往里去的地方，就在这河岸上。我们拐了个弯，往陆地深处，往冻土带走去。走哇，走哇，一直不见购销站。一句话，我们迷路了，决定停下来过夜。河不大，河岸很低，雪把什么都埋起来了。无法弄清，我们是在沿河走呢，还是早就迷了路，早就是在冻土带上走了。当时我还小，很害怕，佩季卡也害怕了，我们边走边哭。只有阿尔杰米沉着气，不过他心里也在嘀咕。谁愿意死呢？

“当时我们挖了个坑，就这样躺在雪里。我穿的那件鹿皮上衣——我已经说过，根本不顶事，冷得要命，风直往身上吹。我们打了个盹儿，后来全都醒了，从那个雪坑里起来，动手挖另一个坑。”

“干吗挖另一个？”

“我们一直好像觉得，也许另一个地方风会小一些。就这样，我们挖啊，挖啊，完全累坏了，累得要死，迷迷糊糊地打起瞌睡来。我不记得怎么一下子完全睡着了，醒了以后觉着身上压得慌，手脚都不能动弹。于是，我叫喊起来。佩季卡醒了，也高声大喊，推他父亲。阿尔杰米起来，把我们挖了出来。风叫得那么凶，五米以外什么也看不见。我们看到，事情不妙，我们没法从雪地里逃命了，于是开始动脑筋。风刮得那么凶，把脚印四周的雪全刮跑了。这就是说，脚印露出来了。我们开始挨在一起走，用手和脚摸索地上的脚印，心想，也许会找到去购销站的脚印，因为人们就在我们周围走来走去，有步行的，也有坐雪橇的……我们边走，边摸，只不过摸到的总是我们自己留下的脚印。突然，佩季卡大喊一声：'狼！'可这是一个大桶！随后，又走了两三步——晒架！这是这样几根杆子，架在几根柱子上——在上面晒网。我们继续往前找，一看——一个雪堆，雪堆上翘着一根烟囱，烟囱正在冒烟，还有火星。一股暖气扑面吹来。瞧，这就是它，就是那个猎区购销站！我们爬上雪堆，对着烟囱大喊，喊那里的主人。主人听到了我们的喊声，动手从下面挖，我们却不能帮他们的忙，我们没有铁锹，你瞧，就是这么回事。不过主人还是很快就挖通了，亮光从底下忽然一闪，我们像钻堑壕那样爬进去，到了屋里。后来，你要知道，我们在那里住了六天。不管我们怎么听——上面都在嗡嗡地响，不能出去。六天！"

我暗自想象在闷热不通风的屋里，在油灯昏暗、微弱的亮光中度过的这六天，睡得昏昏沉沉，痴痴呆呆。而上边是狂飞乱舞的雪，一团一团，一片一片，随后又想起我看到过的所有那些白夜。那时，我彻夜不眠，模模糊糊地不知在想些什么。我还想象我们的主人曾在那儿生活过的那个遥远的海岸，怀着微弱的希望，希望那里也会有诗意，说："不过夏天大概很不错吧？"

"怎么跟你说呢……"主人稍想了想，回答说，"春天那里也很不愉快。睡也睡不着，冻土带到处都是蚊子——哪里都不能去，坏血病也开始了。你瞧，那时候，那个冬天以后，我们差点儿没都死在那里……几点了？"

“十二点。”我的朋友得意地炫耀他的瑞士表，说。

“啊——啊……过一个钟头再去，不能去早了。那么听我接着说下去。我们过冬过得不错，我们家是个大家庭，不闷得慌。吃的，各种用的东西，也足够了。可是打猎的情况，你要知道，不怎么好。总共只捕到六十九只北极狐。我父亲干吗要留下来过冬？想靠北极狐好好地赚上一笔。就是说，想让我们今后三年生活不成问题，到了春天，就回家去。当时有三个地方是打猎的好地方，如今怎么样，我就不知道了。听说现在北极狐少了，把它们吓跑了。可那时候，有的冬天里，一个猎人就能捕到三百只。”

他的香烟灭了，他又对着炭火抽着了它。在他点烟的这个工夫，看得出来，他的脑子里突然冒出了一个想法。而这是另一种想法，因为他深深地吸了口烟，突然用完全不同的另一种声音很快地说：

“一般说在那儿生活是可以的，再说我们也习惯了。要知道，在我们库亚也一样，也是冻土带，冬天也是下暴风雪，也是夏天里一直有太阳，冬天里一片漆黑。可是你要知道，我们那里有村庄，有居民点，那里什么人都有，兄弟，亲家，到人家家里去做客。那里还有各种节日，很快活……捕鲑鱼也是大家一起去，干什么都是大家一道儿。一句话，村社，你要明白。可在那里，在那个戈烈尔卡，在那里，老弟，不管往哪里去，什么人都没有，连聂聂茨人[①]也没听说过，都迁走了。”

“可你为什么到这儿来了？”我问，“不是吗，这儿也孤独得很哪。”

“看你说的！这儿有很多人来来往往。夏天里有人从阿尔汉格尔斯克来打猎、捕鱼，还有各式各样的科学工作人员。冬天嘛……我有匹马，冬天

① 苏联北方的一个少数民族。

我骑着马去车站，把马留下，坐车进城去，在那儿发一阵子傻，然后往回走。再说，如今我也渐渐习惯了，可以说，一辈子过的都是孤独的生活。

“可那时候……是我们在那里过的头一个冬天，不是吗？你瞧，我父亲想靠北极狐发财，可是结果跟他想的不一样。捕到的北极狐太少，能带着什么回村里去？于是有一次父亲对母亲说：‘我们是不是留下来，夏天捕鲑鱼呢？夏天里一定要赚一笔钱，到那时候再回家去。’就这样，我父母决定再在那里过一个夏天。

“春天了，道路泥泞的时期开始了。伯朝拉河上的冰不久就该开始流动，沿岸的冰不久也该消失了。猎区购销站那儿有我父亲的一条黑色渔船，渔船是他还在秋天的时候送到那里去的，寻思以后再也用不到了。这不是，他，就是说，等到冰雪融化，路上泥泞不堪的时候，他上猎区购销站去了，嘱咐我们，叫我们等着他。他决定在猎区购销站预支些夏天里吃的和用的东西，样样都要一些，就坐着那条渔船回来。就这样，他走了，我们开始等着他。”

“你们人很多吗？”

“喏，你算算看吧——我妈！那时候她还年轻，不过刚满三十岁，出嫁早。接下来是我，我，十二岁。再下来是两个弟弟，九岁和七岁。还有两个小姑娘—— 一个五岁，另一个才两岁。

“可是那一年哪，春天很不好，拖得很长。天怎么也暖不起来，鸟也不飞过来，可父亲把猎枪和子弹留给我们，叫我们打鸟吃。瞧，我们还有些什么吃的—— 一小袋发霉的面粉，全都发绿了。用这种面粉烤的面包也很难吃。还有不多一点儿燕麦米，半桶咸鱼。

“我们等着我们的父亲，等了一个星期，又一个星期。我们已经开始害坏血病了，浑身浮肿，大家的牙齿都在出血，都在摇晃。都到了这种地步，可以毫无阻碍地把一颗牙从嘴里拔出来，再放回去，安上。

“鸟成群地飞来了，很多很多，可是要逮到它们却很难。它们不落在我们房屋附近，那儿有那么几个不大的小湖，离我们大约有三公里。于是我和我弟弟，九岁的那个，他叫根卡，有时我和他到那些小湖去。带上猎枪，十来发子弹，一起去了。可我们虚弱得一点儿力气都没有了，走路摇摇晃晃，走到那儿，路上要歇十来次。走到以后，该怎么办呢，却不知道。鸟还没有孵小鸟，都很小心，总是待在湖中间，离岸很远。四周全是冻土，连灌木丛都没有，没处可以躲藏。在岸边觅食的鸟一看见我们，立刻就游到湖中心去，停在那里，不时望望我们。我们也望望它们。

“我们慢慢地爬，慢慢地爬，这么着耍个花招儿，那么着想个办法，可最多一天也只能打到三只。多半是只能打到两只，要不就只有一只，还有的时候是空着手回去。往回走的时候，我们痛得放声大哭，我们的脚已经完全不管用了，脚上和腿上都是溃疡。回到家里，躺到长凳子上，母亲给我们揉脚，给我们喝用桦树芽煎的汤。

“六月过去了，七月初从冻土带刮来一股暖风，一连刮了两天，冰都从岸边漂进了大洋，海里的冰消失得干干净净，我们开始等着父亲。我们已经不从屋里出去了，各人在一个地方躺着。抬起头来，朝海上望望——空荡荡的。于是又躺下。已经开始说胡话了，谁也想不出任何办法，猜不出外边是白天，还是夜里。太阳已经不分昼夜，一直都在空中照耀着。打个盹儿——太阳照进屋里，醒了——还是看到太阳，只不过是照在另一面窗户上。我们一直在等着父亲……

“有一次，弟弟出去小便，我们听到他在大声喊。朝窗外一看，看到

他在往回跑。只不过这完全不是跑，而是这样——勉强挪动着两只脚，同时在高声大喊，‘父亲回来了！父亲回来了！’

“母亲哭了，我们大家都开始号啕大哭，勉强站了起来，互相搀扶着迈出门槛，朝东方一看，太阳明晃晃地照着，看到远处有一条小船，在海面上黑乎乎的，是父亲的渔船。我们爬到岸边，躺到被海水冲上岸来的木头上，等着。一个钟头过去了，又一个钟头过去了，只是，我们想，这渔船怎么走得这么慢？又过了一个钟头，我们突然看到，是一条空渔船在海上漂流。水流冲着它沿着海岸慢慢地漂了过来。这条渔船从离我们那么近的地方漂过去了，只有三十来米远，看上去那么可怕，船是空的……渔船漂走了，我的眼前却一直好像看到波浪微微荡漾，一起一伏，一起一伏……

“我们挣扎着走回家去，各人找个地方躺下，躺在那里一声不响。后来，母亲突然放声大哭！开始数数落落地对着我们哭，就像是在哭死人。开始跟我们告别，给每人都拿来一件干净衬衣——这就是说，是准备死了。后来我们有人躺在长凳上，有人躺在地板上，最后一次睡着了，已经开始慢慢地死去。只是忽然听到屋里有闹嚷嚷的声音，好像在敲什么，有人在摇我们，我们却醒不过来。这是父亲坐船回来了，好不容易才叫醒了我们。”

“可渔船怎么是空的呢？”我问。

“可能是一条别人的船从我们旁边漂了过去，像是我们的……”

主人站起来，伸了个懒腰，朝东方望了望，望了望现在已经被粉红色的朝霞映照成青铜色的松树梢，朝我们的向导踢了一脚。

“啊？什么？”向导抬起头来。

帽子从他头上掉下来了。他坐起来，摸到帽子，戴上，把它低低地拉到额上，揉了揉眼。

“时候到了？”

“该走了，到那儿正是时候。”

我们踩灭了篝火，用雪水洗了洗茶壶，把茶杯、糖和剩下的面包都放进背包。主人把背包背上，于是我们离开那条勉强可以辨认的小路，向东方走去，走进蓝色的夜，走进雾和寒气之中。我们的猎枪早已装好了子弹，为屠杀那些古老和美丽的鸟做好了准备，为屠杀那些对爱情和死亡已有预感，但现在还在沉默着的鸟做好了准备。

还不太明显的黄绿色的朝霞已经转移到了东北，天空深邃，洁净，但脚下的苔藓却是暗黑色的。那些一棵搭在一棵上面、重重叠叠的树干也是黑的。得从它们上面爬过去，老是会绊着，简直可怕，脚下在噼噼啪啪地响。我们一直在紧张地看着脚底下，然而多想朝上边看看哪！

我们已经离开小路，往大雷鸟发情时的集合地点走出去相当远了。越往前去，我们走得越加小心。突然，我们的主人猛烈地咳嗽起来。他像给打倒了似的，立刻倒到地上，同时还从头上拉下了帽子。他把脸扎进帽子里，闷声干咳，咳了好久，肩胛骨在他的棉背心下微微发抖。

最后，他抬起头来，好喘口气。

“把耳朵割掉……”他把自己的帽子递给向导，声音嘶哑、含糊不清地请求说。

“什么?”向导没有听懂。

“耳朵！……耳朵，我说，把它割掉！妨碍我听……”

“啊——啊！”向导好像因为可以做点儿什么事情而感到高兴了，很快从刀鞘里抽出小刀，愉快地割掉了帽子上的耳朵。

我们的主人弯着腿站起来，仿佛要跌倒的样子，匆匆往林间空地走去。突然把弯成小簸箕样的手掌紧贴到耳朵上，伸长脖子，站住不动了。我的朋友稍往右边一晃，也站住不动了。我回头一看，起初我好像觉得，我们的向导在整理身上的衣服，但这是他在这样听——蹲下来听。

我们竖起耳朵，屏住呼吸，我们的嘴都张得老大。想抽烟，可是我们不敢抽烟。一分钟比一分钟更亮了，下面苔藓渐渐发白，发绿，天空好像正在离开我们，越去越远。松枝看上去却一直是黑的，而且已经能够看清一根根针叶了……每当我们中有人改变姿势的时候，衣服窸窸窣窣的响声听起来十分刺耳。黑琴鸡醒了，远处四面八方都是求偶的叫声，如溪流潺潺，如水声汩汩，毫不间断。虽然阴影还停留在我们这片松林里，我却仿佛在想象中看到了沼泽地边缘呈粉红色的白桦，还仿佛看到了落在白桦树上的黑琴鸡，一只只都是那么神气活现，准备飞下来打架，正用角质的爪子在树枝上走来走去——被它们压弯的树枝则在轻轻地颤抖着。

大雷鸟也已经醒了，我们知道这一点，但是还没有一只动弹，还没有一只展开扇面形的尾巴，还没有一只伸长脖子……

难道一切马上就要发生了吗？我想，难道我就要听到和看到在饥饿的战争年代的冬天那些晚上那样陶醉地在书上看到的景象了吗？难道它，大雷鸟，这就要短促地叫一声，就好像有人用指甲弹弹烟盒，仔细听一听，又短促地叫一声，随后一声接着一声，越来越频繁，于是抖动着胡子，啼声婉转，唱起求偶的情歌，而我却不时绊到露在地面的树根上，跳跃着向这歌声跑去？难道每当你长久呼喊的时候，就会有人听到你的喊声——是谁听到呢？是人，还是命运？……

而这是在北方，在荒无人烟的地方，在五月里，一个幸福的时刻。

富有灵感的大自然的歌手

1843年，谢尔盖·季莫菲耶维奇·阿克沙科夫[①]买下了莫斯科近郊的阿勃拉姆采沃庄园，和全家人一起搬到那里。

这时他已经远不是一个年轻人了——他虚岁已经五十二岁——他经常生病，眼睛开始失明。谢尔盖·季莫菲耶维奇早就思念过恬静的农村生活了。他想在死前听听黑琴鸡发情时的叫声，听听黎明时母马的长嘶，听听在粉红色的雾霭里鱼儿拍水的声音。

搬到阿勃拉姆采沃以后，他爱好钓鱼和打猎的激情突然又以新的力量重新燃烧起来。他已经看不见浮子，只能用系着小铃铛的钓竿在深水里钓鱼。然而又像四十年前一样，每当他听到鱼儿吞饵时悦耳的铃声，每当他拉上一条大鱼，感觉到它沉甸甸的重量和富有弹性的挣扎，他都会喜不自禁，双手发抖，感到头晕。

他搬到阿勃拉姆采沃以后，发生了一个奇迹，后来这奇迹使文学史家们都大为惊奇。他想起了在奥伦堡省度过的童年和少年时期，对这荒凉的草原地区往事的回忆以异常的激情涌进了他的脑海。他回首往事，大概第一次明白了，他一生中的所作所为都不是那么回事，不是最主要的。于是，阿克沙科夫开始写书。他是在别人已经搁笔的年龄开始写这部著作的，这部书叫作《钓鱼笔记》。

---

① 阿克沙科夫（1791—1859），俄罗斯作家。

阿克沙科夫写他一生中最幸福的时刻，写鱼的习性、鱼饵、河流的特性，以及渔具。这是一部自然科学家的著作，是一部参考书。但书中流露出对日落、日出、对露水盈盈的天地那样深沉的热爱，表现出面对故乡大自然所感到的那样的喜悦，以至它的问世使同时代人大为震惊。就连那些手里从未拿过钓竿，在彼得堡从未去过比鄂霍塔河更远的地方、在莫斯科从未到过比索科利尼基[①]更远的地方的人，都在看这本书。

而这时，年迈的阿克沙科夫受到读者们热情洋溢的来信的激励和赞许，又在着手写一部新著，一部更为惊人、更加优美的新书《奥伦堡省一个猎人的笔记》。

原来，他的记忆竟是如此惊人地鲜明和敏锐。他一闭上眼睛，可爱的山鹬和动作灵活的田鹬就仿佛飞到了他的面前。他好像闻到猎枪射击时的烟味和沼泽地里熏得人头晕的恶臭，似乎看到做好姿势就要冲出去追捕猎物、浑身微微颤抖的猎犬，仿佛听到黑琴鸡神经质地起飞的声音，仿佛听到雷鸣似的枪响和自己的靴子在草地上匆匆行走的沙沙声。

阿克沙科夫看不清楚，不能书写。他在自己那间十分幽静、稍有点儿昏暗的书房里向家里人口授。由于回忆，他的心在猛烈地跳动。他想笑，想哭，由于激动，他的声调不时改变。但是他声音稍有点儿暗哑、从容不迫地口授着，总是能找到富有诗意的、准确而鲜明的词句。对他那无可争辩的准确描写，任何一位自然科学家和学者都会羡慕不已。

阿克沙科夫的天才与众不同。他不会“编造”任何东西，他写的仅仅

---

① 索科利尼基在莫斯科东北，亚乌兹河右岸。从前是沙皇狩猎的猎场，现在在那里开辟了文化休息公园。

是事实，仅仅是他亲眼看见的事实。因此，他的所有创作都是自传性的。

《家庭纪事》和《巴格罗夫儿孙们的童年》这两部著作是一个明显的例子，说明一个人的传记是怎样发展成整整一个地区的传记，发展成社会的传记的。地主的残酷和暴行，草原的美丽，农民的生活，风俗和习惯，口头的古老传说——这一切阿克沙科夫都一一详细描写，不放过任何一个细节，好长时间把自己的目光停留在这一切上面。

他仿佛在重新学习写作——朴素无华，不故作惊人之笔，使用的是极其出色的人民的语言。用他同时代人中一个人的俏皮说法，就是——阿克沙科夫是这样写作的，仿佛在这以前他从来没看过一本书。

他的新作一点儿也不像他以前写的关于戏剧和文学的论文，在那些文章中曾经那样出色地表现出了他的才智和所受的多方面的教育。

他总是觉得，他懂得的很少，能告诉读者的东西很少。他总是把自己的每一部作品都当作最后一部，并把自己的全部心血都倾注到里面去。而每次一部著作即将完成的时候，阿克沙科夫又总是惊讶地确信，他还没讲完他所知道的十分之一，他的回忆还足够再写出整整一部作品。于是，他又着手写下一部，已经是真正的最后一部书了——然而又发现，原来他还没有唱完自己的全部歌曲。

阿克沙科夫于1859年4月30日（新历5月12日）夜间去世。在去世之前四个月，他向女儿口授了自己的最后一部作品——《冬日随笔》。

阿克沙科夫对以后全部文学的影响是巨大的，自然风景成了俄罗斯文学中不可分割的一部分。后来许多卓越的诗人——从屠格涅夫到普里什文——都成了故乡大自然的歌手。但大自然的第一位歌手是阿克沙科夫，经过百年，他那些安详的歌仍然在我们耳边回荡。

关于莱蒙托夫

1958年我想写一篇关于莱蒙托夫和普希金的短篇小说，有个想法使我很感兴趣。为什么极其崇拜普希金的莱蒙托夫竟不认识普希金。我需要看看涅瓦河，看看莫伊卡河，于是我到列宁格勒去了。十二月底这座城市是黑暗的，有气无力的白天总是匆匆逝去，黑夜却过得很慢很慢。就是在这样一些日子中的一天，我好久好久坐在旅馆里，望着伊萨基耶夫斯基大教堂，等候黎明，可天老是不亮。白天到来以后，我就到莫伊卡河畔的普希金纪念馆去了。

我不知道现在怎样，当时那里的窗台上放着些像饭馆里菜单的封面那样的厚纸夹，里面夹着用打字机打出来的材料——普希金在世最后几小时里待在他身边的人们写的回忆录、日记和书信的摘录。

什么都写在那上面了——普希金怎样不止一次昏迷过去，然后又清醒过来，他怎样要水喝，要吃云莓，怎样呼唤朋友们，和他们告别。还有谁说了些什么，有谁来过。

这不是文献，这只不过是朋友们匆匆忙忙写的简短的笔记。他们明白，躺在书房里红色沙发上正在渐渐离开人世的是什么人。

纪念馆里，那所住宅里，现在一切都大体上是那个样子。然而，书不是原来的那些书，沙发也不是原来的那张沙发，家具也不是原来的那些家具，一切都不是普希金生前的原物了。但是那里有一样大体上还是那个样子——那里有一个不大的陈列柜，玻璃罩下放着一件坎肩，一支有一半已经点过的蜡烛，还有一只浅色的细软羊皮手套。普希金就是穿着这件坎肩进行决斗的，蜡烛是做安魂祈祷时在他棺材旁边点燃的那支蜡烛，手套却是彼得·维亚泽姆斯基[①]的。他把另一只手套丢进了普希金的棺材里。

对普希金，所有俄罗斯人都感到痛惜，感到永久的遗憾，甚至好像有一种负罪感……普希金被杀害了。可是他还年轻，还不到三十八岁。对于一位作家来说，难道这是个成熟的年龄吗！他只有三十八岁。正是这一点让人感到可怕，正是这一点直到现在还在折磨着我们。

莱蒙托夫却还未满二十七岁。

对于我们来说，他的形象是不清晰的，而且神秘。这是后来，当他已经死了，成了天才以后，就像谈起一颗遥远的星，人们才说他是多么好，他的行为举止都富有魅力，十分伟大。后来，不管是不是他的朋友，大家都急急忙忙地来回忆他的事迹。这时想起来的只有好事，而且有很多是添枝加叶胡编出来的。

然而当他还是个孩子，当他是个近卫军人、骠骑兵和只有对朋友们来说才是诗人的时候，谁也不认真对待他。在他熟人的书信和日记里很少提到他，就是提到，也几乎总是对他没有好感。根据这些日记和信件来看，他是这样的一个人——性情阴郁，肝火很旺，不好看，跛脚，忘恩负义，厚颜无耻……

沙皇憎恨他，而且是十分露骨、毫不掩饰地恨他。为什么呢？沙皇也不喜欢普希金，但是有很多事情都宽恕他。沙皇对待莱蒙托夫的态度却是残酷的。根据一种说法，得知他讨厌的中尉的死讯以后，他说：“活该！”

---

① 彼得·安德烈耶维奇·维亚泽姆斯基（1792—1878），俄罗斯诗人。

根据另一种说法，是“狗就得死得像条狗一样”！

莱蒙托夫打定主意要退役了。他是一个名副其实的骠骑兵。快到二十六岁的时候，他已经厌倦了，他渴望从事文学工作。

他厌倦服役并不奇怪。奇怪的是，他经常在俄罗斯的道路上游荡，在高加索闲逛，还要值班，和朋友们一起狂饮欢宴。与此同时，他怎么能来得及写出那样高质量的、极其哀婉动人的诗呢！

他似乎是抽空写完了《恶魔》，并不断地修改、润色。他写了大量抒情诗，几乎其中的每一首都是别林斯基论文的依据，最后，他创造了自己的《英雄》[①]——所有这些形式多种多样的篇章，都是直到那时俄罗斯散文中从来没见过的。

不仅如此，他已经打算写一部长篇历史小说了。叶卡捷琳娜二世的那个时代、1812年的卫国战争以及他同时代的生活——这就是他未来的长篇小说的内容。过了很久以后，列夫·托尔斯泰怀着赞美的恐惧心情这样谈到他：“如果莱蒙托夫还活着的话，那么就既不需要我，也不需要陀思妥耶夫斯基了。”

这一切大家都知道，而且十分熟悉。我所以再一次提起这些，是因为，想想当真感到可怕——这个肤色黑中透黄、生着一双忧郁的眼睛的诗人还会写出些什么作品来呢。

然而，是什么魔鬼附在他的身上，是什么厄运、什么命运驱使他越来越接近马舒克山[②]上的悬崖？为什么一个刚被赦免的、遭贬黜的陆军军官才

① 指《当代英雄》。

② 马舒克山在高加索，莱蒙托夫就是在这里与人决斗，被杀害的。

回到彼得堡，立刻就在沃龙佐娃[①]的舞会上出现，而且是在米哈伊尔·帕夫洛维奇[②]在场的时候？他为什么立刻就和巴兰特[③]发生冲突？对他来说，第一次给贬到高加索去，难道还不够吗？不是吗，从《军法汇编》中他是知道这一点的。参加决斗的人和他们的副手都被看作“蓄意杀人的凶手”，作为万不得已的办法，他们有可能被“褫夺公权，受鞭刑[④]，被流放去服苦役”。

最后还有，对他来说，马尔特诺夫[⑤]算什么呢？难道他把他看作敌人吗？难道对他来说，俄国的农奴制、令人窒息的专制制度、书刊检查、残酷的上流社会——总而言之，他所憎恨的一切，通通都汇集到马尔特诺夫身上了吗？

而决斗的这些条件—— 一定要打完三枪，而且手枪要用口径最大的！马尔特诺夫是不是他的敌人呢？如果是的话，那么莱蒙托夫站在界线旁，为什么向上举着手枪？还是他想要像他自己的那个奇怪的主人公[⑥]，那个宿命论者那样，再一次试试自己的命运呢？普希金的情况就完全不是这样。丹特士[⑦]是他的敌人，是他个人的敌人。无怪乎当他已经受了致命的重伤，躺在雪地上的时候，他还是朝丹特士开了一枪。命中以后，他高

---

① 沃龙佐娃是伯爵夫人，她丈夫沃龙佐夫伯爵（1782—1856）曾任牧德萨总督。

② 米哈伊尔·帕夫洛维奇是俄国大公。

③ 巴兰特是当时法国驻俄国大使的儿子。

④ 鞭刑，指受刑者从手持长鞭的士兵队列前慢慢走过去，接受所有士兵的鞭打。

⑤ 马尔特诺夫是俄军的一名少校，是莱蒙托夫在军官学校的同学。

⑥ 指《当代英雄》中的皮却林。

⑦ 丹特士，法国人，是与普希金决斗，杀害普希金的凶手。

兴地把手枪往上一扔，高声喊“好！”了。可这里呢？“要知道，马尔特什卡[①]，马尔特什卡也在这里！”莱蒙托夫在皮亚季戈尔斯克的第一天就高兴地对斯托雷平[②]说。而在决斗的那天——便帽上插着樱桃……当他们骑马并肩往悬崖走去的时候，几乎是在心平气和地闲聊。

而且又是，又是像普希金当时的情况一样，朋友们没能阻止他走出这致命的一步。而且在那里，在皮亚季戈尔斯克，他是不是有朋友呢？也就是说，有没有这样一些人，他们明白，用莱蒙托夫自己的话来说，“在这血腥的瞬间”[③]，他们大家一齐，是向谁举起了手？不！当然啦，不是他们举起了手，不是他们！而是马尔特诺夫，而且他是勉强把手举起来的。不是吗？有一个时期他们曾经要好过，而且即使他不明白悬崖上站在他面前的是什么人，马尔特诺夫也毕竟不是丹特士。而且我们还要补充一点——尚未查明，但非常可能，十分能干，而且隐藏起来的宪兵的黑手，导演和组织了这一悲剧的黑手，完成了自己的使命。

当时谁也没像奥多耶夫斯基[④]为普希金写诗那样，为莱蒙托夫写下这样的诗句——“俄罗斯诗歌的太阳落下去了……”诗人的死讯毫不被人重视地传到了彼得堡。然而莱蒙托夫正是俄罗斯诗歌的太阳，普希金死后，罗斯[⑤]没有哪一个诗人比莱蒙托夫更为卓越，更有才华。

他还不到二十七岁。杀害永远是杀害，对杀害是无法辩解的。但是杀

---

① 指马尔特诺夫，在俄语中“马尔特什卡”的意思是“猴子”。

② 米·斯托雷平，莱蒙托夫的亲戚和朋友。

③ 引自莱蒙托夫为普希金之死所写的《诗人之死》。

④ 亚历山大·伊万诺维奇·奥多耶夫斯基（1802—1839），俄罗斯诗人，十二月党人。

⑤ 在古代，俄罗斯叫“罗斯”。

害莱蒙托夫，还不仅仅是杀死一个人而已——而是删去了俄罗斯民族历史上光辉的一章。

弗拉季米尔·索洛乌欣

在俄罗斯的秋天，欢乐和忧郁总是同时并存。欢乐是因为庄稼已经收割完毕，到处都在腌过冬的白菜，已经用热水在泡木桶，一直在往一座座农舍里运送白中透露出灰蓝色、脆而易折的大白菜——这些天里小孩子们吃了多少白菜和胡萝卜呀！

一袋袋土豆也运进每家农舍，倒到地板底下。还有蘑菇，如果是蘑菇丰收年的话，把蘑菇腌在木桶里和罐子里。花楸果一堆一堆地堆在阳台上，红光闪闪。苹果埋在顶层阁楼的干草里，让它慢慢熟透，慢慢变黄。

如果天气晴朗，那样蓝的蓝天会突然闯入眼帘，就连春天里也看不到这些蓝的天空。远方好像是透明的，看得那样清晰，收割过的地里一片金黄，令人赏心悦目，小丘的斜坡上一方方碧绿的秋播作物，绿得招人喜爱！

在这种日子里，林间空地上斧头叮叮当当，频繁的响声听起来特别愉快。这是木匠在为我盖砌有石头炉子的澡堂，澡堂是北方的那种样式，上面有木板屋顶。木匠叮叮当当地敲打着，澡堂一排原木、一排原木地往上增长，而我，坦白地说，真害怕在我写完这几页纸之前，澡堂就会造好，工作进行得这么顺利，看着就叫人欢喜。

而忧郁是由于落叶纷飞，飘个不停，越来越经常下雨，鸟也往南方飞去……会产生一些不愉快的想法——瞧，又一个夏天过去了。

俄罗斯的夏天是短暂的，但总是这样，当你等着它的时候，会预先体会到——觉得它好像是那样无穷无尽，那么热，那样闪闪发光。而当它到来的时候，天气却怎么也不理想，一会儿天冷，一会儿有气旋，刮风……一闪就过去了——这是普希金注意到的——因此会感到忧郁。

关于弗拉季米尔·索洛乌欣，能说些什么呢？

我要谈他，可是从澡堂、白菜和土豆说起，完全不是没有原因的。

因为如果是索洛乌欣自己要盖澡堂的话，他就决不会放过这样的机会，而会立刻坐到桌边，以最详尽的方式描写，澡堂有哪些样式，是从哪里传到罗斯来的，怎样建造澡堂——在原木上砍出榫头，砍出榫子，或者还要怎样——怎样盖顶，什么是正梁，什么是横梁，等等……什么都会用上——又是古代俄罗斯编年史，又是俄罗斯木结构建筑史。还会写他怎样挑选原木和木板，怎样把它们运回来，怎样弄到做木桩用的橡木短原木，怎样跟木匠和砌炉子的工人讨价还价，还有木匠是什么样的木匠，是哪里人，干活儿怎么样——什么都要描写一番！嗯，结尾绝不会忘了描写，澡堂建成以后，邀请朋友们前来，怎样往烧热的石板上泼水，以提高温度，怎样坐在蒸汽浴床上用桦帚在身上拍打。然后，是怎样摆脱了多少年的重负，洗得干干净净地坐着，洗过澡以后感到甜滋滋、懒洋洋的，坐在桌边，桌上摆着什么样的乳蘑，什么样的松乳菌和什么样的伏特加，是用——用什么呢——嗯，假定说，是用黑醋栗的幼芽浸泡的吧。

于是，就写成一篇极美的短篇小说，不然就是整整一本书。关于俄罗斯澡堂的一部著作。

我不知道世界上有没有幸福作家。不过如果把作家的幸福理解为在选择心爱的题材时内心的自由，再加上选择生活方式的自由，当然啦，也别忘了，在俄罗斯和国外读者中肯定会受到欢迎。换句话说，就是意识到你所做的，做得不错，那么对弗拉季米尔·索洛乌欣就只能感到羡慕了。

他有故乡的村庄，有一幢就像他常爱说的，“有十七扇窗”的房子。而且这房子不是买来的，而是祖传的，他收藏有大量古版书和手写的书，还有圣像。他有许多奇妙的爱好，随着时间的推移，几乎其中的每一种爱好都会变成一篇最有意思的短篇小说，或者一本书。

每个有才能的作家，就某一点来说，都是独一无二的。因为他写的只是他自己，只是以前从未有过，跟所有人都不相同的他这个人的周围世界。

不管怎么说，契诃夫的主人公们——所有这些数不清的医生、画家、教师、土地测量员、将军、庄稼汉、地主以及其他各色各样的人——这都是以各种不同身份出现的他本人，是他的亲戚和熟人们的那个圈子，是他在生活中遇到过的人。最后，这也是他的心，是以契诃夫方式来认识世界的心，是一颗充满爱的心，是同情这一个，蔑视另一个的心。这颗心完全不是徒劳无益地来到这个世界上，这颗心里会发出短促的闪光。不，它来到这个世界上绝非徒劳，既然一般说我们的劳动、这个世界都并不是徒劳无益的。

弗拉季米尔·索洛乌欣，不管我们在我们的文学中给他一个什么地位，他也像契诃夫一样，是独一无二的。

顺便说说弗拉季米尔·索洛乌欣在我们文学中的地位。如果每一个作家都按顺序编上号码，第一号、第二号以及其他，等等，那该是多么诱人哪。虽说有点儿枯燥无味，然而立刻就能知道，谁有多大价值。

所以，我完全不想给索洛乌欣编一个确定的号码，而只对一点深信不疑——弗拉季米尔·索洛乌欣在文学中有一个完全特殊的位置，有一个特殊的领域，在这个领域里他没有竞争对手。当然啦，可以闯进他的领域，不过有什么意思呢？在他这个领域里，无法胜过索洛乌欣。

作为一位作家，索洛乌欣的风格中有一点大概是最有意思的——不知怎的，他不需要把作为作家的“我”分解成若干部分，不需要把自己主人公们的面貌赋予这个“我”的各个部分，或者让他这个“我”乔装改扮成某个彼得·伊万诺维奇。

通常用第一人称来写某一篇作品的作家，都要给他想一个职业，想出妻子或情妇、事情发生的地点、情节……一方面读者看到的似乎是作者本人的自白，而另一方面，作者又总是可以说：不，亲爱的读者，这毕竟不是我，而是我的主人公在向您述说他的生活。

索洛乌欣却永远也不躲在他文学作品里主人公的后面。如果他写我，这就是说——我，弗拉季米尔·索洛乌欣。

如果他写：“在我们村舍里，桌子是这样摆着的，吃饭的时候，坐在桌边，就正对着窗子。因为我总是坐在自己的座位上吃饭，所以吃饭的时候总是看到同样的景色……”这就是说，桌子是摆在索洛乌欣的村舍里，这是在弗拉季米尔州奥列皮诺村，坐在自己固定座位上的不是小说里的主人公，而是作者弗·索洛乌欣。

如果索洛乌欣写到父亲、母亲、姐妹、邻居——那么这就是他的——弗·索洛乌欣的父亲、母亲、姐妹和邻居。

这种手法（如果一般说这可以叫作手法的话）使得索洛乌欣的所有作品异常确实可信。

不过，那么这到底是什么呢，是回忆录吗？机智的读者可能问。问题就在这里了，不是回忆录，而是短篇小说和中篇小说，也就是用西方的说法，是短篇小说和长篇小说，具有这些体裁所固有的一切特点。

然而，可信归可信，最后也该谈谈天才了。天才是个很难给它下个定义，但很容易感觉到的东西。可以用一句开玩笑的俗话来说明它，这样说也许最确切了——“天才好比金钱——要么有，要么没有。”

那么，正是天才允许索洛乌欣，给予他胆量，而且我并不怕说，给予他如此富有诗意地写他自己生活中各种事情的权利，而且写得那么单纯。由于感觉到它的诗意和真实性，让人觉得心痛。于是作为一个人和作家的弗拉季米尔·索洛乌欣的生活遂成为——这该怎么说才更确切呢？——对他的读者有感染力的生活了。

索洛乌欣在自己村里为果园打下基础。我看这篇故事的时候，发觉自己也已经想要挖几个坑，到果树苗圃去，在那里挑一些苹果树苗。

索洛乌欣冬天去钓鱼。我突然也开始想——“我在什么地方也放着一双毡靴，还有棉裤，还有冬天钓鱼用的钓竿，我也该去钓鱼呀！”

索洛乌欣伤心——我也觉得难过。

索洛乌欣爱故乡——我要比看他这本书以前更爱自己的故乡。

塞林格[①]的《麦田里的守望者》里的主人公——小男孩考费德把所有作家分作两类——想给他打电话的和不想给他打电话的。“喏，福克纳[②]，我就要给他打电话！”他说。

弗拉季米尔·索洛乌欣正是那种想要给他打电话的作家。真想到他村里去找他，真想去看看他写的那么好的生活，看看他这么喜欢的那些人。

---

① 塞林格（1919—2010），美国作家。

② 福克纳（1897—1962），美国作家。

别利韦杰尔别墅

我为什么没问这座别墅的地址呢？我不知道。多半是因为没想到会到格拉斯[1]去。我毕竟不是随自己的意思，想去哪里就去哪里，而是按照事先拟订的日程进行访问。

可是突然发现，原来格拉斯离尼斯[2]很近，于是我们就到那里去了。是春天里晴朗的一天，天空蓝得让人愉快，愉快得似乎心里有点儿酸痛。道路仿佛在缓缓流动，群山褶皱的支脉好像在不断转动，一会儿露出这一面，一会儿露出那一面。想要旅行，可是汽车的噪声有时会突然使人感到疲倦，于是就会想，最好还是待在安静的地方。一个个那样诱人的咖啡馆从一旁一闪而过，所有咖啡馆都在洒满阳光的院子里摆着一张张雪白的小桌子，在这三月的一天，到处都是那么幽静，人迹罕见！

我们禁不住引诱，于是在一家咖啡馆旁停下来，进了院子，走上阳台，坐到绷得紧紧的台布旁边，拿出香烟，随便用胳膊肘支在桌子上……太阳多么热、又是多么柔和地照耀着。突然从山上缓缓吹来一阵寒冷的微风，让人感到多么惬意！

下面，有一家人坐在一张孤零零的桌子旁大吃大喝，孩子们在玩闹，一条狗围着桌子蹦蹦跳跳。那里不时传来说得很快而且带着鼻音的法国口

---

① 法国城市。

② 法国的一个省中心。

音，宛如波浪上的一个个光点，不时闪闪烁烁。

我突然开始想象这座别利韦杰尔别墅——并且想，其实这是布宁在那儿一连住了好多年的第一幢房子。这是他的第一所住宅!

这毕竟是很奇怪的，批评家们总是把布宁叫作老爷、地主，可布宁却从来没有自己的住处。他，这个终生流浪的人，有时是住在奥廖尔省的亲戚家里，有时是住在豪华舒适的大旅馆或一般旅店里……

这个活到几乎老年、积攒了两箱手稿和心爱物品的人，是叫人难以理解的。托尔斯泰，我就不去说他了，就连极其俭朴的契诃夫，一生也都梦想着能成为房主，而且终于成了房主。

而布宁并不穷。不，按照当时的标准，他得到很高的稿酬。他喜欢过阔绰生活，这大概是受他父亲的影响——喜欢旅行，几乎到过全世界的所有地方。而每次回来，都不是回到他的故乡，而是回到洛斯库特旅馆里去。

他没有孩子，没有自己的住处，对此他是否感到遗憾?而如果自己有个住处，那么那里什么都会是自己的，一切都将是亲切的、习惯的。一切都会让人安心工作，让人每天都想从事固定的工作。而没有这一切，他是不是感到后悔呢?

他从来没有谈到过这一点。

还有一点奇怪的是，在他的后半生，他却定居下来，几乎哪里也没去过，仿佛突然不再向往新的地方，新的地方失去了对他的吸引力。或许这是因为他生活贫困吧，甚至是过于贫困了……

我感到后悔——我不喜欢纪念馆，到目前为止，还没到过许多著名的庄园。但是在去格拉斯的路上，我却突然那样强烈地想要看到这座别墅。

这个令人伤心的避难所，布宁在那里度过了也许是最可怕的许多夜晚，心里在想着，荣誉转瞬即逝，不可避免的死亡不久即将来临。我感到那样悲哀，仿佛是去探望一个亲人的坟墓。

我又想，其实，对于他来说，这幢房子也是别人的房子。这幢房子里的一切对他来说都是陌生的，连房屋的墙壁本身也保存着对许多代外人的记忆。

在这幢房子里他仍然是一个短暂的客人，是一个在踏上遥远的旅途之前坐下来稍微休息一会儿的过客，只不过他恰恰是无路可走。如果想到，你的房子将来会成为你的子子孙孙世代相传的家园，对你也许是一种安慰。虽说这安慰是虚无缥缈的，可对于他来说，就连这样的安慰也没有。

我不想在“肃穆寂静”中走遍这座别墅的所有房间，而只希望看看那里的墙壁，看看四周，看到许多年来他从窗子里和在散步的时候看到过的一切。

我想，格拉斯是个不大的小地方，但看到的却是一座像我们的雅尔塔那样的大城市，有陡峭的街道，还有许多分散在斜坡上的房子。

下面，从一座座香料厂和化妆品工厂里冒出一股股浓郁的香味，和别处一样，这里有许多像老虎一样吼叫的汽车，有咖啡馆、饭馆和电影院。

陪伴我的女士们开始打听别利韦杰尔别墅，拦住过往的行人，起初是见一个问一个，后来专挑老人问。我们驱车上上下下，绕来绕去，弯到一家家咖啡馆和卖香烟的售货亭——谁也不知道有这样一座别墅……

怎么会是这样呢？我茫然若失地想。谁也不知道，这真怪。难道我们会找不到吗？最后，女士中有一位想起，养老院里住着一个俄罗斯老头儿，他大概应该知道。

我们驱车在一条条小巷子里转来转去，寻找那座养老院，终于找到了。稍稍离开道路，有一幢大房子，可以看到房子后面有个花园。我们走进外室。一个穿着窸窸窣窣的黑衣服的修女悄无声息地出来迎接我们，听完了对她说的话，默默地转身在我们前面引路。

我走在最后，随手关上女士们开开的门，走进一道回廊，回廊上有一排对着花园的大窗户。我没有立刻回头，而当我回头的时候——有一瞬间呆住了。回廊上有许多老太婆，有的坐在安乐椅上，有的坐在沙发上，有的坐在椅子上，她们都看着我，而且都一声不响。

她们当中有面貌清秀、仪表端庄、令人肃然起敬的老太婆。但也有一些让人感到可怕——有九十多岁了，脸色跟死人一样，眼睛呆板，鼻子像蜡做的，头顶完全秃了，头在不停地颤抖！她们大家都一声不响，注视着我。我从一旁走过的时候微微点了点头——只有两三个默默地点头还礼。

我走进食堂，陪伴我的女士们已经坐在那里等着女管理员了。我在桌边坐下，突然清清楚楚想起幼儿园来，天知道我进幼儿园是什么时候的事了——那里也是有一股碎麦米粥和甜煮水果味、漆布和洗净的内衣气味……

出来一个年纪较大的修女，也是穿一身黑衣服，戴一顶白包发帽。只谈了半分钟，陪伴我的女士们就已经满面愁容了。

“怎么？死了？”我的心揪紧了，问。

“没有，不过两天前送进医院去了……”

最后的希望消失了。看来再没有任何人能给我们指明地址了。我们站起来，走了出去……出去的时候，我又对老太婆们点点头。但这一次谁也没有向我还礼。

我们驱车在格拉斯的街道上慢慢行驶，我却在想着那些老太婆。我想，曾经有一个时期，她们全都是小姑娘、少女，她们爱过，也有人爱过她们，甚至为了她们当中的某几个人，也许还有人自杀过。她们都有丈夫、情人、孩子、房子。而现在她们只是在等着——现在该轮到谁了，先把谁送往医院，然后再送到墓地去。

我已经不指望今后什么时候会再来到格拉斯，看到布宁的房子了。我驱车沿着那同一条美丽的山路回去，行驶在群山浅灰色的山峰之间，有时还会看到大海的蓝光。一家家饭馆旅馆、一个个加油柱、一块块广告牌，这些以前曾为我排遣旅途寂寞的东西，突然让我感到厌烦。

我突然想起，已经是三月底了，在我们奥卡河上，在塔鲁萨，也许冰已经开始流动，不久就是春汛。每晚河岸上这里、那里燃起一堆堆篝火，红光点点，浮标看守人和渔夫们就要给小船涂上树脂。我不久以前去过的巴黎……

而晚上，在富丽堂皇的旅馆里，我——这个短暂停留的客人，开始回想我所知道的关于他的一切，努力想象他在异国外省的生活。“他的老年是不愉快的。”这当然是不确切的说法。一个人到了六十岁，六十多岁，快乐的事情是很少的。七十岁，八十岁，快乐的事就更少了。当然，在这种情况下，应该谈的不是快乐，而应该是安宁。

当我走进巴黎车站的拱顶下，要去普罗旺斯[1]的时候，我还不知道今后将要度过的是多么忧郁的两天。

---

① 法国南方的一个省。

我想起他在巴黎奥芬巴赫大街上那所破烂不堪，有一千年没有修缮过的住宅，想象他是在什么样的——甚至不是贫困——赤贫状况下度过了最后几天，怎样用虚弱无力的手写下毫无把握的遗嘱。“如果我死后我的文学作品将要出版……”我想起圣热涅夫公墓，那里有一座很美的小教堂，还有一些小白桦树，还想起了他坟墓上那个矮小的、灰色石头的十字架。这时不知为什么，另一个墓地，这里的，尼斯的一个墓地出现在我的脑海，我想起经过公园里的王宫去那里的情景。我是多么惊奇地，甚至是惊慌地走进这当真是“死人的城市”，里面有街道和胡同，那里高高矗立着的不是房屋，而是陵墓和墓穴，陵墓的山墙上刻着无数悲痛的天使和翻倒的油灯。我们玩够了，经常迷路，走了很长时间，受够了罪以后，最后终于来到了另一个流亡者[①]的墓前。这个流亡者在伦敦度过了半生，死在巴黎，却不知为什么葬在这里，葬在南方的太阳底下，被一条条鸟粪弄脏的黄色大理石之间。

---

① 指赫尔岑。赫尔岑（1812—1870），俄国革命家，作家，哲学家。

咱们去洛普申加

我一面翻阅帕乌斯托夫斯基的书，一面回想和他的谈话，现在我想，他从事文学创作的激情终生都在与旅行的激情进行斗争。

试看从他的同一部著作《金蔷薇》中摘引的几段摘录。

还在童年我就养成了看地图的爱好。我可以一连几个钟头地看地图，就像在看一部引人入胜的书。

我研究人们不知道的河流的流向，研究稀奇古怪的海滨，深入到原始森林深处，那里用一些小圆圈儿标出一个个没有名字的猎区购销站来，我像念诗那样反复背诵响亮悦耳的地名——尤戈尔海峡，赫布里底群岛，瓜德拉马和因韦尔涅斯，奥涅加和科迪勒拉山脉。

渐渐地所有这些地方都那样清晰、栩栩如生地出现在我的想象之中。好像觉得，我可以写出一篇篇(而且已经写了很多！——尤·卡扎科夫)虚构的在各个不同大陆、不同国家的旅行日记。

我乘轮船沿普里皮亚季河从切尔诺贝利镇返回基辅。

有一次冬天里我乘一艘完全空无一人的内燃机船从巴统去敖德萨。

那艘旧轮船离开沃兹涅先尼耶的码头，驶入奥涅加湖。

白夜笼罩着四周。我第一次不是在涅瓦河和列宁格勒上空，而是在北方森林茂密的辽阔大地和湖泊之间看到这样的夜。

苍白的月亮低悬在东方。它不发光。波浪摇荡着水中的几块松树皮，毫无声息地从轮船旁匆匆流往远方。

意识到他正在到某处去，这总是会使帕乌斯托夫斯基感到非常激动。他有一篇特写，他把它叫作《漫游的风》。没有这风，他就很难生活和写作。他一生中几乎所有的幸福时刻都是和旅行联系在一起。

当他旅行时，他想着终于能坐到桌边的时刻，好写出他在旅途中看到和所想的一切。

当他坐在农村里某个地方，或者在一座荒废的别墅里写作的时候，新的道路已经在召唤他，让他心情无法平静下来。

“列车铿铿锵锵，响声隆隆，笼罩在蒸气里，笼罩在烟雾中。蜡烛在叮当作响的灯笼里燃烧，渐渐地快要点完了。点点深红色的火星沿着轨道从车窗外一闪而过。机车兴高采烈地高声吼叫，为自己飞速的运行感到陶醉。”

我深信列车正带着我向幸福疾驰。一部新书的构思已经在我的头脑里诞生了。我相信一定会把它写出来。

后来他写成了那部著名的《卡腊-布迦日海湾》。而且——好似最高的幸福时刻：

我在船舱里写作，有时站起来，走到舷窗前，看看岸上。功率强大的机器在内燃机船钢铁的腹腔内轻轻地歌唱。海鸥在尖叫。写起来十分轻松……意识到正在广阔的空间里运动，模模糊糊地期待着一定会经过的港口城市，也许还有不会使人感到厌烦的、短暂的会见，这一切对工作也很有帮助。

内燃机船用钢铁的艏柱分开冬天淡白色的水，我好像觉得，它正带着我驶往必然的幸福。我所以会有这样的感觉，显然是因为短篇小说写得很顺利。

这样的关于旅途幸福的回忆，在他的著作里有几百处。

有一次，秋天里我坐在帕乌斯托夫斯基在塔鲁萨的暖和的屋子里。和往常一样，谈起我们的熟人中谁正在写什么，到哪里去了，或者是从哪里回来……

“对了，尤拉！”康·格[①]突然很兴奋地说，“我没把望远镜拿给您看吗？没有？”

于是他匆匆站起来，走到架子前，把一个用旧了的望远镜拿给我。

“您看看！是件非常出色的东西。您知道这是从哪儿弄来的？从‘帕拉斯[②]’号护航舰上！”

随后他又坐到桌边，望着窗子。

“您可知道，作家当中我最羡慕谁？布宁！而且完全不是羡慕他的天才。天才，当然总是让人羡慕的，不过现在我说的不是这个……您只要想象一下，什么地方他没去过啊！还在青年时期他就看到过一些多美的地方！巴勒斯坦、犹地亚、埃及、伊斯坦布尔……还有哪里？对了！印度

① 康斯坦丁·格奥尔基耶维奇，是帕乌斯托夫斯基的名字和父名。

② 帕拉斯，希腊神话中智慧和战争的女神，同时也是城市的守护神。

洋，锡兰[1]……是个幸福的人！您知道吗……明年我和您一道到北方去。您在那里有个什么地方？洛普申加……咱们去洛普申加，怎么样？”

“塔吉扬娜·阿列克谢耶芙娜[2]不会允许的。”我说。

“不允许……”他表示同意，并且叹了口气。

我是1957年春天在杜布尔特和帕乌斯托夫斯基认识的……也就是说，从那时起已经过去十四年了，而那个春天也和在那以前或以后的任何一个春天一样，都要渐渐离开我们，直到绊在我们的棺材盖上……请想想看，历史的时间和我们当中每一个人的个人时间，这二者之间的相互关系是多么奇怪。

1967年春天我在巴黎，在鲍·扎伊采夫[3]家做客，他对我谈起了伊·布宁。他讲的故事是这样开始的：

“我和伊万认识……嗯……我和伊万·布宁是在1902年认识的…”

由于某种恐惧感，我甚至打了个哆嗦——当时契诃夫还在世！离托尔斯泰去世还有八年，高尔基、库普林、布宁都还年轻，几乎都是刚刚开始写作的作家，那时候我父亲还没出生！从那时起全世界发生了多少伟大和可怕的事件，一些什么样的时代已经过去了，而鲍·扎伊采夫也许并不觉得他个人的生活是这么长久吧。我甚至对此深信不疑。

这么说，从我第一次看到帕乌斯托夫斯基，听到他的声音，从那个春天起，已经过去十四年了。当时我让他给迷住了。不是爱戴，而是让他迷住了。迷恋到了这种程度，我甚至记得当时他穿的是件什么样的大衣——大衣

---

① 现已改名斯里兰卡

② 帕乌斯托夫斯基的妻子。

③ 鲍·扎伊采夫（1881—1972），俄罗斯作家。

是拉锦绒的，扣上去的里子上绗着菱形花纹——戴一顶鹿羔皮帽子。

总之，在帕乌斯托夫斯基生前的最后几年，他一直处于一种让人心醉和与此相关联的某种使人心情激动的气氛里。

1963年，正是叶夫图申科名声大噪、盛极一时的时候，我和他一道到北方去，可以证明，他的崇拜者真是多极了。但那是性质完全不同的另一种声誉。对待帕乌斯托夫斯基的态度却是，这该怎么说呢……好，举个例子吧。1960年秋天，我和费多尔·波列诺夫[①]——画家和博物馆馆长的孙子，一道去看望帕乌斯托夫斯基。到了大门口，这时波列诺夫甚至像小孩子似的害怕了，拒绝再往前走。于是我一个人进去了。

“康斯坦丁·格奥尔基耶维奇，”我说，“大门外还有一位客人。”

“为什么在大门外呢?”

“不好意思见您。”

老实说，每次去看望帕乌斯托夫斯基的时候，我也觉得不好意思。

我不知道，帕乌斯托夫斯基究竟是什么时候开始害气喘病的。但那时，在杜布尔特，他的病情已经相当严重。他一直在换房间，怎么也不能安顿下来住进一个又暖和又有太阳的房间里。有时天气晴朗，他独自在沙丘上慢慢散步，给什么东西拍照，看看山上的积雪，到海边去，不过待的时间不长——从海上吹来潮湿的风，沿岸的冰层重重叠叠，几乎一直堆到海天相接的远方，有一股冰雪的气味。

夏天和秋天我没去过杜布尔特，不过那里春天真美极了！不知为什么，阳光充足，还有温和的海上的空气，一座座已经用木板钉起来的别

---

① 费多尔·波列诺夫，苏联作家。他的祖父瓦·德·波列诺夫（1544—1927）是著名画家。

墅、休养所都关闭了，四周人迹稀少，就是在创作之家，通常也只有十四五个人。早春时在那儿写作是很好的。据说帕乌斯托夫斯基正是在杜布尔特写完了几乎是全部《金蔷薇》。

但是在我每天都能看到他的那个月里，据我看，他几乎没有写作——很多时候他都在散步，在看什么作品。他很少是独自一个人，更经常的是被和他谈话的人包围着。他在笑，在说话，用他那微弱的、嘶哑的声音说话——多半是说些可笑的事情。他喜欢说，也喜欢听好的笑话。一般说，他素来就有高度的幽默感，喜欢讽刺。

当时我记得的他就是这个样子——稍有点儿躬着背，个子矮小，戴着眼镜——他身边总是有三四个和他谈话的人。

不知为什么他为自己的眼镜感到不好意思。是不是不好意思呢？我找不出更恰当的说法。无论如何，他几乎从不戴着眼镜拍照，总是匆匆忙忙地摘下来。

那时他看了我的最初几篇短篇小说，他那热情洋溢的评价使我感到那么难为情，有好几天不好意思到他跟前去。他挑出三篇短篇小说，还写了一封转交埃·卡扎克维奇[①]的信。

一个有趣的细节！好像在信的末尾他写到了春天，说是黎明时可以听到从海上传来的雁啼……其实，那是三月初的事，沿海岸还有一条很宽的冰带，对于大雁来说，时候还早。不过是一个阳光充足的春天，晚霞好久好久在海上闪着绿光，金星出来了——大雁也该飞来了吧。而这时在康斯坦丁·格奥尔基耶维奇的想象中，它们已经飞来了。

---

① 埃·卡扎克维奇（1913—1962），苏联作家。

我下一次又看到他，已经整整过了一年，也是在春天。那时我是头一次来到奥卡河，来到波列诺沃村。正是四月中，峡谷里仍然白雪皑皑。奥卡河水位很高，淹没了附近一带的所有草地，树林里一堆堆去年的落叶发出簌簌的响声，黄绿色的晚霞几乎撒满半个天空。每到晚上，奥卡河上的反光闪闪发亮，夹在暗黑色的两岸之间，好似浮雕一般，久久不会消失。

我还没到波列诺沃，就已经知道帕乌斯托夫斯基在塔鲁萨了，两天以后我决定去看他。

塔鲁萨潮湿闷热，泥泞不堪，一切都在流淌，汩汩地响，什么都散发出一股气味。奥卡河在城市底下，好似一望无际的混浊的海洋，白云中偶尔露出几块淡蓝色的空隙，一条条光柱落到附近的小丘上。于是可以看到裸露的黑土上，一片片休闲地上，弥漫着一团团透明的水蒸气。

帕乌斯托夫斯基无精打采，坐在自己的花园里，俯瞰河水泛滥的塔鲁萨河。我甚至感到有些可怕——他瘦得那么厉害，面色苍白，眼睛那样深深地凹陷下去，而且用那样忧郁的目光望着远方，望着奥卡河那边的什么地方。

"啊，尤拉!"他声音嘶哑地说，同时伸出软弱无力的手，"捷克人问您要短篇小说了吗？我对他们称赞了您……您的作品该译成外文了……您是才从莫斯科来，是吗？谢尔盖·尼基丁[①]，您知道吗？很有天才……"

他说起来就没完了，仿佛我和他昨天才见过面。不过他说话困难，断断续续，声音微弱，那样贪婪地呼吸，有点儿神经质似的，而且呼吸急促，肩膀抖得很厉害。

---

① 谢尔盖·尼基丁(1926—1973)，苏联作家。

“瞧，气喘……呼吸困难……”

他说着腼腆地微微一笑，仿佛是觉得抱歉。于是又谈起文学来，提到一些新名字，谈春天，谈保加利亚……正在花园里干活的塔吉扬娜·阿列克谢耶芙娜走过来，把我们赶到屋里去。

我并不确切知道，康斯坦丁·格奥尔基耶维奇是什么时候住到塔鲁萨来的。起初他买了半幢房子，有一个小阳台，后来增盖了相当大一间原木结构的房子，把阳台改成了餐厅，而底下，就像在半地下室里（几乎所有塔鲁萨人家里都是这样），是厨房，挨着厨房还添盖了一间房子，好像个小仓库，房屋的入口就要穿过这间小仓库。

我在小仓库旁刮掉靴子上的烂泥，在这个工夫里已经告诉康·格，说我打算夏天到北方去，去白海，还开始对他讲沿海居民的情况。刚一走进暖和的木头房子，他立刻到书架上去找什么。找出一幅地图，摘掉眼镜，把地图凑近眼睛，开始寻找我要去的地方。

“亚连加……洛普申加……”他喃喃地说，“多好听的名字！尤拉，把我也带去！带我去吗？瞧，我这就会恢复健康……医生会让我去的——您带我去吗?”

说罢，忧郁地望望窗外，望望被淹没的草地和奥卡河。

在所有这段时间里——从距现在已经十分遥远的杜布尔特的那个春天到1968年7月非常不幸的那天[①]——我在帕乌斯托夫斯基那里做客并和他谈话，不过二十来次，不会再多了。几乎每一次还是像刚开始认识他的时

① 帕乌斯托夫斯基于1968年7月14日去世。

候那样，见到他我都感到不好意思，怕妨碍他，使他厌烦，怕去得不是时候。不过这大概都是我自己想出来的，而我每次去看他，康·格总是很高兴……不是吗，他常向所有人打听我的情况，问我在什么地方，在写什么。而且作家也不可能总是孤单单的一个人。一个人工作是好的，然而并不是二十四小时都在工作，不是吗。作家需要和人在一起，需要听到各种新闻，各种各样的小事，需要的东西多着哪。我记得，卡达耶夫[①]的坚决邀请曾使我感到多么惊讶。

"请常来，请常来！"他邀请我和B.罗斯利亚科夫，"早晨和白天我不请你们来，白天我要工作，不过晚上请常来！来谈谈……"

而最后几年，我连见到帕乌斯托夫斯基都几乎不可能了。有时他因为心肌梗死又一次发作住在医院里，有时住在雅尔塔，或者是住在莫斯科郊外的某所疗养院里。有时我又听说，他到法国、到意大利去了。

所以我和他见面的次数很少，因此，如果说我很了解他这个人，从我这方面来讲，那是不可原谅地过于自信了。

不过我还是想要指出，帕乌斯托夫斯基这个人和帕乌斯托夫斯基这位作家惊人的一致，人如其文。有一些很好的作家，却是不好的人，而且这种情况并不是那么罕见……帕乌斯托夫斯基却是一个好人，和他在一起觉得很好。他几乎不谈自己的病，而他老年的生活，简直可以说是很痛苦的。需要有巨大的精神力量，才能一连多少个月，如果加在一起，那么就是多少年躺在医院里，而不失去自己作为一个人的一切，不会耗尽自己身上人的品质。

最后几年里他写得很多，在大规模地出版他的作品。不仅出版，而且

---

① 卡达耶夫（1897—1986），苏联作家。

再版，人们一次又一次地反复阅读他的作品，而这，用列夫·托尔斯泰的话来说，让人反复阅读，这是最重要的。我在莫斯科没能预订到他的文集，在列宁格勒却预订到了——我花了五十卢布旧币向一个小投机贩买了一个排队的位置。我的妻弟，一个物理系的大学生，为了预订最新出版的他的文集，和一个朋友轮流值班，在明斯克整整排了一夜队。

就这方面来说，帕乌斯托夫斯基是幸福的。当然，我们这里有不少甚至是很有天才的作家，终其一生都没有人看过他们的作品。

但是我几乎没听到他谈起自己的著作，谈到自己的作品。只有一次他说，他想用读者给他的信，加上注释，编一本书。

有时，往往会听到他说：

“您认识沃兹涅先斯基[①]吗？他这个人好吗？这是真的，阿赫玛杜琳娜[②]是一位非常出色的女诗人？您看过尤拉·瓦西利耶夫的画吗？您对科涅茨基[③]有什么看法？奥库德扎瓦[④]的作品您喜欢吗？”

他酷爱文学，可以无休止地谈论它。他从不感到满足，不喜欢独自欣赏，总是急于让大家一起分享他的爱好。“尤拉，您知道普拉东诺夫[⑤]吗？”他问。单单是想到普拉东诺夫，他就会立刻激动起来，“不知道？您一定要弄到他的作品！这是一位天才的作家！啊，等等，我在莫斯科有他的作品，我一定拿给您。您看，这是一位多好的作家——是苏联最好的修

---

① 沃兹涅先斯基（1933— 2010），苏联诗人。

② 阿赫玛杜琳娜（1937—2010），苏联女诗人。

③ 科涅茨基（1929—2002），苏联作家。

④ 奥库德扎瓦（1924— 1997），苏联诗人。

⑤ 普拉东诺夫（1899—1951），苏联作家。

辞大师！您怎么会没看过呢?”

他肤色黝黑，前额很美，额角已经秃了。他有一双大耳朵，由于生病，双颊凹陷，因此颧骨显得更清晰、更显明，鹰钩鼻子好像更清秀、更大。从鼻翼开始横过脸上的两条皱纹也显得更清楚了。

一方面他有祖母——一个土耳其妇女的血统，同时他身上又有波兰人和扎波罗什人[1]的血液。他谈起自己的祖先时，总是不时微笑，轻轻咳嗽几声，但是可以看得出来，感觉到自己是东方和扎波罗什自由逃民的后裔，他是很高兴的，总是不止一次地回到这个话题上来。

他坐着的时候背多半稍有点儿弓着，因此看上去好像更矮，更加干瘦，黝黑的双手总是放在桌子上，谈话时一直用手去摸什么东西，拿在手里转动着，眼睛看着桌子，或者看着窗户。有时他突然目光向上一看，他那双聪明的深色眼睛立刻会吸引住你的全部注意力，可是他随即又把脸扭过去了。

他笑起来很美，很腼腆，笑声稍有点儿喑哑，眼角立刻会出现扇面似的鱼尾纹——这正是笑的皱纹，他的眼睛炯炯发光。总之，他脸上的表情完全变了——有一会儿工夫疲倦和痛苦从他脸上完全消失，我不止一次发觉，我想要引他发笑，想要给他讲点儿有趣的事情。我看出，几乎所有和帕乌斯托夫斯基谈话的人都有这样的意图。

可以这样说，在社会生活中很难想象有比他态度更和蔼、客气的人。只要疾病没使他躺在床上，他一定要亲自到花园去迎接客人，和客人谈上一两个钟头，并且总是亲自送到大门口。如果客人让他感到不愉快，他一定会在临别时说几句十分亲切的话。“我很喜欢您！”或者是，“您要知

---

① 帕乌斯托夫斯基的外祖母是波兰人，他的祖父是扎波罗什自由哥萨克。

道，您的一切我都了解，我经常向所有人问起您的情况!”

有一次，十月里我来到离塔鲁萨十五公里的、奥卡河畔的马尔芬诺村。当时意大利刚出版了我的一本书，我当然忍不住要顺路去帕乌斯托夫斯基那里夸耀一番。他只有独自一人，看来，正感到寂寞，所以非常高兴。他匆匆忙忙把那本小册子接过去，几乎是一把抓了过去，像通常那样摘掉眼镜，近视眼眯缝起来，仔细看看封面，而且翻了翻，感到那么高兴，仿佛这不是我的，而是他的短篇小说第一次用意大利文出版。我坐在他那里的其余时间里，他一直在说马尔芬诺多么美，在那儿工作会多么顺利，而且一般说来，秋天是多么美好——他一直斜着眼睛，不时看看那本小册子（它就放在桌子上），老是拿起来，又开始翻阅，一次又一次仔细看看，声音暗哑地笑笑。因为封面上是一幅画着天鹅的粗糙的图画，而那时候我们却常把这样的天鹅画在漆布的背面。

……帕乌斯托夫斯基是个善良而又轻信的人。可惜，有时未免过于善良和轻信了。他常把自己对某个人的好评推而广之，用来评价那个人的作品。然而他曾帮助过很多真正有才能的作家，为他们的第一部作品写过一些善意的话。他在多次接受记者采访时，无论是我们自己的记者，还是西方记者，总是不断地重复他们的名字。

按学生这个词的原义来说，我不是帕乌斯托夫斯基的学生。也就是说，我没在文学院他的课堂里上过课。可是我认为，在文学上我和他是接近的。不过他那样经常和各国的记者、作家们谈起我，因此在许多文章里都把帕乌斯托夫斯基称作我的老师。

就最高的含意来说，这是对的——他是我们大家的老师。我不知道有哪个作家，无论是年老的或年轻的，不在内心里对他怀着敬意。

正像我已经说过的，帕乌斯托夫斯基十分轻信。塔鲁萨有一位卓越的老医生米哈伊尔·米哈依洛维奇·梅连季耶夫，他也是一位非常好的好人。有一次，帕乌斯托夫斯基在他那里看病，梅连季耶夫突然建议他戒烟。

“您听我说，尤拉，”帕乌斯托夫斯基甚至有点儿惊奇地对我说，“梅连季耶夫是个神秘的催眠术家。他建议我戒烟……嗯，后来只顾了说话，我忘了他说过叫我戒烟了。我走到街上，习惯地掏出香烟，可是觉得，不想抽，甚至感到厌恶……就这样，于是就戒掉了！”

后来我缠着梅连季耶夫，叫他也给我催眠。

“您不行！”米哈伊尔·米哈依洛维奇说，“我只是个内科医生！康斯坦丁·格奥尔基耶维奇却断定我是个搞催眠术的，对这个想法深信不疑，所以就把烟戒掉了……”

关于帕乌斯托夫斯基，有一次我曾写道：“……他所喜欢的，总有一天会成为大家都喜欢的，就像现在我们都喜欢列维坦[1]诺沃，波列诺沃附近地区和其他地方一样。”这是在1962年写的，五年后我去保加利亚，到了一座沿海的古城索佐波利亚。正赶上那里有许多诗人和散文作家，大家劝我在那里住一夜，我刚好住在帕乌斯托夫斯基住过的那间房子里，坐在帕乌斯托夫斯基坐过的那个古老的小院子里，喝的是帕乌斯托夫斯基喝过的那种葡萄酒……格列布·戈雷申[2]在我三年以前到过保加利亚，在他的旅行随笔里也有这样的想法——应当努力成为一个在自己身后留下美好足迹的人。对帕乌斯托夫斯基的回忆也一直在他心头萦绕不去。

---

① 列维坦（1861—1900），俄罗斯著名画家。

② 格列布·戈雷申（1931— ），苏联作家。

顺便说说，帕乌斯托大斯基生前最后几年曾不止一次出国旅行，这给他带来了许多人生的乐趣。从少年时代他就看过许多关于欧洲文明的书，看得几乎入迷，他的想象力进行创作性的幻想达到了出神入化的程度，因而写了大量以国外生活为背景的短篇小说。安徒生在意大利旅行[①]，葛里格在挪威森林茂密的峡湾散步[②]，航船从马赛驶往利物浦，巴黎一个拾垃圾的从尘土里筛出了金子[③]……帕乌斯托夫斯基作品中的主人公几乎遍布世界各国，然而作者一生却只在图画上看到过这些国家。只是在老年，帕乌斯托夫斯基才看到了他曾经写过的那些地方。他乘内燃机船完成了环绕欧洲的旅行，到了保加利亚、波兰、法国、英国、意大利。我想，这些旅行更增强了他对塔鲁萨、奥卡河和故乡的爱。这是帕乌斯托夫斯基去过意大利以后写的："用那不勒斯海湾的全部美景来换我们溅满露珠的柳丛，我也舍不得交换。"是不是说得太美了呢——有一个时期我曾经想。但现在我懂得了，说得并不过分！因为四月里我在巴黎突然想象我们的春天，峡谷中的小溪发出雷鸣般的响声，到处冒出蒸气，泥泞不堪，还有奥卡河上的流冰和春汛，当时我自己也体验到了类似的感情。

对帕乌斯托夫斯基来说，1961年夏天是幸福的。病不知怎么退缩了，很少让人想起它来，天气一直很好，很热。帕乌斯托夫斯基不再理会为他规定的制度，也不把自己的病情放在心上，又抽起烟来，每天都去钓鱼，随时都处在人们当中，经常心情愉快，早上工作得心应手。

---

① 帕乌斯托夫斯基的短篇小说《夜行的驿车》。

② 帕乌斯托夫斯基的短篇小说《一篮云杉果》，葛里格（1843—1907），挪威作曲家。

③ 帕乌斯托夫斯基的《金蔷薇》。

那年夏天先后到过他那里的人真多极了——许多作者来拜访他，带来了诗、短篇小说，一会儿他要去意大利，参加欧洲作家共同体代表大会，一会儿旅行又延期了，经常有记者来采访，所有的人都得接待，得与所有的人谈话。

在这种时候，对于帕乌斯托夫斯基，钓鱼简直成了必不可少的休息。两点钟的时候，我和作家鲍里斯·巴尔捷尔[①]通常是在河岸上会合，从浮标看守人的守卫室里把发动机拖出来，装到小船上。浮标看守人科利亚拿来汽油，五分钟以后，帕乌斯托夫斯基来了。气喘在折磨他。他立刻随便找个地方坐下，不好意思地掏出一个有胶皮头的小玻璃瓶，有好几秒钟在吸一种什么药剂。歇过一口气来以后，他走到小船边，于是谈起发动机来。浮标看守人科利亚把发动机看得相当神秘。

"康斯坦丁·格奥尔基耶维奇，您要知道，这可不是随便什么玩意儿!"他结结巴巴地大声说，"这是发动机，是吧？机组，是吧？得了解它，而不能只是猛一下子开动起来，搁浅了，不走了……"

关于发动机的深奥谈话结束之后，我们爬上小船。科利亚从岸上又一次发誓说，发动机就像钟表一样!

我们通常是驶往耶格内舍夫基、马尔芬诺那个方向——这里考虑到，万一发动机出了毛病，以后从那里顺流而下，划起来比较轻松些。帕乌斯托夫斯基拿着钓竿，穿一条普通长裤，脚上穿一双凉鞋，皮肤晒黑了——感到非常满意，巴尔捷尔把掌舵的位置让给他。帕乌斯托夫斯基开动马达，给风吹得眯缝起眼来。他视力不好，巴尔捷尔有时对他大声喊：

---

① 鲍里斯·巴尔捷尔（1919—1974），苏联作家。

“正对着船头有浮标！向右！向左！”

执行命令对于帕乌斯托夫斯基是一种享受。像哈萨克小马一样的小船走得很快，风是温暖的，阳光强烈，河在闪闪发光，高空中稀稀拉拉飘着几朵白云。在这些地方，奥卡河是很美的，它那柔和、广阔的河面十分迷人，四周坡度平缓的丘陵那么可爱，一直伸展到水边的森林，鲜艳碧绿的河岸，松树青铜色的树干，以及不断涌现、随时都在更新的远景，无不令人心醉。

通常在韦列戈日和耶格内舍夫基之间的某个地方，发动机会突然停下来，于是我们让小船靠岸。巴尔捷尔嘴里咒骂着，忙着摆弄发动机，我在洗澡，帕乌斯托夫斯基在一旁钓鱼。然后我们向下游划去。我划桨，桨是铁的，又短，划起来很不得力，发动机翘在船尾，没有一点儿声音。帕乌斯托夫斯基和巴尔捷尔在晒太阳。有时帕乌斯托夫斯基不好意思地提议：

“让我来，尤拉，我来划……”

在韦列戈日附近，我和帕乌斯托夫斯基下来，到码头上去等顺路的快艇。巴尔捷尔留在船上，在他周围已经有好几位专家激烈地议论那个发动机了。

几乎每天都是这样。

有一次，我们三个——帕乌斯托夫斯基、巴尔捷尔和我在塔鲁萨的广场上会合，要去钓鱼。刚准备到岸边浮标看守人的小房子那里去，忽然有一辆灰色小汽车赶过了我们。

“瞧，那是里赫特尔[①]的汽车。”巴尔捷尔立刻说。

---

① 里赫特尔（1915—?），苏联著名钢琴家。

“是吗？”帕乌斯托夫斯基眯缝起近视眼来，从后面看着那辆汽车，突然轻轻地笑了，低下眼睛，不时咳嗽一声，“您知道吗，尤拉，里赫特尔正在这儿，在我们这儿给自己盖房子，一座城堡！而且为了到那儿去，专门从美国买了一辆汽车……”

“越野汽车。”巴尔捷尔更确切地说。

“怎么！”帕乌斯托夫斯基显得异常活跃，“你们认为怎么样！去他那里只能坐越野汽车，不然就过不去，不是吗？你们要知道，起初他把一架钢琴运到浮标看守人的小房子里，就这么住在那儿——只有一架钢琴，别的什么也没有……”

说着他又笑起来了。看得出来，在守卫室里的这种生活，还有想到里赫特尔决定在奥卡河畔塔鲁萨附近定居，而且在盖房子，这一切他都十分喜欢。

塔鲁萨和阿列克辛之间的这些地方早就开放了。在各个不同时期，契诃夫、帕斯捷尔纳克[①]、扎博洛茨基[②]、巴利蒙特[③]、阿·托尔斯泰，都在这儿住过，伊古姆诺夫[④]在这儿演出过，有几十位画家曾经来这儿写生，波列诺夫一家曾在塔鲁萨演过戏。伊拉克利·安德罗尼科夫[⑤]在这儿住过，他用大车从谢尔普霍夫运东西来，把普希金的一根手杖弄丢了。他本想在塔鲁萨大出风头，可这样一来差点儿没急疯了。后来手杖又找到了……

---

① 帕斯捷尔纳克（1890—1960），苏联诗人，作家，翻译家。

② 扎博洛茨基（1903—1958），苏联诗人。

③ 巴利蒙特（1867—1942），俄罗斯诗人。

④ 伊古姆诺夫（1873—1948），苏联著名钢琴家。

⑤ 伊拉克利·安德罗尼科夫（1908—?），苏联作家。

我还遇到过现在已经全都去世的老一代知识分子，他们几十年来一直忠实于塔鲁萨，直到进了坟墓——茨韦塔耶娃[①]死了，娜杰日达·瓦西利耶芙娜·克兰季耶夫斯卡娅死了，她的儿子——雕塑家法伊德什-克兰季耶夫斯基死了，梅连季耶夫医生也死了，他的家里二十年来音乐声一直不断。

不过如果说以前有好几百人知道塔鲁萨，喜欢这个地方，那么帕乌斯托夫斯基却使塔鲁萨闻名全苏，塔鲁萨也把他选作该市的荣誉公民。

我坐着在柏油公路上行驶、被路上坑坑洼洼的地方不断颠簸着的公共汽车，亲耳听到一个微带醉意的塔鲁萨人夸夸其谈：

“瞧！看到了吗？”在照例的一次震动之后，他倒到一个人身上，说，“帕乌斯托夫斯基捐了两百万用来修路，是不是呢？公路修起来了。可现在呢？全都是坑……这就是说，再给两百万！”

不，帕乌斯托夫斯基没有捐出几百万来修路。不过帕乌斯托夫斯基写了几篇文章以后，塔鲁萨市的设施开始完善起来了。

塔鲁萨市公民帕乌斯托夫斯基的名望是很大的，甚至试图让旅游团到他那里去做客。卡卢加的作家弗拉季米尔·科勃利科夫讲过这样一个故事——好像有一次康斯坦丁·格奥尔基耶维奇从澡堂出来，正提着小手提箱不慌不忙地走着，突然有几个外地来的人，看样子都不是特别有教养的人，问他：“请告诉我们，帕乌斯托夫斯基的坟墓在哪里？”似乎康斯坦丁·格奥尔基耶维奇非常喜欢这句问话，后来很喜欢讲起这件事。

帕乌斯托夫斯基的坟墓现在当真是在塔鲁萨。俯瞰塔鲁萨河，离伊里亚漩涡不远。

---

① 茨韦塔耶娃（1892—1941），俄罗斯女诗人。

费·波列诺夫和他的短篇小说

我第一次来到奥卡河，来到波列诺沃附近这些地方，是十年前的四月里。我不是随意地到奥卡河来，而恰恰是来波列诺沃，而且是和画家的孙子费多尔·波列诺夫在一起。在这个意义上说，我是很幸运的。春天——到处春意盎然，但奥卡河正值春汛期，草地都被淹没了，峡谷里还有积雪，一派荒凉景象。河上还既没有浮动码头，也没有浮标，辽阔无边，一堆堆白云倒映在水中，从篝火上冒出一缕缕青烟，正在篝火旁给小船涂上树脂——这一切立刻，而且永远使我陶醉了。米哈伊尔·普里什文非常确切地指出，奥卡河是俄罗斯所有河流中最具有俄罗斯特色的。

还在那第一个春天的晚上，费多尔·波列诺夫对故乡的热爱，我甚至想要说，他对故乡的那种儿子般的忠诚，就已经使我感到惊讶了。在那第一天晚上，他刚刚向父亲问过好，刚刚急急忙忙地在博物馆里跑了一圈，刚刚在那幅火灾之后外部已被烧焦的屋架的《天主教修道院》旁难过了一阵子——他立刻就到最近的小树林里去打山鹬了。随后，天已经黑了，他又跑到只有他一个人知道的一棵白桦那里去，好让我们从一清早就能喝到桦树汁。第二天他约我一道去塔鲁萨，好长时间我们在春天冒着蒸气的泥浆中慢慢地走着，他不知疲倦地指给我看塔鲁萨的各处名胜古迹。当时我对他是这样理解的——凡是他自己十分喜爱的东西，也都那样高兴地想让别人看看……

我想，力图用自己的爱好感染尽可能多的人，正是这种愿望促使费·波列诺夫写起小说来的。关于波列诺沃，已经写得很多了，这些地方的声誉已远远传遍了全国。但对于我们来说，这些地方之所以宝贵，并不仅仅是由于它美，而且还因为，在不同时期，几乎我们的所有作家、音乐家和画家都在这里住过和工作过——契诃夫、阿·托尔斯泰、巴利蒙特、帕斯捷尔纳克、扎博洛茨基、帕乌斯托夫斯基、普罗科菲耶夫①、伊古姆诺夫、李赫特尔——我只说出了最先来到我记忆里的名字。关于画家，我就根本不讲了，因为从19世纪末，大概没有哪位画家没到过波列诺沃及附近地区，并从这里带走了许多富有诗意的绘画。

因此，波列诺沃附近这些地方不仅是本身美，而且还由于那么多年来奥卡河两岸产生了，并正在产生崇高的诗意。正是我们意识里的诗意，使这些地方充满了高尚的精神。

不过费多尔·波列诺夫写的不是画家或作家，他的短篇小说的世界就地理上的含意来说是很小的。皮亚内②草地、柳博斯纳河、斯特拉霍沃村和比奥霍沃村、松林、橡树林、白桦林和小树林——说实在的，这就是作者决定告诉我们的一切。这是少还是多呢？对于我，在这个意义上来说，这“太少”了。因为我想看到更多更多在草地上割草的场面，希望与作者一道不仅走遍柳博斯纳河谷，而且想去另一条小河那里走走。总之，我舍不得离开波列诺沃附近这些地方，舍不得与住在这里的人们分离。

正像我已经说过的，关于瓦·德·波列诺夫的博物馆和博物馆周围的这些地方，已经写得很多了。不过通常那都是外来人写的，他们总是没有足

---

① 普罗科菲耶夫（1891—1953），苏联作曲家。

② 意思是“醉的”。

够的耐心对这些地方做更深的了解，因此很多作品里都有那么多浮光掠影的话，有那么多共同的地方。真的，所有这些“河流庄严宁静”或“百年松林的松涛”难道不都可以用在任何其他地方吗？我们这里美丽的地方很多，其中每个地方都应该得到我们的爱，都应该受到崇敬。不过需要生在某个地方，并在那里长大，才能详尽地了解它的历史和外人的眼睛未能发现的一切，才能完全彻底忠实于这个地方。实际上，作者对从前曾经叫博罗克，后来开始叫波列诺沃的这个地方的爱，可能让人觉得过于夸大了，但关于这一点，费·波列诺夫是这样写的：

> 我曾去过锡霍特山脉，从森林里的小路穿过那里一座座山岗上的原始森林，不止一次看到过大洋上落日的奇景。记得瑞典沿岸一带和波的尼亚海湾奥布—奥兰岩岛群惊人的美丽，也知道北极圈内高纬度地区借罗库艾尔·肯特[①]画笔的清晰色调为那里的苍穹增添光彩……波罗的海沿岸地带中世纪城堡的遗址像童话一般美丽，北极光闪闪烁烁，变化万千，让人的目光无法移开！我是幸福的，因为我看到了所有这一切，永远也不会忘记所看到的美丽景色。然而无论什么，无论什么，就连外奥涅加和北卡累利阿无与伦比的美景也绝不会遮住我的视线，让我看不到皮亚内草地旁，柳博斯纳河最后一道河湾上的河岸。

我曾在一年四季不同的季节里多次到过波列诺沃，已经觉得，对这些

① 罗库艾尔·肯特（1882—1971），美国画家，作家。

地方好像十分了解了。但是，瞧，我看了已经汇编成册的这不多几篇短篇小说，看了这些写得从容、细腻、详尽、高尚的短篇小说，这才明白，实际上我对波列诺沃这些地方了解得是多么少，而作者又是怎样使我变得充实起来。

我们希望作者还没有把他知道的一切全都讲完。随着时间的推移，将会有一批又一批为我们祖国富有诗意的角落之一增光的新小说，加入这七篇小说的行列里来。

译后记

尤里·帕夫洛维奇·卡扎科夫（Юрий Лавлович Казаков，1927—1982），生在莫斯科一个普通工人的家庭里。他的童年是在阿尔巴特街上度过的，也是在这条大街上，战争在他的记忆里留下了永不消失的痕迹。他在战争和战后的困难时期送走了本应是无忧无虑的少年时代，只有音乐给这位未来的作家带来某些乐趣。1946年他进了音乐中专，1951年毕业后，成了一个职业低音提琴手。但当时一个年轻的乐师在莫斯科很难找到一份可靠的工作，1949—1953年期间，卡扎科夫曾遇到过许多不仅仅是物质生活上的困难。他没能像所希望的那样进入音乐学院，为了生活，不得不设法寻找任何工作——曾试图去糖果厂当装卸工，还曾想去做塔斯社的摄影记者……有一次听说布里亚特自治共和国首都乌兰乌德需要低音提琴手，他甚至打算到这个“并不算太远的”地方去。

然而也就是在这个时期，卡扎科夫忽然决心献身文学事业，他那不屈不挠的精神，坚强的毅力，不能不令人感到惊讶。究竟是什么促使他从事写作的？有一次有人这样问他。他的回答是——“因为我口吃”，所以想把心里的话都写到纸上。我们无法断定，这是一句开玩笑的话呢，还是严肃认真的回答。

最初，他写过散文诗、诗和剧本，还写过“美国生活”的小说。但创作之路对他来说并不平坦。他的稿子一次又一次遭到编辑部拒绝，有时他甚至完全丧失信心，可是顽强的意志终于使他坚持了下来。1952年他的一个独幕剧发表了。1953年他考入高尔基文学院，在尼·伊·扎莫什金[①]的指导下学习了五年，1958年毕业，同年出版了第一部短篇小说集《曼卡》。

卡扎科夫后来回忆说，进文学院以前，他的文学知识是相当贫乏的。作为一个乐师，人家看重的不是他的文化修养，而是他的演奏技巧，因此他不得不把绝大部分时间花在练琴上。他进文学院的时候，已经二十五岁，他的同班同学都比他年轻得多，而且都已经发表过不少作品，是真正的诗人和作家了。在这些同学面前他感到自卑，甚至曾想退学。在文学院的最初两年里，他只是看书，“经过长期阅读和思索之后，我得出结论，写得最好的是我们俄罗斯作家。我决定像他们那样写作”。1964年，他曾经这样说——他说，他没有特别向某一位作家学习过，而只是学习俄罗斯作家共同的东西。当然，有些作家对他的影响较大。评论界早就指出，卡扎科夫首先是一位“画家”，而且是“水彩画家”，在这个意义上，人们喜欢把他比作布宁。卡扎科夫自己也不否认，布宁的“鹰的视力”曾使他感到震惊——“当我在文学领域开始成长，刚刚舒展开稚嫩的翅膀，布宁就向我突然袭来。”他承认，有几篇短篇小说，例如《老人们》，明显是受布宁的影响，但是后来他已经摆脱了布宁，有了自己的风格，而这时批评家们还一直坚持说布宁、布宁、布宁……我就感到委屈了（譬如《橡树林里的秋天》——难道也是布宁吗）。

---

① 尼·伊·扎莫什金（1896—1960），苏联文学评论家。

其实，就修辞和风格来说，卡扎科夫更像屠格涅夫。例如看了卡扎科夫的《夜》，会联想到屠格涅夫的《白净草地》。布宁喜欢用许多形容词，在修辞上更爱刻意雕琢。布宁有“唯美主义”的倾向，喜欢强烈的表现力，文风冷峻，他的人物像大理石的浮雕。卡扎科夫的作品却比较朴素，给人以温暖的感觉，在这一点上更接近屠格涅夫。卡扎科夫作品中的句子比布宁的质朴、简洁，即使不看上下文，也不会与布宁的互相混淆。

就文学的意义、文学的作用来讲，卡扎科夫认为自己是包括莱蒙托夫、列夫·托尔斯泰、契诃夫等经典作家在内的俄罗斯文学传统的继承者。他认为，俄罗斯文学总是致力于研究道德问题，研究人生的意义。“文学并没有解决这些问题——这些问题是由历史解决的，但文学总是稍稍走在历史的前面。”像托尔斯泰等这样的一些经典作家所以伟大，所以不朽，不仅仅是因为他们“写得好，还因为他们写了最主要的，写了社会生活的本质。”因为他们善于写人的内心活动，而且是主要的，而不是微不足道、毫无意义的内心活动。卡扎科夫经常谈到作家的勇气和责任。因为作家写作，就是为了影响人，使人变得更好。当然，这并不是说，只要写出一个正面英雄人物，全体人民立刻都会追随他，文学作品对人的影响是不知不觉的，潜移默化的，“水滴石穿”。卡扎科夫说，“如果人，在人的心灵里有像良心、责任、遵德、真理和美等这样一些概念——如果哪怕是在很小的程度上有这些概念——那么这首先不是要归功于伟大的文学吗？我们不是伟大的作家，但如果我们严肃地对待自己的事业，那么我们的言论或许会迫使什么人认真想一想人生的意义，哪怕只想一个小时，只想一天呢。哪怕只想一天——这就已经是那么多了，不是吗……”

作为大自然的歌手，卡扎科夫的先行者中有阿克沙科夫和从屠格涅夫到普里什文的许多著名作家。有人问卡扎科夫，在苏联作家中，他最喜欢的是谁。每次他都回答——普里什文。他认为普里什文“是一位具有完全特殊气质的人。看他的作品，是一种享受，几乎和真正的大自然给人的享受一模一样……有时你在黑麦丛中的路上行走，热得可怕，渴得难受，忽然看到旁边有一片森林，好似一块不大的绿洲……喝一点儿清凉的泉水，立刻感觉到生命回到了你的身体里。普里什文也是这样——他就是沙漠中的小溪”。卡扎科夫所以要去北方，正是受了普里什文的影响。他是沿着普里什文的足迹进入北方，并且爱上了北方的。但是卡扎科夫没有见到过普里什文，普里什文去世时，卡扎科夫还没有进入文学界。而他和帕乌斯托夫斯基的关系就不同了。卡扎科夫刚一进入文坛，就受到帕乌斯托夫斯基的热烈欢迎。后来卡扎科夫回忆说，帕乌斯托夫斯基给他写了一封使他感到震惊的信，还曾把他的作品推荐给担任编辑工作的卡扎克维奇。他认为，在文学上他和帕乌斯托夫斯基是“接近的”，并且同意许多文章中的说法，他是帕乌斯托夫斯基的学生。不过这不是就“学生”一词的本意而言，而是把帕乌斯托夫斯基看作一位可敬的导师。在《咱们去洛普申加》一文里，他向读者介绍了他所认识的帕乌斯托夫斯基。

卡扎科夫是20世纪50年代末进入苏联文坛的。60年代已经是一位引人注目的作家，评论界和读者广泛地讨论他的作品，其热烈的程度并不亚于讨论某些长篇巨著。20年代和30年代，苏联文学主要是反映革命和建设，奔放、豪迈是那个时期作品的特点。卫国战争及以后一个时期，苏联文学集中表现人民的英雄主义和勇敢精神。“一切为了前线”，不容许有任何动摇和犹豫。在当时，这当然是可以理解的。虽然有普里什文、帕乌斯托夫斯基，但是相对来说，他们毕竟不是当时文学中的主流。五十年代后期，抒情散文给当时的苏联文学带来一股清新的空气，冲毁了早已形成的某些教条，使人耳目一新。正是在这个时候，卡扎科夫开始发表自己的作品，引起读者注意，并不是偶然的。当时有许多人甚至称他为“当代最优秀的短篇小说作家”，不过卡扎科夫并没有因此而感到飘飘然，他正确地指出，对当时一些青年人和大学生的言论，需要打个折扣，因为他们总是喜欢夸大其词。至于老一辈作家，包括帕乌斯托夫斯基、薇·潘诺娃[①]、叶·多罗什[②]、伊·爱伦堡、维·什克洛夫斯基[③]、米·斯韦特洛夫[④]等对他的称赞，在他看来，那是对他的鞭策和鼓励。

就风格来说，卡扎科夫是一位抒情散文作家，就作品的体裁来说，卡扎科夫则是一位短篇小说作家。他认为，短篇小说必须遵守的纪律是简短，短篇小说要求作者抓住刹那间的，然而是准确的印象，“寥寥数笔——瞬间犹如永恒，等于一生”。而长篇小说就不能像短篇小说那样，写得那么“吝啬”，因而不是他的体裁。卡扎科夫始终没有写过长篇作品，甚至从来没有打算写长篇小说。他只写过两篇未完成的中篇。其中《两夜》是一篇反战作品。1941年法西斯德国飞机的轰炸给少年时期的卡扎科夫留下了终生难忘的印象，正是从二十多年前炸弹的爆炸声中产生了这篇小说的构思。但是他“无论如何也没能把它写完”，他担心写得不够有力，不能正确表达自己的想法，断断续续写了很久，直到去世，一直没有拿出来发表过。关于短篇小说，他有一段十分精辟的论述。他认为，同

---

① 薇·潘诺娃（1905—1973），苏联作家。

② 叶·多罗什（1908—1972），苏联作家。

③ 维·什克洛夫斯基（1893—?），苏联作家。

④ 米·斯韦特洛夫（1903—1964），苏联诗人。

样的一种体裁，但西方的短篇小说和俄罗斯作家的短篇小说却有很大区别。“那里是逻辑，这里是诗意；那里是事件，这里是生活。”“机智和引人入胜的情节，主人公的不寻常的遭遇，出乎意外，甚至是离奇的结尾——这就是西方短篇小说的特点。而在俄罗斯的短篇小说里却没有，或几乎没有任何这一类的东西。小说的情节线索通常给细心地掩盖了起来……往往第一眼看上去，小说里什么也没有发生。”例如契诃夫的《带阁楼的房子》，如果向一个没看过这篇小说的人复述它的内容，那么他很可能耸耸肩，说：这是写的什么？毫无意思！不仅契诃夫，其他像布宁、柯罗连科、高尔基、帕乌斯托夫斯基、纳吉宾①……也都有不少这样的短篇小说。显然，对于俄罗斯作家来说，问题不在于构成小说的事件，不在于事件是否新奇，而在于作者怎样对待这一事件。这段话完全适用于卡扎科夫本人的作品。在他的作品里，主要的不是故事，而是诗意。这也正是抒情散文的特点之一。

对形式的探索，一度是十分时髦的。卡扎科夫认为，形式应该为思想服务。最成功的探索，也就是探索者找到了能最充分、最有力地表现自己思想的形式。“一般来说，每一个探索者，如果他有才能的话，最终都会走向朴素。”

就作品的内容来讲，和俄罗斯经典作家一样，卡扎科夫最关心的也是道德问题，人生的意义，也就是人的精神世界。卡扎科夫的基本哲学思想之一是人和自然的统一，《夜》中主人公谢苗的一段话，可以看作人和自然的统一的颂歌——“……那里什么人都没有：既没有猎人，也没有采浆

---

① 尤·纳吉宾（1920—1994），苏联作家。

果的女人，只有熊去采悬钩子。熊都很温驯，躲在灌木丛后面向外张望。那里越橘长得那么密，如果走到森林里被火烧过的地方，往那些土墩上面一看，一个个土墩都好像是红的。还有草莓，那些草莓谁也不去采它，草莓是黑色的，都熟过了头，而且那么甜——比糖还甜！要是走进醋栗丛——香味那么浓，简直让人头晕。要是在灌木丛里走，黑琴鸡和大雷鸟会让你走得离它们很近很近，随后只不过‘扑，扑，扑！’突然一下子飞起来，掀起的风甚至会吹到你的脸上。那里还有松鼠在树林里跳来跳去，只不过这会儿它们是棕黄色的，皮毛毫无用处，我们都不打它们……”卡扎科夫是在大城市里长大的，小时候没有接触大自然的机会。在《长久呼喊》里，他曾怀着不无遗憾的心情叙述了这方面的“不幸”。《泰季》则十分明显地表达了作者关于回归自然的想法。《北方日记》与其说是献给北方大自然的，不如说是献给与严酷的大自然斗争的北方人。选自《北方日记》的《长久呼喊》，就借“避难所”主人的话描绘了北方人与大自然进行的勇敢的斗争。对童年的向往，对失去的童年的惋惜，是卡扎科夫作品的又一主题，特别是在他晚年的作品中，更经常流露出这种情绪。《小蜡烛》和《你在梦中痛哭失声》就是这一类作品的代表。“……这人生一开始最幸福、最洁白的时期，这最早的幼年时期，将要消失到哪里去呢？”在某种意义上说，对童年的向往也就是向往自然。童年是最接近自然的，后来却一天比一天离自然越来越远了。“我们一生中失去的东西很多，获得的却很少，而且获得的总是些不重要的东西，但失去的却很多。腼腆，天真，轻信……都消失了。消失了。”

评论界有人指出，卡扎科夫缺少像托尔斯泰那样的经典作家的气魄和规模。他还“年轻”，“不是就年龄来说，而是一种比喻的说法。”他一直让人感到会有很大成就，而目前只不过是“试试嗓子”。“嗓音是纯正的”，但还不够有力，不够强大。五十五岁，对于一位作家来说，也许不过是刚刚进入成年。然而就在他开始进入成熟期的时候，苏联文学界却突然失去了这位很有才能的抒情散文作家。

卡扎科夫于20世纪50年代后期崭露头角，60年代是他创作最旺盛的时期，70年代发表的作品不多。但他留下的文学遗产是丰富的，在他的文学档案中有大量未完成和未发表过的作品。除了写作，卡扎科夫还是一位翻译家，翻译过哈萨克作家努尔佩伊索夫[①]的长篇小说《血和汗》。

这里介绍的十四篇作品分别选自苏联文艺出版社1985年出版的《尤里·卡扎科夫选集》和“同时代人”出版社1986年出版的《两夜》。限于译者的水平，错误和不当之处在所难免，希望得到批评、指正。

非 琴

① 阿·努尔佩伊索夫（1924— ），苏联哈萨克作家。